GOLDMANN

W0470627

"... Abends, wenn ich abgespannt bin, greife ich instinktiv nach einem ‚Wallace', bin im Nu in der Handlung, vergesse den ganzen Jammer des Alltags, bin froh und mutig." ADENAUER IN RHÖNDORF

Edgar Wallace. Das Original.

Alle Edgar Wallace Kriminalromane:

1 Die Abenteuerin.
2 A. S. der Unsichtbare.
3 Die Bande des Schreckens.
4 Der Banknotenfälscher.
5 Bei den drei Eichen.
6 Die blaue Hand.
7 Der Brigant.
8 Der Derbysieger.
9 Der Diamantenfluß.
10 Der Dieb in der Nacht.
11 Der Doppelgänger.
12 Die drei Gerechten.
13 Die drei von Cordova.
14 Der Engel des Schreckens.
15 Feuer im Schloß.
16 Der Frosch mit der Maske.
17 Gangster in London.
18 Das Gasthaus an der Themse.
19 Die gebogene Kerze.
20 Geheimagent Nr. Sechs.
21 Das Geheimnis der gelben Narzissen.
22 Das Geheimnis der Stecknadel.
23 Das geheimnisvolle Haus.
24 Die gelbe Schlange.
25 Ein gerissener Kerl.
26 Das Gesetz der Vier.
27 Das Gesicht im Dunkel.
28 Der goldene Hades.
29 Die Gräfin von Ascot.
30 Großfuß.
31 Der grüne Bogenschütze.
32 Der grüne Brand.
33 Gucumatz.
34 Hands up!
35 Der Hexer.
36 Im Banne des Unheimlichen.
37 In den Tod geschickt.
38 Das indische Tuch.
39 John Flack.
40 Der Joker.
41 Das Juwel aus Paris.
42 Kerry kauft London.
43 Der leuchtende Schlüssel.
44 Lotterie des Todes.
45 Louba der Spieler.
46 Der Mann, der alles wußte.
47 Der Mann, der seinen Namen änderte.
48 Der Mann im Hintergrund.
49 Der Mann von Marokko.
50 Die Melodie des Todes.
51 Die Millionengeschichte.
52 Mr. Reeder weiß Bescheid.
53 Nach Norden, Strolch!
54 Neues vom Hexer.
55 Penelope von der »Polyantha«.
56 Der Preller.
57 Der Rächer.
58 Der Redner.
59 Richter Maxells Verbrechen.
60 Der rote Kreis.
61 Der Safe mit dem Rätselschloß.
62 Die Schuld des Anderen.
63 Der schwarze Abt.
64 Der sechste Sinn des Mr. Reeder.
65 Die seltsame Gräfin.
66 Der sentimentale Mr. Simpson.
67 Das silberne Dreieck.
68 Das Steckenpferd des alten Derrick.
69 Der Teufel von Tidal Basin.
70 Töchter der Nacht.
71 Die toten Augen von London.
72 Die Tür mit den 7 Schlössern.
73 Turfschwindel.
74 Überfallkommando.
75 Der Unheimliche.
76 Die unheimlichen Briefe.
77 Der unheimliche Mönch.
78 Das Verrätertor.
79 Der viereckige Smaragd.
80 Die vier Gerechten.
81 Zimmer 13.
82 Der Zinker.

EDGAR WALLACE

Kerry kauft London

THE MAN WHO BOUGHT LONDON

Kriminalroman

GOLDMANN VERLAG

Aus dem Englischen übertragen von
Hubert Neumann

Der Goldmann Verlag
ist ein Unternehmen der Verlagsgruppe Bertelsmann

Jubiläumsausgabe

Made in Germany · 1/90 · 15. Auflage

Satz: Mohndruck Graphische Betriebe GmbH, Gütersloh
Druck: Elsnerdruck, Berlin
Krimi 215
Ge · Herstellung: Klaus Voigt
ISBN 3-442-00215-X

Kapitel 1

Die Nacht war über das Westend von London hereingebrochen. Es war spät, und die Vorstädte lagen um diese Zeit wohl schon in tiefes Dunkel gehüllt — eine tote Wüste, in der sich nur die hellerleuchteten Lokale abhoben —, aber auf dem Strand drängte und schob sich langsam eine auf die Geheimnisse des Nachtlebens neugierige Menge, eines Nachtlebens, das die Romanschriftsteller so schön darzustellen wissen, das aber den, der es kennenlernt, so oft enttäuscht.

Geld — Geld — Geld. Die Inhaltsübersichten der Zeitungen spiegelten den Geist des Westens wider: »Eine bekannte Schauspielerin verliert Juwelen im Wert von zwanzigtausend Pfund«, hieß es in der einen; »Schiffahrtsabkommen über fünf Millionen«, in einer anderen. Die größte Aufmerksamkeit erregte aber doch die zündende Überschrift, die der *Monitor* brachte:

KING KERRY WILL LONDON KAUFEN.

Sonderbericht.

Diese Ankündigung lockte Kupfermünzen aus Taschen heraus, die kaum je etwas anderes als Kupfergeld kannten. Sie veranlaßte eilige Männer, die sonst gegen die Schaumschlägereien solcher Inhaltsangaben gefeit waren, plötzlich stehenzubleiben. Und auch die Reichen fühlten sich bemüßigt, ihre Neugier zu befriedigen. »King Kerry will London kaufen«, sagte der eine Herr. »Ich wollte, er kaufte dieses Lokal und steckte es in Brand«, brummte ärgerlich der andere, während er mit der Gabel auf den Tisch klopfte. »Kellner, wie lange soll ich denn noch warten, bis Sie die Bestellung aufnehmen?«

»Einen Augenblick, Sir.«

Ein großer, gutaussehender Herr, der am nächsten Tisch saß und in diesem Augenblick die volle Aufmerksamkeit des Kellners in Anspruch nahm, lächelte, als er dieses Gespräch hörte. Sein graues Haar ließ ihn viel älter erscheinen, als er in Wirklichkeit war; das kümmerte ihn aber wenig, da er über das Alter hinaus war, in dem er sich viel mit seinem Aussehen beschäftigt hatte.

Viele Augen richteten sich auf ihn, als er sich nach Begleichung seiner Rechnung vom Stuhl erhob.

Er schien die Aufmerksamkeit, die er erregte, nicht zu bemerken oder, wenn es doch der Fall war, sich nicht darum zu kümmern, und schritt, eine dünne Zigarre zwischen den gleichmäßigen weißen Zähnen, durch den dichtbesetzten Raum in die Vorhalle des Restaurants.

»Wahrhaftig!« rief der Herr, der sich soeben über die Unaufmerksamkeit des Kellners beklagt hatte. »Da ist ja der Kerl selbst!« und drehte sich auf seinem Stuhl herum, damit er dem Hinausschreitenden nachschauen konnte.

»Wer?« fragte sein Freund und legte die Zeitung beiseite.

»King Kerry, der amerikanische Millionär.«

Inzwischen war dieser durch die Drehtür auf die Straße getreten und verschwand gleich darauf im Gedränge.

In einiger Entfernung folgte ihm ein gutgekleideter jüngerer Herr mit hübschem Gesicht und einem unverkennbaren Anstrich von Vornehmheit.

Er schickte dem Millionär finstere Blicke nach, machte aber nicht den Versuch, ihn einzuholen oder an ihm vorbeizugehen, sondern schien sich damit zu begnügen, ihm in einiger Entfernung zu folgen. King Kerry ging zum Haymarket hinüber und durch eine abschüssige Straße in die Cockspur Street.

Sein Verfolger war schlanker, aber gut gebaut. Er machte eigenartig kurze Schritte, was seinem Gang fast etwas Geziertes gab. Ihm fehlte der Schwung der Schultern, die man gewöhnlich mit der Vorstellung eines gutgebauten Mannes verbindet, und in seinem Gang lag eine gewisse Steifheit, die auf militärische Ausbildung schließen ließ. Im Schein einer Lampe, unter der er stehenblieb, als der Mann vor ihm seinen Schritt verlangsamte, sah man ein feines, geradezu hübsches Gesicht. In Hermann Zeberlieff erinnerte vieles an seine polnisch-ungarische Abstammung, und dazu paßte auch sein hochmütiges aristokratisches Gebaren.

King Kerry machte einen kleinen Verdauungsspaziergang, ehe er in seine Wohnung in Chelsea ging. Sein Schatten vermutete dies, und als King Kerry in das Embankment einbog, blieb sein Verfolger auf der anderen Seite der breiten Allee, denn er hatte keine Lust, dem Verfolgten Auge in Auge gegenüberzutreten.

Das Embankment war öde und leer bis auf die paar Leute, die gewohnheitsmäßig in der Hoffnung auf milde Gaben hierherkamen.

King Kerry blieb ab und zu stehen, um mit dem einen oder anderen der menschlichen Wracks zu sprechen, die sich auf dem breiten Bürgersteig umhertrieben, und seine Hand wanderte nicht einmal, sondern oft aus seiner Tasche zu einer ausgestreckten offenen Hand.

Ein Bettler näherte sich ihm bei der ›Nadel der Cleopatra‹, aber als King Kerry weiterging, ohne ihn zu beachten, fing der Vagabund an, hinter ihm herzufluchen. Plötzlich drehte sich King Kerry um, und der Bettler fuhr an das Geländer zurück, als erwarte er einen Schlag.

Doch der Spaziergänger war nicht bösartig. Er blieb stehen und sah den Mann an.

»Was sagten Sie?« fragte er freundlich. »Ich fürchte, ich war vorhin mit meinen Gedanken ganz woanders.«

»Geben Sie einem armen Mitmenschen einen Nickel für ein Nachtquartier!« wimmerte der Mann. Er war das reinste Lumpenbündel, und sein langes Haar und der struppige Bart wirkten sogar bei dem schwachen Licht der entfernten Lampen abstoßend.

»Einen Nickel für ein Nachtquartier?« wiederholte der Herr.

»Und Geld für einen Schn . . . eine Tasse Kaffee«, fügte der Bettler gierig hinzu.

»Warum?«

Die Frage verblüffte den nächtlichen Herumtreiber, und er war einen Augenblick ruhig.

»Warum sollte ich Ihnen das Geld für ein Nachtquartier oder überhaupt etwas geben, was Sie nicht verdient haben?«

Es war nichts Hartes in dem Ton; der Herr sprach sanft und

freundlich, und der Mann faßte sich ein Herz.

»Weil Sie es dazu haben und ich nicht«, brachte er ein für ihn sehr überzeugendes Argument vor.

Der Herr schüttelte den Kopf.

»Das ist doch kein Grund. Wie lange ist es her, seit Sie zuletzt gearbeitet haben?«

Der Mann zögerte. Trotz aller Milde lag etwas Gebieterisches in dem Ton des Fremden. Es könnte ein Spitzel sein — und es würde sich nicht lohnen, einem dieser geschäftigen Burschen etwas vorzulügen.

»Ich habe ab und zu gearbeitet«, antwortete der Bettler mürrisch. »Ich kann keine Arbeit kriegen, wo Ausländer uns das Brot vom Munde wegnehmen und uns unterbieten.«

Es war ein alter Vorwand, einer, den er als einträglich erkannt hatte, besonders bei einem gewissen Typ von Menschenfreunden.

»Haben Sie jemals in Ihrem Leben eine Woche lang gearbeitet, mein Bruder?« fragte der Herr.

Aha, einer von der »Mein-Bruder-Sorte«, dachte der Vagabund und holte aus seiner Rüstkammer die nötigen Angriffswaffen hervor.

»Ach, Sir«, erwiderte er demütig, »der HERR hat mir ein schweres Leid auferlegt ...«

Der andere schüttelte wieder den Kopf.

»Die Welt kann Sie nicht brauchen, mein Freund«, sagte er sanft. »Sie nehmen einen Platz weg und atmen die Luft, die besser zu verwenden wäre. Sie gehören zu der Sorte, die alles verbraucht und es zu nichts bringt. Sie leben von der Mildtätigkeit arbeitender Leute, die es sich nicht leisten können, Ihnen ihre schwerverdienten Pfennige zu geben.«

»Wollen Sie etwa einem Mitmenschen verbieten, die ganze Nacht umherzuwandeln?« rief der Strolch frech.

»Das geht mich nichts an, mein Bruder«, entgegnete der andere kalt. »Wenn ich etwas zu sagen hätte, würde ich Sie nicht so herumlaufen lassen.«

»Also gut«, fiel der Bettler, ein wenig beruhigt, ein.

»Ich würde Sie genauso behandeln, wie man einen umherstreichenden Hund behandeln sollte ...« Damit drehte er sich um und wollte seinen Weg fortsetzen.

Der Strolch, wutentbrannt, zauderte einen Augenblick. Das Embankment war verlassen, kein Polizist zu sehen.

»Hiergeblieben!« rief er rauh und packte Kerrys Arm.

Nur eine Sekunde, dann fuhr ihm eine Faust wie von Stahl unter das Kinn, so daß er auf den Fahrdamm taumelte und sich nur mit Mühe aufrecht halten konnte.

Wie erschlagen blieb er auf dem Bordstein stehen und sah seinem langsam davonschreitenden Widersacher nach. Sollte er ihm folgen und Lärm schlagen? Möglich, daß der Fremde ihm einen Shilling gäbe, um eine öffentliche Gerichtsverhandlung zu vermeiden. Aber andererseits war der Strolch ebenso ängstlich, vielleicht noch ängstlicher besorgt als der Fremde, der Öffentlichkeit aus dem Wege zu gehen. Wir wollen ihm Gerechtigkeit widerfahren lassen: Er hatte Haare und Bart sicherlich nicht so lange wachsen lassen, weil er einem Einsiedler ähnlich sehen wollte; das hatte einen ganz anderen Grund. Er hätte gar zu gern mit dem Herrn abgerechnet, aber das war zu gefährlich.

»Sie sind an den Verkehrten gekommen, was?«

Der Bettler fuhr wütend herum.

Neben ihm stand Hermann Zeberlieff, King Kerrys Schatten, der dem Vorfall interessiert zugeschaut hatte.

»Kümmern Sie sich um Ihren eigenen Quark!« knurrte der Bettler und wollte sich davonmachen.

»Einen Augenblick!« Der junge Mann vertrat ihm den Weg. Er griff in die Tasche, zog eine kleine Handvoll Gold und Silber heraus und schüttelte es, daß es lieblich klimperte.

»Was würden Sie für zehn Pfund tun?«

Die Wolfsaugen des Mannes klebten an dem Geld.

»Alles«, flüsterte er, »alles, außer Mord.«

»Was würden Sie für fünfzig tun?«

»Ich würde — ich würde fast alles tun«, krächzte der Strolch heiser.

»Für fünfhundert und freie Überfahrt nach Australien?« fragte der junge Mann und sah den Bettler durchbohrend an.

»Alles — alles!« heulte der Bettler.

Zeberlieff nickte.

»Folgen Sie mir — auf der anderen Seite der Straße.«

Die beiden waren kaum zehn Minuten weg, als zwei Männer aus der Richtung von Westminster herankamen. Sie machten hier und da halt und ließen das Licht einer elektrischen Taschenlampe über die Jammergestalten gleiten, die in allen erdenklichen Stellungen auf den Bänken des Embankments schliefen. Damit nicht genug, prüften sie auch jeden, der ihnen entgegenkam.

Sie trafen einen gemächlich auf sie zuschlendernden Herrn und richteten eine Frage an ihn.

»Ja, merkwürdig genug, ich habe gerade mit ihm gesprochen. Stimmt, mittelgroß, mit einem eigenartigen Akzent. Sie denken jetzt sicherlich, daß auch ich einen merkwürdigen Akzent habe; aber der andere sprach, wie man in der Provinz spricht, glaube ich.«

»Das ist unser Mann, Herr Inspektor«, wandte sich einer der beiden an seinen Begleiter. »Hatte er vielleicht die Angewohnheit, beim Sprechen den Kopf auf eine Seite zu legen?«

Der Herr nickte. »Darf ich fragen, ob er gesucht wird? — Ich vermute, daß Sie Polizeibeamte sind.«

Der Angeredete zögerte und sah seinen Vorgesetzten an.

»Ja, Sir«, entgegnete der Inspektor. »Es ist nichts dabei, wenn wir Ihnen sagen, daß er Horace Baggin heißt und wegen Mordes gesucht wird. Er hat einen Gefangenenaufseher getötet und ist aus dem Zuchthaus ausgebrochen. Wir haben gehört, daß er sich hier in der Gegend herumtreibt.«

Sie grüßten und gingen weiter, und King Kerry — denn er war es — setzte nachdenklich seinen Spaziergang fort.

Was für ein Mann für Hermann Zeberlieff! dachte er, und es war ein eigenartiges Zusammentreffen, daß in genau derselben Minute der vornehm aussehende Zeberlieff einen ekelerregenden Lumpen in seinem Arbeitszimmer in der Park Lane mit einem besonders üblen Fusel bewirtete; und der Lump, den bärtigen Kopf auf einer Seite, erfuhr mehr als genug von dem schädlichen Treiben amerikanischer Millionäre.

»Runter von der Erde müßten solche Burschen«, lallte er mit

schwerer Zunge. »Geben Sie mir eine Gelegenheit — hat mich in die Fresse geschlagen, das Schwein —, ich will ihm das schon heimzahlen!«

»Trinken Sie noch einen«, sagte Zeberlieff.

Kapitel 2

Der Fahrstuhl der Untergrundbahn war gedrängt voll. Mit einem besorgten Blick auf die Uhr überlegte Else Marion schnell, ob es besser sei, auf den nächsten Fahrstuhl zu warten und den Verweis des Herrn Tack in Kauf zu nehmen oder sich hineinzuzwängen, ehe die großen Rolltüren zusammenschlügen.

Sie haßte die Fahrstühle, und ganz besonders, wenn sie voll waren.

Während sie noch überlegte, schlugen die Türen zusammen ... »Nächster Fahrstuhl bitte!«

Bestürzt starrte sie auf die Tür und ärgerte sich über ihre eigene Dummheit. Ausgerechnet an diesem Morgen hatte sie pünktlich sein wollen.

Tack war durch ihre allzu häufigen Verspätungen ziemlich verärgert und hatte während des größten Teils der Woche an ihr dauernd herumgenörgelt: Sie sei unpünktlich, sie sei unordentlich, sie sei für eine Kassiererin geradezu verboten nachlässig.

Am Abend vorher hatte er die Kassiererinnen zusammengerufen und sie ernstlich ermahnt, er wünsche sie um Punkt neun auf ihren Plätzen zu sehen. Nicht etwa — es fiel ihm schwer, sich klar auszudrücken — um zehn Minuten nach neun oder um fünf Minuten nach neun, ja nicht einmal um eine Minute nach neun — sondern wenn die Uhr in dem Turm auf Tack & Brightens prächtigem Etablissement die vier Vorausschläge ertönen lasse, ehe sie dumpf dröhnend genau verkünde, daß die neunte Stunde wirklich gekommen sei — dann schon wünsche er, jede Dame auf ihrem Platz zu sehen.

Im letzten Vierteljahr war es bei Tack & Brighten hoch hergegangen. Die Geschäftsinhaber hatten eine unerklärliche Freigebigkeit an den Tag gelegt, die freilich mehr der Kundschaft als den unglücklichen Angestellten zugute kam.

Die ganz außerordentliche Herabsetzung der Verkaufspreise und die im höchsten Maße knickrige Drosselung der Unkosten hatten, wie verräterisches Kontorpersonal heimlich erzählte, eine ganz gewaltige Steigerung des Umsatzes und höchst merkwürdigerweise auch eine riesige Erhöhung des Gewinnes zur Folge gehabt.

Einige ließen durchblicken, daß diese Gewinne völlig fingiert seien. Das konnte aber nur Klatscherei sein, denn warum hätten Tack & Brighten, eine Gesellschaft, die sich um keine Aktionäre zu kümmern brauchte, Gewinne vorspiegeln sollen? Doch für den Augenblick war die Solidität der Firma Nebensache.

Es war sieben Minuten vor neun, und Else Marion wartete auf der Station Westminster Bridge Road, die genau zwölf Minuten von dem Geschäftslokal der Firma Tack & Brighten in der Oxford Street entfernt war. Sie zuckte die Schultern. Es ist gehupft wie gesprungen, dachte sie. Aber sie ärgerte sich über ihre eigene Dummheit. Der nächste Fahrstuhl würde genauso voll sein — es blieb kein Zweifel daran, denn er war voll, sobald die Türen geöffnet wurden —, und sie hätte die drei kostbaren Minuten sparen können.

Sie wurde an die Seite des Fahrstuhls gedrängt und war froh, daß zwischen ihr und den anderen Leuten ein großer Herr stand. Er war barhäuptig; sein graues Haar war sorgfältig gebürstet. Die hohe Stirn, die scharfgeschnittene Adlernase und das feste Kinn ließen auf gute Herkunft schließen. Er hatte tiefliegende blaue Augen, etwas schmale Lippen, und die Backenknochen zeichneten sich auf seinem sonnengebräunten Gesicht ab, ohne jedoch hervorzutreten. Alles dies sah sie mit einem schnellen Blick. Sie hätte gern gewußt, wer er war; die schwarze Perle in seiner Krawatte deutete auf Reichtum. Den Hut hielt er in beiden Händen vor der Brust. Sie schloß daraus, daß er Amerikaner sei, weil die Amerikaner im Fahrstuhl stets den Hut abnehmen, wenn sich Frauen darin befinden.

Der Fahrstuhl sank nach unten. Ein schwaches »ting« zeigte ihr an, daß sie wieder einen Zug verpaßt hatte. Sie hätte vor Ärger weinen können. Das bedeutete wieder drei versäumte Minuten. Es war schlimm für sie — eine Waise, die ganz allein in der Welt stand und sich ihren Lebensunterhalt verdienen mußte. Kassiererinnen fanden nur schwer Stellung, und in Kurzschrift und Maschinenschreiben hatte sie nur einen geringen Grad von Fertigkeit erreicht, über den hinauszukommen ihr kaum möglich schien. Mit fünfundzwanzig Shilling in der Woche kann ein junges Mädchen nicht viel anfangen, das früher ebensoviel für Schuhe ausgegeben hatte. Das war damals, als ihre liebe, alte, sparsame Tante Martha noch lebte, die ihrer Adoptivtochter für ihr späteres Leben nichts anderes hinterließ als eine gute Erziehung in Cheltenham, eine Zehnpfundnote und eine große Brosche mit einer Locke von Tante Marthas Jugendliebe aus den sechziger Jahren.

Zwischen dem Augenblick, wenn sich ein Fahrstuhl in Bewegung setzt, und dem, wenn die Türen wieder geöffnet werden, kann ein junges Mädchen, das auf sich selbst gestellt ist, mehr überlegen, als ein Mann in einem Jahr schreiben kann. Ehe der Fahrstuhl hielt, hatte Else Marion die Zukunft ins Auge gefaßt und war zu der Erkenntnis gekommen, daß sie ein bißchen trübe aussähe. Als sie sich umdrehte, um den Fahrstuhl zu verlassen, bemerkte sie, daß der große Herr vor ihr sie neugierig anstarrte. Es war nicht das dreiste Anstarren, gegen das sie längst unempfindlich geworden war, sondern der forschende Blick eines Menschen, der wirklich von Interesse zeugt. Sie vermutete die unvermeidliche Rußflocke auf der Nase und suchte nach ihrem Taschentuch.

Der Fremde trat zur Seite, um sie zuerst hinausgehen zu lassen, und sie mußte für diese Höflichkeit mit einem leichten Kopfnicken danken.

Ihr Gefühl sagte ihr, daß er dicht hinter ihr gehe. Aber bei diesem Hasten nach dem Bahnsteig gingen ja so viele dicht hinter einem her.

Sie mußte etwas warten — zwei volle Minuten — und ging langsam zu dem leeren Teil des Bahnsteigs, um aus dem Gedränge herauszukommen. Gedränge war ihr jederzeit unangenehm, aber an diesem Morgen haßte sie es.

»Verzeihung!«

Sie kannte diese Art der Einführung, aber der Ton, in dem sie angeredet wurde, hatte so gar nichts von der Frechheit, an die sie bereits gewöhnt war.

Als sie sich umdrehte, sah sie sich dem Fremden gegenüber, der sie freundlich lächelnd anschaute.

»Sie werden mich gewiß für zudringlich halten«, sagte er, »aber ich kann es nicht ändern; ich mußte einfach herkommen und mit Ihnen sprechen . . . Sie haben Angst vor Fahrstühlen?«

Sie hätte ihn abfahren lassen können — zum wenigsten hätte sie es versuchen sollen —, aber aus irgendeinem unerklärlichen Grunde war sie froh, mit ihm sprechen zu können. Leute wie er hatte sie in Tante Marthas glücklichen Tagen kennengelernt.

»Ich habe ein wenig Angst«, entgegnete sie mit einem flüchtigen Lächeln. »Es ist natürlich töricht.«

Er nickte. »Ich bin selbst ein wenig ängstlich«, gestand er ungezwungen ein. »Nicht daß ich mich vor dem Tode fürchte; aber wenn ich an die vielen Menschen denke, deren Zukunft von mir und meinem Leben abhängt — oh, dann stehen mir jedesmal, wenn ich über die Straße gehe, die Haare zu Berge.«

Er verlangte nicht, daß sie sich für ihn interessiere. Sie fühlte, daß er einen Gedanken, der ihm durch den Kopf gegangen war, ganz schlicht und ungezwungen aussprach, und betrachtete ihn mit größtem Interesse.

»Ich habe gerade eine Irrenanstalt gekauft«, fuhr er fort und zündete sich nach einem Augenaufschlag, der um Erlaubnis bat und gleichzeitig dankte, eine Zigarre an.

Sie starrte ihn an, und er lachte. Während ein Verdacht in ihr aufglomm, lief der Zug donnernd ein. Das junge Mädchen sah mit Schrecken, daß er voll besetzt war.

»Diesen werden Sie nicht mehr bekommen«, sagte der Herr ruhig. »In einer Minute kommt wieder einer.«

»Ich werde es doch wohl versuchen müssen«, entgegnete das junge Mädchen und eilte vorwärts.

Ihr seltsamer Begleiter ging mit langen Schritten hinter ihr her, aber selbst mit seiner Unterstützung war es ihr gänzlich unmöglich, festen Fuß zu fassen, und sie mußte mit vielen anderen zurückbleiben.

»Zeit ist Geld«, sagte der grauhaarige Fremde heiter. »Nehmen Sie es nicht zu genau.«

»Ich kann ja nicht anders«, erwiderte sie in begreiflicher Aufregung. »Sie brauchen wahrscheinlich nicht einem zornigen Arbeitgeber mit der Uhr in der Hand und dem Urteil im Gesicht gegenüberzutreten.«

Trotz ihres Ärgers konnte sie sich eines Lächelns nicht erwehren. »Entschuldigen Sie bitte, ich wollte eigentlich nicht über mein Mißgeschick murren. — Sie sagten soeben, Sie hätten eine Irrenanstalt gekauft?«

Er nickte, zwinkerte mit den Augen und fügte mit leichtem Vorwurf hinzu: »Und Sie dachten nun, ich sei gerade aus einer entsprungen. — Ja, ich habe gerade die Irrenanstalt Coldharbour gekauft — die ganze Geschichte.«

Sie schaute ihn ungläubig an. »Wirklich?« Ihr Zweifel war nicht ganz ungerechtfertigt, denn die Irrenanstalt Coldharbour ist die größte in London und die zweitgrößte der Welt.

»Tatsächlich«, erwiderte er. »Ich will daraus das feinste Klubhaus Londons machen.«

Das Einlaufen eines neuen Zuges schnitt ihm das Wort ab. In Begleitung des grauhaarigen Herrn, der in so kurzer Zeit die Rolle eines Beschützers übernommen hatte, was an sich tröstend, aber gleichzeitig auch ein wenig peinlich war, fand sie in einem Wagen für Raucher einen Platz.

Es ließ sich so zwanglos mit ihm plaudern, und es fiel ihr so leicht, ihm ihre Hoffnungen und Befürchtungen anzuvertrauen.

Allzu schnell kam sie am Oxford Circus an und hatte über dem Geplauder ganz vergessen, daß die Bahnhofsuhr zwanzig Minuten nach neun zeigte.

»Wollten Sie denn auch zum Oxford Circus?« fragte sie in plötzlich aufsteigender Befürchtung, sie könnte diesen Käufer von Irrenanstalten von seinem Weg abgebracht haben.

»Merkwürdigerweise ja. Ich will um halb zehn in der Oxford Street ein Geschäft kaufen.«

Wieder streifte ihn ein rascher Blick, und er kicherte, als er sah, wie sie ein wenig zurückfuhr.

»Ich bin vollkommen harmlos«, sagte er scherzend.

Sie traten zusammen auf die Argyll Street hinaus, und er reichte ihr die Hand. Mit einem »Auf Wiedersehen!« verabschiedete er sich, ohne ihr seinen Namen zu nennen. Es war King Kerry, und seinerseits kannte er ihren Namen. Der stand auf dem Buch, das sie in der Hand hielt.

Sie fühlte sich ein wenig unbehaglich, verabschiedete sich aber lächelnd von ihm. Er sah ihr eine Weile nach.

Ein Mann mit wirrem Haar und stierem, glasigem Blick hatte die beiden von der anderen Seite der Straße beobachtet. Plötzlich dröhnten zwei Schüsse, und eine Kugel pfiff an King Kerrys Kopf vorbei.

»Das war für Sie, Mann!« brüllte eine Stimme, und im nächsten Augenblick war der Schütze von zwei Polizisten gepackt.

Langsam zog ein Lächeln um die Mundwinkel des Fremden.

»Horace«, sagte er und schüttelte den Kopf, »du bist ein ganz elender Schütze.«

Von einem oberen Fenster eines Häuserblocks auf der anderen Seite der Oxford Street beobachtete ein Mann den Vorgang. Er sah die herbeistürzenden Polizisten, die riesige Menschenmenge, die sich im Nu gesammelt hatte; sah, wie die fest zupackenden Hüter des Gesetzes den Gefangenen, der sich wie toll gebärdete, überwältigten. Er sah auch, wie ein Herr mit grauem Haar unverletzt und ruhig davonschritt und mit einem Polizeisergeanten sprach, der gerade auf dem Schauplatz der Tat erschien.

Der Beobachter schüttelte seine Faust hinter King Kerry her.

»Eines Tages, mein Lieber«, preßte er zwischen den zusammengebissenen Zähnen hervor, »werde ich jemand finden, der sein Ziel nicht verfehlt — und dann ist das Mädchen aus Denver City frei!«

Kapitel 3

Herr Tack stand am Pult der Kassiererin in der Konfektionsabteilung. Auf seinem Gesicht lag der gequälte Ausdruck eines Menschen, der es sich zur angenehmen Aufgabe gemacht hat, unangenehm zu sein, und nun fürchtet, keine Gelegenheit dazu zu haben.

»Sie kommt heute nicht; wir werden um elf ein Telegramm bekommen, daß sie krank ist oder daß ihre Mutter in die Klinik mußte«, sagte er bitter, und drei speichelleckerische Rayonchefs in tadellos sitzenden Anzügen, die sich in respektvoller Entfernung hielten, bemerkten in deutlich hörbarem Ton, es sei wirklich eine Schande.

Sie würden über Herrn Tacks Bemerkung sogar gelacht haben, aber sie waren sich nicht recht sicher, ob er verlangte, daß sie lachten, denn Herr Tack war ein eifriger Kirchgänger, und Krankheit war für ihn ein wesentlicher Bestandteil der gottgewollten Lebensordnung.

»Sie geht am Sonnabend in acht Tagen — kann kommen, was will«, legte Herr Tack wieder grimmig los und sah nach der Uhr. »Ich würde sie Knall auf Fall entlassen, wenn es nicht unmöglich wäre, ihre Stelle sofort wieder zu besetzen.«

Einer der Rayonchefs, der auf Grund seiner langen Dienstzeit fühlte, daß man etwas von ihm erwartete, bemerkte, er wisse wirklich nicht, wohin das führen solle.

In diese unglückliche Gruppe platzte Else Marion erhitzt und atemlos hinein; sie kam in größter Eile aus dem muffigen Umkleideraum, den Tack & Brighten seinen weiblichen Angestellten eingeräumt hatte.

»Es tut mir so leid!« sagte sie, während sie die mit Glasscheiben versehene Tür ihres Kassenstandes öffnete und sich auf den hohen Sessel schwang.

Herr Tack sah sie an. Da stand er, wie sie es vorhergewußt hatte, die goldene Uhr in der Hand, das Urteil auf dem Gesicht — eine unerbittliche Gestalt.

»Um neun Uhr war ich hier, Fräulein.«

Sie erwiderte nichts, öffnete das Pult und nahm die Kassenblocks und Kassenzettelhalter heraus.

»Um neun Uhr war ich hier, Fräulein«, wiederholte der geduldige Herr Tack, der in Wirklichkeit alles andere als geduldig war.

»Es tut mir sehr leid«, sagte Else wieder.

Ein junger Mann hatte das Geschäft betreten. Da die Angestellten, die ihn zu dem gewünschten Verkaufsstand hätten führen sollen, augenblicklich bewundernd um Tack herumstanden, konnte er planlos umhergehen. Es war ein netter junger Mann, in braunem Staubmantel, den weichen Filzhut hinten auf dem Kopf. Er hatte die Gewandtheit und das sorglose, selbstsichere Auftreten, wie es nur einem Beruf in der Welt eigen ist — und nur dem einen. Ohne jede falsche Bescheidenheit näherte er sich der Gruppe.

»Es tut Ihnen leid!« wiederholte Herr Tack mit großer Zurückhaltung. Er war klein und gedrungen, hatte eine glänzende Glatze und einen dichten, strohblonden Schnurrbart. »Es tut Ihnen leid! Das ist doch wenigstens ein Trost, Sie haben den Anordnungen — meinen Anordnungen — hohngesprochen. Sie haben meine ausdrückliche Bitte, um neun Uhr hierzusein, mißachtet — und es tut Ihnen leid!«

Das junge Mädchen erwiderte immer noch nichts, aber der junge Mann in dem weichen Filzhut schien aufs höchste interessiert.

»Wenn ich hiersein kann, Fräulein Marion, können Sie auch hiersein!« nörgelte Herr Tack weiter.

»Es tut mir sehr leid«, sagte das junge Mädchen wieder. »Ich habe die Zeit verschlafen, und ich bin nun, ohne zu frühstücken, hergekommen.«

»Ich konnte rechtzeitig aufstehen«, fuhr Herr Tack fort.

Else Marion wandte sich ihm zu; ihre Geduld war erschöpft. Das war so seine Art — er würde jetzt herumnörgeln, bis sie wegging, und sie wollte wissen, worauf es hinauslief. Sie witterte jedenfalls eine Entlassung.

»Glauben Sie etwa«, fragte sie, in Wut gebracht, »ich kümmere mich darum, wann Sie aufgestanden sind? Sie sind entsetzlich alt im Vergleich zu mir, Sie essen mehr als ich, und Sie haben nicht meinen Appetit. Sie stehen wahrscheinlich auf, weil Sie nicht schlafen können. Ich schlafe, weil ich nicht aufstehen kann.«

Herr Tack stand wie vom Donner gerührt. Da waren mindestens sechs Bemerkungen, viele unglaublich freche, die nach einer Rüge schrien.

»Sie sind entlassen«, schnaubte er.

Das junge Mädchen glitt vom Stuhl herunter, sehr weiß im Gesicht.

»Nicht jetzt — nicht jetzt!« rief Herr Tack hastig. »Ich kündige zu Sonnabend in acht Tagen.«

»Ich möchte lieber gleich gehen«, sagte sie ruhig.

»Sie werden so lange bleiben, wie es mir paßt«, tobte Herr Tack, »und dann werden Sie ohne Zeugnis entlassen.«

Sie kletterte in seltsam gehobener Stimmung wieder auf ihren Sessel.

»Dann haben Sie aufzuhören, an mir herumzunörgeln«, sagte sie kühn. »Ich werde alles tun, was meine Pflicht ist, aber ich verbitte mir das Schimpfen. Ich brauche Ihren Weißwarenhändlerlohn nicht«, fuhr sie rücksichtslos fort, ermutigt durch das teilnehmende Lächeln des jungen Mannes im weichen Filzhut, der jetzt ganz unbefangen im Kreise der Zuhörer stand, als ob er dazugehöre, »und ich lasse mir Ihre groben Zurechtweisungen nicht bieten. Sie sind der Chef einer gemeinen Firma, der wehrlose junge Mädchen, die nicht zu mucksen wagen, beschimpft. An einem der nächsten Tage werde ich dem ›Monitor‹ etwas von Tack & Brighten erzählen.«

Es war eine furchtbare Drohung, die der schwindende Mut ihr eingab, denn die gehobene Stimmung, in die sie im Augenblick ihres Triumphes geraten war, verlor sich rasch; aber Herr Tack, der kein Psychologe war und den Dingen nicht auf den Grund ging, wurde rot und weiß. Einmal hatte der *Monitor* bereits Andeutungen von skandalösen Zuständen in einem »gutgehenden Geschäft in der Oxford Street« gemacht, und Herr Tack hatte des rechtlichen Mannes Furcht vor der Öffentlichkeit.

»Sie — Sie sollen es nur wagen!« sprudelte er heraus. »Sie —

Sie — nehmen Sie sich in acht, Fräulein! — Was wünschen Sie, mein Herr?« wandte er sich scharf an den jungen Mann im weichen Filzhut, den er jetzt erst bemerkt hatte.

»Mein Name ist Gillett«, platzte der junge Mann heraus, »ich bin Vertreter des *Monitor* — äh — und möchte diese junge Dame ein paar Minuten sprechen.«

»Scheren Sie sich zum Teufel!« sagte Herr Tack grob.

Der junge Mann machte ein Verbeugung. »Sobald ich diese junge Dame gesprochen habe.«

»Ich verbiete Ihnen, diesem Menschen irgendwelche Auskunft über mein Geschäft zu geben«, machte sich die Wut des Geschäftsinhabers Luft.

Der Zeitungsschreiber schloß gelangweilt die Augen.

»Mein lieber Mann«, sagte er kopfschüttelnd, »ich will ja mit der Dame gar nicht über Ihr Geschäft sprechen; es handelt sich um King Kerry.«

Herr Tack riß in maßlosem Erstaunen den Mund auf.

»King Kerry? Nanu, das ist ja der Herr, der dieses Geschäft kaufen will!«

Dies war das Geheimnis, das er bis jetzt so sorgfältig gehütet hatte. Dieser eine Satz erklärte alles: die Sparsamkeit, die Verkäufe unter Selbstkostenpreis, das ganze üble, schändliche Treiben der letzten Monate.

»Will dieses Geschäft kaufen?« sagte Herr Gillett, auf den Tacks Worte offenbar nicht den geringsten Eindruck machten. »Pah, das ist gar nichts! Vor einer halben Stunde wäre er am Untergrundbahnhof Oxford Street beinahe ermordet worden, und er hat seitdem bereits die Portland Place Mansions gekauft.«

Er wandte sich zu dem erschrockenen jungen Mädchen. »Bat mich, herzugehen und Sie zu suchen. Hat Sie beschrieben, so daß ich nicht fehlgehen konnte.«

»Was wünscht er?« fragte sie erregt.

»Bittet Sie, zum Lunch ins Savoy zu kommen und ihm zu sagen, ob Tack & Brighten den geforderten Preis wert ist.«

Herr Tack fiel nicht in Ohnmacht, dazu hatte er sich zu sehr in der Gewalt. Aber als er in sein Privatbüro ging, schwankte er bedenklich, und der Rayonchef der Bandabteilung, der Mitglied des Bundes zur Bekämpfung des gottlosen Wissens war, hielt sich die Ohren zu, als er hörte, was Herr Tack vor sich hin sprach.

Kapitel 4

In einer Zelle in der Marlborough Street saß ein verwirrter Mensch, den Brummschädel zwischen den großen, schmutzigen Händen. Er bemühte sich in seiner unbeholfenen, schwerfälligen Art, die Ereignisse der letzten Nacht und des Morgens aneinanderzureihen. Er erinnerte sich, daß er auf dem Embankment einen Herrn getroffen hatte, dessen Worte ihn wie Messerstiche verwundet hatten, daß dieser Herr ihn geschlagen hatte und daß dann ein anderer, jünger aussehender Mann hinzugekommen war, der ihn mit nach Hause genommen und mit Schnaps bewirtet hatte.

Dieser Fremde hatte ihn irgendwo hingeführt und ihm aufgetragen achtzugeben; und dann waren sie dem Herrn mit grauem Haar in einer Taxe durch die Straßen nachgefahren.

Horace Baggin erinnerte sich nur noch schwach daran. Er sah alles, was sich ereignet hatte, wie durch einen dünnen Alkoholnebel. Sie waren nach London-Süd gefahren, waren dann zurückgekommen, und der Mann hatte ihn mit einer Pistole an einer Untergrundstation stehengelassen. Mit einemmal war der Herr mit dem grauen Haar aufgetaucht. Baggin, vor Wut außer sich, war ohne zu denken, ohne zu überlegen auf ihn zugegangen, hatte wild drauflosgeschossen, und dann — war die Polizei gekommen. Das war alles.

Plötzlich durchzuckte ihn ein Gedanke, und er sprang mit einem Fluch auf. Er wurde ja wegen jener anderen Sache in Wiltshire gesucht. Würde man ihn erkennen? Er drückte auf eine kleine elektrische Klingel an der Wand der Zelle, und der Türhüter kam und musterte ihn mit ernster Miene durch das Gitter.

»Was soll ich denn getan haben?« fragte Baggin aufgeregt.

»Sie kennen ja die Anklage, sie ist Ihnen doch im Untersuchungszimmer vorgelesen worden.«

»Aber ich habe es wieder vergessen«, sagte der Gefangene mürrisch. »Es wird Ihnen nicht weh tun, wenn Sie mir sagen, was ich getan haben soll.«

Der Beamte zögerte. »Die Anklage lautet auf versuchten Mord und auf Mord.«

»Was für ein Mord?« fragte Baggin schnell.

»Oh, Sie wissen ja, Baggin, das ist eine alte Sache!«

Jener reiche Fremde, der ihn dazu angestiftet hatte, auf den Herrn mit dem grauen Haar zu schießen, der konnte helfen. Das war ein Gent, der wohnte in einem feinen Haus.

»Baggin!« Man kannte ihn also.

Nun gut, eine schwache Hoffnung, eine Möglichkeit blieb ihm noch.

Wie hieß er doch gleich?

Baggin ging eine Viertelstunde lang in der Zelle auf und ab und zerbrach sich den schmerzenden Kopf über den Namen, der ihm entfallen war.

Ja, so merkwürdig es auch war: Er hatte den Namen gesehen. Ohne Zweifel wußte dies der andere nicht.

Im Flur des Hauses, in das ihn der Fremde mitgenommen hatte, stand ein Tischchen mit zierlichen, zerbrechlichen Glas- und Silbersachen; auf diesem hatte Baggin beim Eintreten einige Briefe gesehen, die an den Herrn adressiert waren. Neugierig, wie er war, hatte er sich den Namen näher angesehen und ihn mit einiger Mühe auch entziffert als ... als ... als ...

Zeberlieff!

Ja, so hieß er. Und das Haus ... ja, das Haus war in der Park Lane. Jetzt fiel es ihm wieder ein. Er freute sich über den Erfolg seines Nachdenkens, das ihn doch etwas angestrengt hatte.

Dann klingelte er wieder nach dem Aufseher, und der ermüdete Beamte kam, wenn auch unwillig, zu ihm.

»Was wollen Sie denn jetzt schon wieder?« fragte er ärgerlich.

»Kann ich ein Blatt Papier, einen Umschlag und einen Bleistift haben?«

»Ja, an wen wollen Sie schreiben — an einen Anwalt?«

»So ist es. Es ist mein eigener, privater Anwalt«, erwiderte

Baggin stolz. »Der versteht seine Sache aus dem Effeff und wird es euch Burschen schon stecken, wenn ihr euch nicht anständig benehmt.«

»Nur nicht angeben!« erwiderte der Aufseher und entfernte sich, um aber nach kurzer Zeit doch mit dem erforderlichen Schreibmaterial wiederzukommen.

Er reichte es durch das offene Gitter in der Zellentür, und Horace machte sich an die ungewohnte Arbeit, einen Brief zu verfassen, der seinen Auftraggeber nicht in Verdacht brachte und ihn doch deutlich auf die Gefahr hinwies, in der er schwebte, wenn er nicht die verlangte Hilfe leistete.

»Geehrter Herr«, so lautete der Brief (es würde zwecklos sein, die Freiheiten, die Baggin sich der englischen Sprache gegenüber erlaubte, genau wiedergeben zu wollen), »vor längerer Zeit habe ich schwer für Sie gearbeitet. Ich sitze jetzt sehr in der Klemme, weil ich auf den Herrn geschossen habe, und ich würde sehr dankbar sein, wenn Sie mir nach besten Kräften beistehen wollten.« In puncto Verschlagenheit war es eine beachtenswerte literarische Leistung.

»Zeberlieff«, sagte der Aufseher, als er die Anschrift las und den Brief durchsah, »das ist doch ein amerikanischer Millionär, was?«

»Stimmt«, erwiderte Horace Baggin selbstgefällig, »er war ein guter Freund von mir. Ich war sein« — er stockte — »sein Waldhüter. Er hatte eine Besitzung in unserer Gegend«, fuhr er grimmig fort. »Ist auch ein sehr guter Schütze.«

»Ich werde ihm den Brief zuschicken«, sagte der Aufseher. »Es wird aber wahrscheinlich wenig Zweck haben. Sie wissen ja, wenn jemand in eine Patsche gerät, darf er nicht annehmen, daß sein früherer Herr nur darauf wartet, ihn herauszuholen. Heutzutage jedenfalls nicht.«

Trotzdem schickte er den Brief auf Baggins Bitte hin ab.

Nach dieser anstrengenden diplomatischen Leistung fühlte sich Horace wieder wohler. Am Nachmittag wurde er dem Richter vorgeführt. Es fand eine Beweisaufnahme statt; dann wurde er auf einen Tag in die Untersuchungshaft zurückgeschickt und wieder in seine Zelle gebracht; das bedeutete noch einen Tag in

Polizeigewahrsam, wie ihm klar war.

Nun ja, er war gerüstet. Es war nicht das erstemal, daß er in der Patsche saß, aber er befand sich zum erstenmal in einer Lage, in der trotz eines schweren Verbrechens die Hoffnung ihm so rosige Aussichten vorgaukelte.

Man hatte ihm mitgeteilt, daß sein Brief befördert worden sei, und er wartete nun hoffnungsvoll, daß sein Komplice etwas für ihn tun werde. Die Aussicht auf Beistand hatte den Gefangenen die schweren Anklagen, die er verantworten sollte, fast ganz vergessen lassen.

Am nächsten Morgen war Baggin nüchterner und erbitterter. Dieser saubere Kumpan hatte ihn also sitzenlassen, hatte keinen Versuch gemacht, seinen Notschrei zu beantworten, obgleich doch er, der Gefangene, es ihm deutlich zu verstehen gegeben hatte, daß dem Verbündeten keine unmittelbare Gefahr drohe.

Nun gut, es gab noch einen anderen Weg, herauszukommen, eine Möglichkeit, bei der Baggin seine Tat entschuldigen und selbst der Mittelpunkt eines sensationellen Falles werden konnte. Als der Aufseher vorüberging, rief er ihn an: »Ich möchte den Inspektor sprechen, der diesen Fall bearbeitet. Ich habe eine Aussage zu machen.«

»Recht so! Sie tun aber besser daran, erst zu frühstücken. Sie wissen ja, daß Sie als einer der ersten vorgeführt werden.«

Baggin nickte.

»Jemand hat Kaffee und Toast für Sie geschickt.«

»Wer?« fragte Baggin interessiert.

»Einer Ihrer Spießgesellen«, sagte der Aufseher und verweigerte jede weitere Auskunft.

So hatte sich Zeberlieff also doch gerührt. Baggin hatte ja keine anderen Kumpane.

»Hier ist Ihr Frühstück«, sagte ein Kriminalbeamter, als sich die Tür wieder öffnete, und trat mit einem Wärter, der ein kleines Tablett mit einer Kanne dampfenden Kaffees und einem Teller mit Toast trug, in die Zelle.

»Und jetzt denken Sie einmal nach, und sprechen Sie sich offen aus, ehe Sie zur Untersuchung gehen. Es könnte ungeheuer viel für Sie ausmachen. Warum sollen Sie denn für einen anderen die Kastanien aus dem Feuer holen?«

Baggin ließ sich nicht ausholen; aber kaum hatte der Kriminalbeamte die Tür hinter sich geschlossen, ging er ganz mechanisch zu dem Platz, wo der Schreibblock lag, und nahm ihn auf. Er würde dem Fremden . . . aber einstweilen war er hungrig.

Er trank einen tüchtigen Schluck Kaffee und überlegte sich dabei, wie dieser neue Genosse ihn wohl aus der Patsche ziehen würde.

Fünf Minuten später gingen ein Kriminalbeamter und der Aufseher zu seiner Zelle.

»Ich will mit ihm sprechen«, sagte der Detektiv, und der Aufseher schloß, ohne durch das Gitter zu sehen, die Tür auf.

Der Kriminalbeamte stieß einen Schrei aus und sprang in die Zelle, in der Baggin zusammengekrümmt zwischen zerbrochenem Geschirr und ausgegossenem Kaffee lag.

Der Detektiv richtete ihn auf und drehte ihn um.

»Um Gottes willen! Er ist tot! Vergiftet! Es riecht hier nach Blausäure.«

»Vergiftet?« fragte der Aufseher bestürzt. »Wer kann es getan haben?«

»Das Gift war im Kaffee«, erwiderte der Kriminalbeamte langsam, »und der Mann, der ihm den Kaffee schickte, war es auch, der ihn verleitete, die schmutzige Arbeit für ihn zu tun.«

Kapitel 5

Ehe die Mittagspause bei Tack & Brighten anbrach, ließ Herr Tack durch den ältesten Rayonchef Else Marion zu sich bitten. Die Bitte war so höflich gehalten und übermittelt, daß kein vernünftiger Mensch daran zweifeln konnte, daß sie mit der größten Sorgfalt abgefaßt war und daß der Bote sie mit nicht geringerer Sorgfalt einstudiert hatte.

Um fünf Minuten vor eins trat Else in das Zimmer des Chefs.

Herr Tack war nicht allein — sein Partner saß zusammengekauert in einem Stuhl und kaute mit finsteren Blicken an seinen

Nägeln. Es mag einmal in früheren Zeiten einen Brighten gegeben haben, aber niemand hatte ihn je gesehen oder gesprochen. Er war ein Geschäftsmythos. Der Hauptteilhaber der Firma war James Leete.

Er war korpulent, korpulenter als der ungestüme Herr Tack. Er hatte einen watscheligen Gang, und sein Aussehen war nicht gerade angenehm. In dem faltigen, aufgedunsenen Gesicht wechselten ungesunde Fettwülste mit tiefen Furchen ab; seine rote Nase sah aus wie eine Zwiebel, und wie um sein wenig anziehendes Äußeres noch mehr zu betonen, trug er ein Monokel mit schwarzem Rand. Er war ungeheuer reich und trachtete danach, zu Gesellschaften in herzoglichen Häusern eingeladen zu werden; nur in Gesellschaft von Personen von Rang und Stand fühlte er sich wohl.

»Das ist das Mädchen?« fragte er.

Er sprach undeutlich, seine Stimme war rauh und von Natur heiser. Wenn er sprach, machte sich aber groteskerweise stets ein Anflug von Vornehmheit bemerkbar, die er sich durch sorgfältige Nachahmung seiner Vorbilder angeeignet hatte.

»Dies ist Fräulein Marion«, sagte Herr Tack.

»Hübsches Kind! Ich glaube, Sie wissen das auch, Fräulein Wie-heißen-Sie-doch-gleich?«

Else gab keine Antwort, obgleich ihr bei dieser unverhüllten Frechheit das Blut in die Wangen stieg.

»Also hören Sie mal zu!« Leete drehte seinen plumpen Körper auf dem Drehstuhl herum, bis er sie ansehen konnte, und fuchtelte mit seinem fetten Finger. »Sie werden es sich sehr sorgfältig überlegen müssen, was Sie meinem Freund King Kerry sagen. Alles, was Sie ihm erzählen, sagt er mir wieder, und wenn Sie ihm eine einzige Lüge über dieses Geschäft sagen, kann ich Sie ohne weiteres wegen Verleumdung einsperren lassen.«

Das junge Mädchen lächelte.

»Sie können ruhig grinsen!« knurrte Leete. »Aber es bleibt dabei, verstehen Sie? Nicht, daß Sie etwas wüßten, was Sie von uns aus nicht sagen sollten. Sie sind ja nicht gerade Vertrauensperson der Firma — und wenn Sie das wären«, fügte er hinzu, »wüßten Sie auch nicht mehr als jetzt, was uns schaden könnte.«

»Ängstigen Sie sich nur nicht«, sagte Else kühl. »Ich werde ihm nur erzählen, daß Sie gesagt haben, Sie seien ein Freund von ihm.«

»Das brauchen Sie ihm nicht zu sagen«, fiel Leete hastig ein.

»Ich halte es nur für anständig ihm gegenüber, ihm zu sagen, was für abscheuliche Dinge man über ihn redet«, entgegnete Else in ihrem liebenswürdigen Ton. Sie war wieder in der Stimmung: Es ist gehupft wie gesprungen, und hatte großen Hunger. Später mußte sie sich selbst über ihren Mut und ihre Keckheit wundern, aber in diesem Augenblick fühlte sie an der Stelle, wo ihr Magen saß, nichts anderes als eine entsetzliche Leere.

»Liebes Kind«, sagte Leete langsam, »ich will nicht fragen, wie Sie zu der Bekanntschaft mit meinem Freund Kerry gekommen sind; ich will nicht fragen, will auch nicht andeuten . . .«

»Das lassen Sie auch lieber bleiben!« fuhr ihn das junge Mädchen mit zornblitzenden Augen an, »denn in der Verfassung, in der ich gerade jetzt bin, mache ich mir gar nichts daraus, Ihnen dieses Tintenfaß an den Kopf zu werfen.«

Herr Leete stieß erschrocken seinen Stuhl zurück, als das junge Mädchen das Tintenfaß vom Tisch nahm und zum Wurf ausholte.

»Verstehen Sie mich nicht falsch«, lenkte er mit abwehrend erhobenem Arm schnell ein. »Ich will nur Ihr Bestes. Ich möchte gern, daß Sie weiterkommen, und ich will Ihnen sagen, was ich vorgeschlagen habe, Fräulein Marion — wir behalten Sie und erhöhen Ihr Gehalt auf zwei Pfund zehn Shilling die Woche und übergeben Ihnen die Scheckabteilung.«

Nur einen Augenblick überwältigte sie das großartige Angebot. Zwei Pfund zehn Shilling die Woche — ein größeres Zimmer — all die kleinen Bequemlichkeiten, die man sich bei einem Gehalt von fünfundzwanzig Shilling nicht leisten kann . . .

»Und«, fügte Leete mit Nachdruck hinzu, »eine Extragratifikation von zweitausend Pfund an dem Tage, an dem dieses Geschäft an den neuen Besitzer übergeht.«

»Zweitausend Pfund!« sagte sie und stellte das Tintenfaß wieder hin; unter diesen Umständen brauchte sie es nicht mehr.

»Und was soll ich dafür tun?« fragte sie.

»Gar nichts«, warf Tack ein, der bisher stillschweigend zugehört hatte.

»Sie halten den Mund, Tack!« fauchte Leete seinen Partner an. »Ja, selbstverständlich verlangen wir etwas: Wir verlangen, daß Sie Herrn Kerry nur das Beste über die Firma sagen.«

Jetzt begriff sie und gab kurz zur Antwort: »Das wird genau eine halbe Sekunde in Anspruch nehmen.«

Ihr Weg war ihr klar vorgezeichnet. Die Firma wollte sie zu einer Lüge verpflichten. Sie hatte Gilletts Botschaft nicht ernst genommen. Es war ihr nicht einmal die einfache Tatsache zum Bewußtsein gekommen, daß der grauhaarige Fremde in der Untergrundbahn der große Kerry war, dem Milliarden zur Verfügung standen. Ihr drehte sich der Kopf — sie war von all dem Neuartigen wie berauscht, und nur ihr natürlicher, gesunder Sinn ließ sie nicht den Boden unter den Füßen verlieren.

Leete betrachtete sie genauer und wunderte sich, daß sie ihm noch nicht aufgefallen war. Sie war ein schönes Mädchen; selbst die reizlose Arbeitskleidung, die die Firma Tack & Brighten ihren jungen Mädchen vorschrieb, konnte ihre Schönheit nicht beeinträchtigen. So dachte Herr Leete, ein erfahrener Kenner, und strich nachdenklich seinen borstigen, graumelierten Schnurrbart.

Sie wandte sich halb zur Tür.

»Sie brauchen mich wohl nicht mehr?«

»Denken Sie daran!« Leete drohte ihr mit dem Finger. »Verleumdung bedeutet Gefängnis.«

»Ich bin heute morgen nicht zum Lachen aufgelegt, aber Sie reizen mich furchtbar dazu«, sagte Else Marion, und die Tür fiel hinter ihr ins Schloß, ehe Herr Leete Zeit fand zu fluchen.

Else ging zum Umkleideraum und war im Nu von einer Schar bewundernder Verkäuferinnen umringt; das ganze Haus wußte bereits, daß Fräulein Marion Herrn Tack ›auf den Fuß getreten‹ hatte und noch da war, um die Geschichte zu erzählen.

Sie unterdrückte eine menschlich natürliche Regung, ihren Kolleginnen zu verraten, daß sie zum Lunch im Savoy eingeladen sei, und eilte aus dem Haus, ehe sie ihr großes Geheimnis ausgeplaudert hatte.

Herr Kerry wartete in der Eingangshalle des Hotels. Es schien ihr, als ob alle Augen in dem großen Vestibül auf ihn gerichtet seien, und sie ging in dieser Annahme auch wohl nicht fehl, denn ein Milliardär ist immerhin schon etwas Außergewöhnliches, aber ein Milliardär, der um ein Haar den Mörderhänden eines alten ›Freundes‹ entgangen ist und dessen Name daher in allen Abendzeitungen steht, ist etwas ganz Wunderbares.

Während der Mahlzeit unterhielten sie sich über mancherlei. Er war außerordentlich belesen und hatte eine Vorliebe für persische Dichter. Langsam verzehrten sie den köstlichsten Lunch, den Else seit den üppigen Tagen Tante Marthas je zu sich genommen hatte. Er veranlaßte sie, ihm von jener Verwandten zu erzählen.

»Eine prächtige Frau«, nannte er sie begeistert. »Ich liebe Menschen, die all ihr Geld ausgeben.«

Sie schüttelte lachend den Kopf.

»Das ist sicherlich nicht Ihre Überzeugung, Herr Kerry«, wandte sie ein.

»Doch — doch«, entgegnete er eifrig, »ich will Ihnen mein Gleichnis von der Geldwirtschaft erzählen. Geld ist Wasser. Das Meer ist der Reichtum der Völker, es verdunstet, steigt zum Himmel und fällt wieder auf die Erde nieder. Für einige von uns Menschen fließt es in tiefen Kanälen, und wenn wir uns darauf verstehen, können wir es für unseren Gebrauch stauen. Die einen von uns stauen es tief, die anderen flach, wieder bei anderen sickert es weg, wird aufgesogen und erscheint wieder im Stau eines anderen.«

Sie nickte. Es war ein neues Bild, und der Gedanke gefiel ihr.

»Läßt man das Wasser ruhig stehen«, fuhr er, eifrig wie ein Junge beim Spiel, fort, »so ist es nutzlos. Man muß es ablaufen lassen, doch darauf achten, daß immer etwas im Reservoir bleibt. Der Abfluß darf nie schneller als der Zufluß sein. Ich habe ein gewaltiges Stauwerk — es liegt hoch oben in den Bergen —, ein gewaltiges Becken, das sich ununterbrochen füllt, das ununterbrochen abläuft. Weiter unten am Berge fangen Hunderte von Leuten mein Überlaufwasser auf, noch weiter unten andere in kleineren Stauwerken, und so fort, bis es ins Meer fließt, wie es einmal geschehen muß — in den großen Ozean des Weltreichtums, der alles aufnimmt und alles zurückgibt.«

Sie sah bewundernd zu dem Mann auf, der um ein Haar dem Tode entronnen war und so völlig in seiner Philosophie des Reichtums aufging, daß er ganz vergessen hatte, wie nahe er der Pforte der Ewigkeit gewesen war.

Er fand schnell wieder zur Erde zurück, griff in die Brusttasche und zog ein kleines dickes Buch mit abgegriffenem Lederdeckel hervor, legte es mit einer gewissen Zärtlichkeit auf den Tisch und schlug es auf. Das Buch war offenbar seit vielen Jahren im Gebrauch. Einige Seiten waren mit winzig kleiner Schrift bedeckt, andere waren herausgenommen, aber sorgfältig wieder eingeklebt worden.

»Ich bin Ihnen eine Erklärung schuldig«, sagte er, während er aus ein paar losen Blättern eine Fotografie heraussuchte. Er betrachtete sie einen Augenblick und legte sie auf den Tisch, so daß das junge Mädchen sie sehen konnte.

»Aber das bin ja ich!« sagte sie und sah ihn verwundert an.

»Es ist Ihnen ziemlich ähnlich, nicht wahr?« Die Lippen fest zusammengepreßt, legte er das Bild wieder in das Buch. »Tatsächlich sind Sie es nicht. Sie sollen einmal später erfahren, wer es ist — das heißt«, lächelte er, »wenn ich nicht das Opfer eines Nachahmers des seligen Horace . . .«

»Des seligen?« wiederholte sie erstaunt.

Kerry nickte ernst.

»Er hat in seiner Zelle in der Marlborough Street Blausäure getrunken und es seinem Auftraggeber überlassen, sein gutes Werk fortzusetzen. Wann müssen Sie wieder im Geschäft sein?« fragte er plötzlich.

»Um zwei Uhr«, erwiderte sie erschrocken.

»Es ist jetzt drei. Sie brauchen vor vier nicht dort zu sein.«

»Aber, Herr Tack . . .«

»Ich bin der Chef der Firma — ich habe Tack & Brighten gekauft. Ich habe mir erlaubt, Ihr Gehalt auf zehn Pfund wöchentlich zu erhöhen. Soll ich Ihnen noch einen Kaffee bestellen?«

Else wollte »ja« sagen, brachte aber keinen Ton heraus. Zum erstenmal in ihrem Leben wußte sie nicht, was sie sagen sollte.

Kapitel 6

Alle Welt kennt heute King Kerry. Sein Leben und sein Werk sind in Nachschlagewerken mehr oder weniger richtig dargestellt. Aber nur wenige Auserwählte kennen die wirkliche Entwicklung seiner Firma.

Die indirekte Ursache ihrer Gründung war das Shearmansche Antitrustgesetz, das zur Folge hatte, daß Aufsichtsrats- und Vorstandsmitglieder amerikanischer Gesellschaften massenhaft ihre Ämter niederlegten, und das den Geschäftsleuten jenseits des Atlantischen Ozeans das Geschäft verdarb. Es waren Trustleute, die nie etwas anderes getan hatten, als widerstreitende Interessen zu einem großen Monopolkonzern zusammenzufassen. Sie standen kaum noch innerhalb der Schranken des Gesetzes und fanden überdies, daß ihnen die Flügel beschnitten waren. Diese Leute hatten mit Millionen gehandelt; sie besaßen flüssige Kapitalien, bares Geld, das jeden Augenblick verfügbar war. Sie kamen alle nach England — die acht größten Finanzleute der Vereinigten Staaten. Bolscombe E. Grant mietete Tamty Hall vom Grafen von Dichester; Thomas A. Logge, der Drahtkönig, ließ sich in London nieder; Gould Lampert kaufte ein Gut in Lincolnshire, und die anderen — Verity Sullivan, Combare Lee, der große Jack Simms und King Kerry — nahmen ihre Wohnung in London. Andere schlossen sich ihnen an, waren aber nicht so bedeutend. Cagley H. Smith warf eine Million in den Pool, zog sich aber nach der Sache mit der Orange Street wieder zurück. Die acht ließen seine Million fahren, ohne zu merken, daß sie weg war. Smith war ein kleiner Mann, und sie machten reinen Tisch, denn als er sich wieder hereinschmuggeln wollte, wurden nicht nur die fünf Millionen Dollar zurückgewiesen, die er ursprünglich gezeichnet hatte, sondern auch eine halbe Million Pfund, die er darüber hinaus als Pfand für seine Zuverlässigkeit anbot. Der »L-Trust«, wie er sich nannte, war bis zu einem gewissen Grade autokratisch. Leute, die mit übertriebener Vorstellung von ihrer Bedeutung eintraten, wurden so gründlich zermalmt, wie man eine Fliege zerquetscht. Einer von diesen war

Hermann Zeberlieff. Er war ein großer Mann in einer kleinen Stadt, einer von den kleinen Industriekönigen, die ihre örtliche Geltung zum Maßstab ihrer Bedeutung nahmen. Er warf etwa eine Million zweihunderttausend Pfund in den Pool — aber er schwatzte darüber. Die fieberhafte Sucht, öffentlich bekannt zu werden, war so stark in ihm, daß er die unverzeihliche Dummheit beging, eine Fotografie dieses »Mammutschecks« an alle Zeitungen zu schicken.

Der Scheck wurde niemals eingelöst. Er hatte durch Beunruhigung des Publikums, das nur zu leicht bei dem Wort »Trust« in Angst gerät, den Erfolg des Unternehmens aufs Spiel gesetzt.

Zeberlieff war Großaktionär der United Western Railway. An dem Morgen, an dem die Fotografie erschien, stand der Kurs auf dreiundzwanzig Pfund pro Aktie; am nächsten Nachmittag waren sie auf zwölf Pfund zehn Shilling gefallen und fielen am folgenden Tage weiter auf acht Pfund — ein sensationeller Kurssturz. Die mächtigste Gruppe der Welt hatte den Kurs heruntergetrieben. Hermann verlor bei dieser Geschichte achthunderttausend Pfund.

»Was kann ich tun?« jammerte er Bolscombe Grant, jenem dürren Geldmenschen, vor.

»Ich denke«, sagte Herr Grant, während er nachdenklich an seinem Zigarrenstummel kaute, »das Beste, was Sie tun können, ist, daß Sie den Zeitungen Ihr eigenes Lichtbild schicken.«

Das war für Hermann Zeberlieff der erste Wink, daß man ihn disziplinarisch strafen wollte.

Es war bezeichnend für den Trust, daß er keinen Versuch zu gemeinsamen Transaktionen machte, in dem Sinne, daß er sich majorisieren ließ. Er gab einem Mann absolute Vollmacht — Carte blanche —, Verbindlichkeiten einzugehen, und verlangte weder Aufklärungen noch erwartete er solche. Sie besorgten das Geld und stellten es King Kerry zur Verfügung, weil er der einzige von ihnen war, der den Wert von Liegenschaften kannte. Sie arbeiteten nach einem ganz einfachen Plan: Der Kaufpreis Londons betrug fünfundvierzig Millionen Pfund. Sie berechneten das Einkommen Londons auf jährlich einhundertfünfzig Millionen Pfund. Mit fünfzig Millionen Anlagekapital hofften sie zehn Prozent des Einkommens Londons herauszuholen, und damit wollten sie zufrieden sein.

Das war in großen Zügen der Grundgedanke. Dazu kam die Erkenntnis, daß, so groß auch die Bedeutung der Metropole war, sie doch erst am Anfang ihrer Entwicklungsmöglichkeiten stand. London würde eines Tages doppelt so groß sein, und der Wert des Grund und Bodens würde ungeheuer gestiegen sein.

»Ich sehe die Grenzen Londons verschoben bis St. Albans im Norden, Newbury im Westen und Brighton im Süden«, schrieb King Kerry in sein Tagebuch. »Vielleicht dehnt es sich im Osten bis Colchester aus, aber der Osten einer Stadt ist in jedem Entwicklungsplan eine unbestimmte Größe.«

Es galt, kaum zu überwindender Schwierigkeiten Herr zu werden, aber das gehörte zum Spiel und machte die Spieler nur noch härter. Mit Geduld war viel zu erreichen, mehr aber noch mit einem taktvoll und besonnen ausgeübten Druck.

King Kerry beabsichtigte, den großen Gebäudekomplex, der Gouldings Universal Stores umfaßte, zu kaufen. Goulding war nicht zu bewegen, also kaufte King Kerry den nächsten Block, der der Firma Tack & Brighten gehörte.

Else Marion stand Punkt zehn Uhr vor den bescheidenen Büroräumen des »L-Trusts« in der Glasshouse Street. Es war ganz ungewöhnlich, daß ein großes Finanzunternehmen sich so weit draußen im Westen niederließ, aber es war eine Eigentümlichkeit des Trusts, daß er bei all seinen Operationen niemals den Versuch machte, in dem Raum zwischen Temple Bar und Aldgate Pump Grundbesitz zu erwerben.

Es lag nicht in King Kerrys Plan, die Verhältnisse in der City von London selbst irgendwie zu stören.

Die Büroräume in der Glasshouse Street nahmen das Erdgeschoß eines neuzeitlichen Geschäftshauses ein. Die oberen Stockwerke waren an eine Versicherungsgesellschaft, eine Anwaltsfirma und einen Gütermakler vermietet — alles durchaus solide Firmen, die überdies sämtlich in enger Arbeitsgemeinschaft mit dem Trust standen.

Das junge Mädchen hatte in den Zeitungen etwas über das Geschäftslokal gelesen. Eine geschwätzige Abendzeitung hatte es »der Juwelenschrein« getauft, weil es eine gewisse Ähnlichkeit mit dem berühmten Aufbewahrungsort der englischen Kronjuwelen im Tower von London hatte. Von dem Wunsch geleitet, pünktlich zu sein, war Else eine Viertelstunde zu früh gekommen und hatte so Zeit, die ins Auge fallende Fassade zu betrachten. Eine kleine Messingtafel an der Haustür gab dem Suchenden Auskunft darüber, daß dies das eingetragene Geschäftslokal der »L-Finanz-Korporation m.b.H.« sei, denn aus Zweckmäßigkeitsgründen war eine kleine Gesellschaft mit lächerlich geringem Kapital eingetragen worden. Der Gesellschaft gehörte nicht viel mehr als das Gebäude, in dem das Geschäftslokal untergebracht war.

Die Fenster des Geschäftslokals gingen bis zur Erde; drei große Spiegelglasscheiben waren schwach gebogen und in massive Messingpfeiler eingesetzt; davor befanden sich drei weitmaschige, in Bronzepfeiler eingelassene Stahlnetzgitter.

Dies hatte den Vergleich mit dem »Juwelenschrein« veranlaßt, denn damit war die Ähnlichkeit auch zu Ende. Das Innere des nach vorn gelegenen Raumes war auffallend. Er war völlig unmöbliert. Ein blutroter Teppich bedeckte den Fußboden. In der Mitte des Raumes stand auf einem viereckigen Sockel aus Granit, der vom Kellergeschoß hochgeführt war, ein großer Safe. Er stand scheinbar auf dem Fußboden, aber ein gewöhnlicher Boden hätte das Gewicht gar nicht tragen können.

Das war aber nicht das einzige Bemerkenswerte an dem Raum. Die Wände waren in ihrer ganzen Ausdehnung mit Spiegeln verkleidet. Sechs Lampen, die Tag und Nacht brannten, waren so aufgehängt, daß ihr Licht von allen Seiten voll auf den Safe fiel. Kein Wunder, daß dieser einzigartige Raum ganz London anzog und zu einer Sehenswürdigkeit der Metropole geworden war.

Tag und Nacht war der Safe allen Vorübergehenden sichtbar. Niemand betrat den Raum außer King Kerry mit dem bewaffneten Wächter, der die Reinemachefrauen jeden Morgen bei ihrer Arbeit beaufsichtigte.

Else betrat, ein wenig von Scheu ergriffen, das Gebäude. Sie wurde von einem uniformierten Verwalter in das hintere Bürozimmer geführt. Hier saß ganz allein der Mann mit dem grauen Haar und schrieb eifrig.

Bei ihrem Eintritt sprang er auf und zog einen pompösen Stuhl heran.

»Nehmen Sie Platz, Fräulein Marion«, begrüßte er sie. »Ich werde Sie bald Else nennen, weil ...« er lächelte, als sie rot wurde, »... wir in Amerika in einem freundschaftlicheren Verhältnis zu unseren Mitarbeitern stehen, als es hierzulande üblich ist.«

Er drückte auf einen Knopf, und der Verwalter trat ein.

»Sind Ihre beiden Kollegen draußen?«

»Jawohl.«

»Lassen Sie sie hereinkommen.«

Ein paar Sekunden später kehrte der Mann mit zwei anderen Verwaltern zurück, die steif an der Tür stehenblieben.

»Dies ist Fräulein Marion«, sagte Kerry, und Else erhob sich.

Die Leute musterten sie aufmerksam.

»Darf ich Sie bitten, dort an die Wand zu treten?«

Else schritt gehorsam durch das Zimmer, während King Kerry sämtliche Lampen einschaltete.

»Sie werden Fräulein Marion jetzt bei jeder Beleuchtung erkennen«, wandte sich Kerry wieder an die Verwalter. »Fräulein Marion hat Tag und Nacht Zutritt zum Büro. Das ist alles.«

Die Leute grüßten und verließen das Zimmer. King Kerry schaltete die Lampen wieder aus.

»Es tut mir leid, Sie belästigen zu müssen, aber da Sie der einzige Mensch auf Erden sind, der dieses Vorrecht haben wird, muß ich sehr gründlich sein. Diese Leute haben die Wächter unter sich, und einer von ihnen hat immer Dienst — Tag und Nacht.«

Sie setzte sich wieder in dem angenehmen Gefühl, das das Bewußtsein seiner Bedeutung einem Menschen gibt.

»Darf ich mir eine Frage erlauben?«

Er nickte.

»Warum haben Sie gerade mich gewählt? Ich bin keine perfekte Sekretärin, und Sie wissen gar nichts von mir. Ich kann ja mit den übelsten Leuten in Verbindung stehen.«

Er lehnte sich in seinen Polsterstuhl zurück und betrachtete sie mit einem kaum merklichen Lächeln.

»Was ich von Ihnen weiß, ist das Folgende: Sie sind die Tochter des Geistlichen John Marion, eines Witwers, der vor sieben Jahren starb und Ihnen kaum mehr hinterließ, als nötig war, Sie zu Ihrer Tante nach London zu bringen. Sie haben einen Onkel in Amerika, der eine große Familie und unzählige Hypotheken im mittleren Westen hat. Ein Bruder von Ihnen ist jung gestorben. Sie waren bei drei Firmen in Stellung — bei der Firma Meddleson in Eastcheap, die Sie verließen, weil Sie sich weigerten, einen schweren Betrug mitzumachen; bei Highlaw & Sons in der Moorgate Street — Sie gingen dort weg, weil die Firma Bankrott machte — und bei Tack & Brighten, die Sie auch ohne mein Zutun verlassen hätten.«

Sie starrte ihn verwundert an.

»Wie haben Sie das herausgebracht?«

»Mein liebes Kind«, sagte er, während er aufstand und ihr väterlich die Hand auf die Schulter legte, »wie bekommt man so etwas heraus? Dadurch, daß man Leute fragt, die es wissen. Ich laufe wenig Gefahr! Ich bin nach Southwark gefahren, um Sie zu sehen und, wenn möglich, zu sprechen. Und zwar tat ich dies, ehe ich Sie engagierte und bevor Sie wußten, daß ich diese Absicht hatte. Also!«

Er ging rasch zu seinem Schreibtisch. »Nun das Geschäftliche. Sie bekommen wöchentlich zehn Pfund von mir und eine Gratifikation am Ende eines jeden Jahres. Ihr Dienst besteht darin, daß Sie als meine Vertrauensperson arbeiten, Briefe schreiben — nicht etwa nach Diktat, denn ich hasse das Diktieren, sondern im Sinne meiner Instruktionen.«

Sie nickte.

»Noch eins«, fuhr er mit gedämpfter Stimme fort und lehnte sich über den Schreibtisch, »Sie müssen sich drei Worte einprägen.«

Sie machte sich auf einen der üblichen kleinen Sprüche gefaßt, die als Richtschnur für ihre Tätigkeit dienen sollten.

»Diese drei Worte«, fuhr er in demselben Ton fort, »dürfen, solange ich lebe, nie zu irgendeinem Menschen gesprochen werden, dürfen nur mir gegenüber wiederholt werden.«

Else war außerstande, in eine noch größere Verwunderung zu geraten. Die letzten vierundzwanzig Stunden hatten, so schien es ihr, das denkbar Höchste an Überraschungen gebracht.

»Meinen Geschäftsfreunden, meinen Freunden oder meinen Feinden — und ganz besonders meinen Feinden gegenüber«, fuhr er mit flüchtigem Lächeln fort, »dürfen Sie die Worte nie gebrauchen — bis ich tot bin. Dann sollen Sie in Gegenwart der Herren, die dieser Gesellschaft angehören« — hier dämpfte er seine Stimme zum Flüstern — »›Kingsway needs Paving‹ sagen.«

»Kingsway needs Paving«, wiederholte sie flüsternd.

»Was auch kommen möge, vergessen Sie diese Worte nicht«, sagte er ernst. »Wiederholen Sie sie, bis sie Ihnen so geläufig geworden sind wie Ihr eigener Name.«

Sie nickte wieder. Trotz ihrer Verwirrung war sie sich doch bewußt, daß von diesen sinnlosen Worten »Kingsway needs Paving« sehr viel abhing.

Kapitel 7

Zur selben Zeit, als Else in die Geheimnisse des Büros von King Kerry eingeweiht wurde, saßen zwei Herren in dem prunkvoll eingerichteten Speisezimmer Leetes in der Charles Street beim Frühstück.

Einer von ihnen war der furchtbare Leete selbst in einem Schlafrock von geblümter Seide, der andere — der jugendlich aussehende Hermann Zeberlieff. Er war achtunddreißig Jahre alt, hatte aber eines von den Gesichtern, auf denen Zeit und ausschweifendes Leben keine Spuren zurücklassen.

Leete und er waren Freunde. Sie hatten sich in Paris zu einer Zeit kennengelernt, als der Name des Millionärs Zeberlieff, des Mannes, der den gesamten Weizen aufgekauft hatte, in jeder Zeitung stand. Die beiden Männer unterhielten sich gerade über Geldangelegenheiten, und das war ein Thema, in dem beide vollständig aufgingen.

»Sie sind selbst ziemlich reich, nicht wahr?« fragte Zeberlieff.
»Es geht«, gab Leete trocken zu.
»Millionär?«
Leete nickte nur.
»Warum, zum Teufel, haben Sie dann Ihr Geschäft an King Kerry verkauft?« fragte Zeberlieff erstaunt.
Leete verzog sein Gesicht zu einem Grinsen.
»Nebenan war ein größeres Geschäft«, sagte er lustig. »Goulding hatte den doppelten Umsatz, wenn man alle unsere Kunden und Einnahmen in Betracht zieht. Er hat die beste Lage — an einer Ecke und dazu zwei Reihen Schaufenster. Das ist der Grund!«
»Aber warum hat King Kerry dann nicht Goulding gekauft?«
Das Lächeln auf Leetes Gesicht wurde breiter.
»Goulding verkauft nicht. King Kerry hat den Grund und Boden gekauft und ist demnach der Grundbesitzer; aber an Goulding kann er dennoch nicht heran, weil die Pacht noch achtzig Jahre läuft.«
Zeberlieff pfiff. »Das wird ihn ärgern«, sagte er befriedigt.
»Tack & Brighten geht tatsächlich langsam kaputt«, fuhr Leete offenherzig fort. »Wenn er nicht Goulding aufkaufen kann, ist sein Geld so gut wie verloren. Goulding wird verkaufen — aber zu einem gewissen Preis.« Und dabei zwinkerte er. »Haben Sie übrigens gehört, daß man auf offener Straße ein Attentat auf ihn verübt, auf ihn geschossen hat? Und daß der Mensch, der ihn erschießen wollte, tot ist?«
Zeberlieff zog die Augenbrauen in die Höhe. »Was Sie nicht sagen!«
Leete nickte.
»Er war anscheinend sinnlos betrunken, als er auf die Wache kam. Einer seiner Spießgesellen schickte ihm eine Kanne Kaffee; die Polizei gestattete, daß sie ihm gebracht wurde — glaubte wohl, das würde ihn nüchtern machen.«
»Und wurde er es?« fragte Zeberlieff, ohne besonderes Interesse zu verraten.
»Der Kaffee brachte ihn um — es war Blausäure drin. Mein Arzt« — er machte eine kleine Pause und ließ dann die Stimme

ein wenig anschwellen —, »mein Arzt, Sir John Burcheston, ging gerade vorüber und wurde hineingerufen. Er hat mir alles erzählt.«

»Merkwürdig!« warf Zeberlieff, offensichtlich gelangweilt, ein. »Wie konnte das nur passieren?«

»Keine Ahnung — man hat den Jungen, der den Kaffee gebracht hat, ausfindig gemacht; der hat ausgesagt, ein Fremder habe ihn geschickt, und der ist natürlich nicht zu finden.«

»Hört sich ja recht schauerlich an«, erwiderte Zeberlieff kühl.

»Dachte, es würde Sie interessieren.«

»Ihr Geschäft mit Kerry interessiert mich entschieden mehr. Wußte er nicht, daß Goulding nicht verkaufen will?« fragte Zeberlieff ungläubig. »Das ist kaum anzunehmen.«

»Er glaubt, ein gutes Geschäft gemacht zu haben«, kicherte Leete. »Wir haben die Preise herabgesetzt und stecken den Gewinn ein. — Ihre Trustleute sind nicht so gerissen, wie Sie glauben.«

Aber Zeberlieff schüttelte den Kopf und sagte in ernstem Ton: »Wenn Sie die Gerissenheit des ›Großen L‹ unterschätzen, sind Sie drauf und dran, sich in die Nesseln zu setzen — das ist alles. King Kerry wittert den Wert eines Grundstückes geradezu; er macht keine Fehler.«

Leete schaute den anderen höhnisch lächelnd an, wobei seine gelben Zähne sichtbar wurden. »Wenn ich von einem Ihrer Freunde verächtlich spreche . . .«

Dunkle Röte schoß in Zeberlieffs rundes Kindergesicht, und seine Augen funkelten bösartig.

»Ein Freund von mir!« rief er wütend. »Ein Freund von mir? — Leete, ich hasse den Menschen so sehr, daß ich vor mir selbst Angst habe. Ich hasse seinen Anblick! Ich hasse den Ton seiner Stimme! Ich hasse ihn, und doch läßt er mich nicht los.«

Er ging hastig auf und ab. Plötzlich blieb er stehen und fragte: »Wissen Sie, daß ich oft stundenlang hinter ihm hergehe, buchstäblich wie ein Hund hinter ihm herlaufe, bloß aus dem einen Grund, weil ich ihn so sehr hasse, daß ich ihn nicht aus den Augen lassen kann?«

Sein Gesicht war jetzt bleich; er ballte die vom Schweiß feuchten Hände zusammen, bis die Knöchel weiß wurden. »Sie halten mich jedenfalls für verrückt — aber Sie ahnen nicht, wie sehr der Haß einen packen kann. Oh, ich hasse ihn — mein Gott, wie hasse ich den Menschen!« Er zischte die letzten Worte zwischen den zusammengebissenen Zähnen hervor.

Leete nickte zustimmend. »Dann will ich Ihnen etwas Schönes verraten. Kerry soll Blut lassen.«

»Blut lassen?« fragte Zeberlieff, und die geradezu tierische Freude in seiner Stimme war nicht zu verkennen.

»Nicht wie Sie meinen«, sagte Leete belustigt, »aber er soll uns für Goulding zahlen.«

»Uns?«

»Uns!« wiederholte Leete. »Mein Lieber, Goulding gehört mir — ist immer mein Geschäft gewesen. Ich habe Goulding aus Tack & Brighten aufgebaut. Das Verlustobjekt habe ich verkauft, den Gewinn behalten.«

Wieder zog Zeberlieff die Stirn kraus.

»Und das soll Kerry nicht gewußt haben?« fragte er in einem Ton, der deutlich erkennen ließ, daß er nicht daran glaubte.

Leete schüttelte den Kopf und lachte — ein eigenartig hohes Lachen, bei dem die Stimme fast überschnappte.

Zeberlieff wartete, bis er aufhörte. »Ich möchte mit Ihnen um alles Geld der Welt wetten, daß Kerry es wußte«, sagte er, und Leetes häßliches Gesicht wurde sofort wieder ernst.

»Jetzt weiß er's, weil ich es ihm gesagt habe.«

»Er hat es die ganze Zeit gewußt. Ich bin neugierig, was für eine Gemeinheit er für Sie auf Lager hat.«

Er dachte einen Augenblick nach. Sein rühriger Geist arbeitete angestrengt.

»Was hat er vor?« fragte er plötzlich. »Nach welchem Plan arbeitet er? — Ich habe keine Ahnung, obgleich ich dem Syndikat angehört habe; auch von den anderen weiß es keiner. Er hat das ganze Projekt allein ausgearbeitet und im Juwelenschrein deponiert. Keines Menschen Auge hat es gesehen.«

Leete stand auf, um sich zum Ausgehen umzukleiden.

»Wir könnten Kerry kaputtmachen, wenn wir es wüßten«, fuhr Zeberlieff nachdenklich fort. »Ich würde eine Million Dollar drum geben, wenn ich herausbekommen könnte, was er vorhat.«

Während Leete sich ankleidete, saß Zeberlieff da, das Kinn auf die geballte Faust gestützt, und blickte finster auf die Straße. Hin und wieder änderte er die Stellung und notierte sich etwas.

Als Leete wieder ins Zimmer trat, fertig zu einer Besprechung, die er mit King Kerry vereinbart hatte, war Zeberlieff fast lustig.

»Gehen Sie nicht weg, ehe nicht Gleber dagewesen ist«, sagte er. Leete sah bedauernd nach der Uhr und wollte sich gerade entschuldigen, als der Diener den Mann meldete, den Zeberlieff erwartet hatte.

Gleber war klein, hatte eine große Glatze und ein scheues, geheimnisvolles Benehmen.

»Nun?«

»Die junge Dame kam um zehn Uhr, blieb zehn Minuten vor dem Gebäude stehen und ging dann hinein.«

»Dieselbe, die im Hotel Savoy speiste?« fragte Zeberlieff.

»Das ist die Marion«, warf Leete grinsend ein, »ein ungewöhnliches Ladenmädchen — ist er so einer?«

Zeberlieff schüttelte finster den Kopf.

»Kerry ist ein sehr guter Menschenkenner. Wie lange blieb sie?«

»Sie war noch drinnen, als ich wegging. Ich glaube, sie ist dort in Stellung.«

»Blödsinn!« fuhr Leete ihn an. »Zu welchem Zweck behält er ein Mädchen in seinem Büro — ein Mädchen dieses Schlages?«

Hermann gab indessen zu verstehen, daß er Leetes Ansicht nicht teile.

»Dies ist die vollkommene Sekretärin, nach der er schon immer auf der Jagd ist. Das Mädchen wird einmal ein Faktor werden, mit dem man rechnen muß, Leete — vielleicht ist sie es bereits.« Er biß sich nachdenklich auf den Zeigefinger. »Wenn sie wüßte!« sagte er halblaut zu sich.

Leete verabschiedete sich rasch und erreichte ein paar Minuten nach der verabredeten Zeit das Büro des Trusts.

King Kerry war da; Fräulein Marion saß an einem Schreibtisch aus Rosenholz hinter einem Stoß von Papieren, was auf eine Dauerstellung schließen ließ.

»Nehmen Sie Platz, Herr Leete«, sagte Kerry mit einer einladenden Handbewegung. »Und nun machen Sie mir Ihr genaues Angebot.«

Leete warf einen nicht mißzuverstehenden Blick auf Else, und sie war im Begriff aufzustehen, als eine Handbewegung Kerrys sie zurückhielt.

»Ich habe keine Geschäftsgeheimnisse vor Fräulein Marion.«

Der leicht erregbare Leete kochte innerlich vor Wut. Daß er, eine Größe in jeder Beziehung, in Gegenwart eines Ladenmädchens und noch dazu einer seiner früheren Angestellten offen sprechen sollte, war eine bittere Pille für seinen Stolz.

»Es ist nicht viel zu sagen«, begann er mit angenommener Nonchalance, von der er indessen weit entfernt war. »Ich habe Ihnen geschrieben, daß ich Goulding bin und daß ich zu einem bestimmten Preis verkaufen will.«

»Sie haben die Tatsache, daß Sie der führende Kopf in der Firma Goulding sind, verheimlicht, als ich Ihr anderes Geschäft kaufte«, sagte Kerry mit feinem Lächeln. »Sie waren nicht einmal auf dem Gericht zugegen — Ihr Anwalt erledigte wohl die Sache für Sie?«

Leete nickte.

»Ich habe das natürlich alles gewußt«, fuhr King Kerry in ruhigem Ton fort. »Deshalb habe ich auch das billigere Objekt gekauft. Was verlangen Sie für Ihren kostbaren Laden?«

»Eineinviertel Million«, erwiderte Leete mit Nachdruck, »nicht einen Pfennig weniger.«

Kerry schüttelte den Kopf und erwiderte langsam: »Ihr Geschäft lebt von der Hand in den Mund. Sie schütten nur mittelmäßige Dividenden aus und haben keine Reserven.«

»Wir haben im letzten Jahr einen Reingewinn von hundertfünfzigtausend Pfund gehabt«, entgegnete Leete lächelnd.

»Stimmt genau — ein klein wenig über zehn Prozent des Preises, den Sie fordern —, doch ich biete Ihnen für Ihr Geschäft in bar fünfhunderttausend Pfund.«

Leete stand ohne weiteres von seinem Stuhl auf und zog die Handschuhe an.

»Ihr Angebot ist lächerlich«, sagte er; und er glaubte es auch tatsächlich.

King Kerry hatte sich ebenfalls erhoben.

»Mein Angebot liegt um ein weniges unter dem effektiven Wert des Objektes, aber ich muß eine Spanne haben, um den Verlust wieder auszugleichen, den ich durch Überzahlung von Tack & Brighten erlitten habe.«

Er geleitete den Besucher zur Tür. »Ich hätte Sie gerne zum Lunch gebeten, um die Angelegenheit ruhig zu besprechen, aber ich muß heute nachmittag leider nach Liverpool fahren.«

»Alles Hinundherreden könnte nichts an meiner Forderung ändern«, erwiderte Leete grimmig. »Ihr Gebot ist einfach lächerlich.«

»Sie werden es noch gern annehmen, ehe das Jahr zu Ende geht«, verabschiedete sich Kerry und schloß die Tür hinter dem vor Wut kochenden Besucher.

Leete rief eine Taxe an und kam, berstend vor Wut, in seine Wohnung zurück, wo er dem ruhig zuhörenden Zeberlieff eine Geschichte erzählte, die geeignet war, jedem spekulierenden Geldmann Tränen zu entlocken.

Am selben Nachmittag sah ein junger, lustiger Reporter des *Monitor*, der auf der Middlesex Street herumbummelte, um Stoff für einen Bericht zu suchen, ein bekanntes Gesicht in dem schmutzigen Klubhaus »Am Tag« verschwinden. Die Gäste dieses Lokals waren hauptsächlich Leute, die vom Kontinent herübergekommen und unzweifelhaft flüchtige Schwerverbrecher ersten Ranges waren.

Der unternehmungslustige Journalist erkannte den Mann trotz seiner ärmlichen Kleidung und ging mit dem ganzen Eifer eines Reporters, der einen guten Fang wittert, hinter ihm drein in das Klubhaus.

Kapitel 8

Ein Liedchen vor sich hin summend, kehrte Else Marion in ihre in der Smith Street in Southwark gelegene Wohnung zurück. Es war unglaublich, aber sie hatte ja den unumstößlichen Beweis in der Tasche. Zärtlich fuhr sie mit der Hand über ihre kleine Schwedentasche, und das Knistern von Papier zauberte ein glückliches Lächeln auf ihre Lippen. Das Täschchen enthielt ihren kostbarsten Besitz — einen Kontrakt. Einen Kontrakt, der in dem schönsten Juristenenglisch abgefaßt und auf einem steifen Bogen mit der Maschine geschrieben war. Ein zierliches »L« und eine Anschrift kennzeichneten den Bogen als Geschäftspapier des großen Trusts. In diesem Kontrakt verpflichtete sich Else, »nachstehend die Arbeitnehmerin genannt, einerseits«, während eines Zeitraums von fünf Jahren dem Präsidenten des Londoner Landtrusts, »nachstehend die Arbeitgeber genannt, andererseits«, für ein Entgelt von fünfhundertzwanzig Pfund im Jahr, zahlbar wöchentlich, Dienste zu leisten.

Jetzt, glaubte sie, würde sie aus ihrem Traum erwachen und sich in die rauhe Wirklichkeit eines Lebens zwischen den Backsteinen und dem Mörtel häßlicher Häuser zurückversetzt sehen, in das ermüdende, unbefriedigende Einerlei von Tagen, die auf einem hohen Drehstuhl verbracht wurden. Ihr Herz schlug zwar freudig, wenn sie an all die Aussichten dachte, die die Zukunft für sie barg, an all die wundervollen Möglichkeiten, die ihr der auf so wunderbare Weise zugefallene Reichtum eröffnete; aber bei dem Gedanken, daß sie nun die Smith Street verlassen sollte, fühlte sie doch etwas wie einen stechenden Schmerz. Gewiß, das Bett war klobig, das Frühstück einfach: dick geschnittenes Brot und Butter auf dicken Tellern und dicker Kaffee in Frau Gritters »schallsicheren« Tassen, wie Else sie getauft hatte; aber das Zimmer mit seinen kleinen Bücherbrettern, den Vertiefungen in der Fensterverkleidung und der peinlichen Sauberkeit atmete doch tiefes Glück. Es war ihr Heim, das einzige Heim, das sie bisher gekannt hatte, das ihr gehörte, in dem sie als Herrin schalten und walten konnte.

Frau Gritters Tochter war allerdings eine Plage. Henriette war ein schlampiges Ding von vierundzwanzig Jahren, geheimnisvoll verheiratet und ebenso geheimnisvoll verlassen — Frau Gritter tat freilich nur so geheimnisvoll, denn die ganze Nachbarschaft kannte die Geschichte ... Jetzt war sie eine chronische Säuferin, und die Bewohner des Hauses Smith Street 107 sahen sie nie anders als in einem Zustand völliger Trunkenheit. Frau Gritter pflegte zu sagen, daß sie ihrer Tochter diese Schwäche nicht übelnehme, aber die Rücksichtslosigkeit, mit der Henriette sie zur Schau stelle, strengstens verurteile.

Aber Else hatte dennoch angenehme Beziehungen angeknüpft; sie hatte sich mit Leuten angefreundet, die schwer arbeiteten und schlecht und recht von einem Lohn lebten, der kaum genügt hätte, ihren Lunch im Savoy zu bezahlen. Als sie den Schlüssel ins Schloß stecken wollte, wurde die Tür geöffnet, und ein junger Mann stand im Flur.

»Hallo, Fräulein Marion!« rief er. »Sie kommen ja heute abend sehr früh nach Hause!«

Gordon Bray bewohnte das Vorderzimmer des zweiten Stocks. Er war anders geartet als die Männer, die Else bisher kennengelernt hatte: der prächtige Typ eines Autodidakten, der die Mängel einer dürftigen Erziehung und Schulbildung erfolgreich überwunden hatte. Er hatte schon mit zwölf Jahren die Schule verlassen müssen, weil der Tod des Vaters ihn zur alleinigen Stütze der Mutter machte. Nacheinander Laufjunge, Lehrling, Ladenbursche, Handlungsgehilfe — war er immer eine Stufe höher gestiegen, bis der Tod der Mutter ihn vor die Frage stellte, was jetzt aus ihm werden solle. So schmerzlich ihr Tod für ihn auch gewesen war, er hatte ihm doch mehr Möglichkeiten eröffnet, vorwärtszukommen. Von seinem kleinen Einkommen, das für sie beide hatte ausreichen müssen, blieb ihm jetzt etwas übrig, und so hatte er sich neuen Studien zugewandt.

Das junge Mädchen sah ihn freundlich an. Sie war in diesen hübschen jungen Mann nicht verliebt und er ebensowenig in sie. Es war eher Seelenverwandtschaft als Liebe, was sie verband. Sie waren Kampfgenossen in dem schweren Lebenskampf, hatten gemeinsame Feinde, hatten ähnliche Gedanken.

»Ich gehe ins Leihhaus«, sagte er und schwenkte dabei ohne irgendwelche Scham einen Pack Bücher. »Ich habe die Arbeit bei Holdron satt — sie haben heute mein Gehalt um einen Shilling die Woche erhöht und erwarten, ich würde vor Dankbarkeit in die Knie sinken.«

Sie wollte ihm die große Neuigkeit mitteilen, aber die Angst, dadurch auch nur ein Fünkchen Neid in seiner Seele zu entflammen, hielt sie davon ab; sie würde es ihm ein andermal erzählen; wenn er in besserer Stimmung war.

»Was machen die Entwürfe?« fragte sie freundlich. Das Ziel seiner Sehnsucht war das Baufach, und seine prächtigen Entwürfe waren seine Herzensfreude. Außerdem hatten sie auch materiellen Wert, denn er hatte in der Schule dafür bereits zwei goldene Medaillen bekommen.

Ein Schatten huschte über sein Gesicht; dann sagte er mit fröhlichem Lachen: »Oh, die sind sehr gut aufgehoben«, worauf er sich rasch verabschiedete.

Sie lief leichten Herzens die Treppe hinauf und mußte unterwegs an Frau Gritters verrufener Tochter vorbei, die schon wieder stark betrunken war. Frau Gritter servierte selbst den unausbleiblichen Tee, machte ihre üblichen Bemerkungen über das Wetter und brachte ihre unvermeidliche Entschuldigung wegen des Zustandes ihrer Tochter vor.

»Ich werde Sie verlassen, Frau Gritter«, sagte das junge Mädchen.

»Ach, wirklich?« Frau Gritter hatte das Gefühl, daß eine solche Gelegenheit es erfordere, ihrer gekränkten Unschuld Luft zu machen. Sie betrachtete nämlich eine Kündigung als eine unberechtigte Kritik ihrer Hausfrauentüchtigkeit.

»Ich — ich habe eine bessere Stellung bekommen«, fuhr Else fort; »deshalb kann ich es mir leisten, etwas mehr für ein Zimmer auszugeben.«

»Da habe ich im ersten Stock das Vorderzimmer mit Flügeltüren . . .«, deutete Frau Gritter erwartungsvoll an. »Wenn Sie zehn Shilling die Woche mehr zahlen könnten —«

Else schüttelte lachend den Kopf. »Danke sehr, Frau Gritter; aber ich möchte näher an meiner Arbeitsstelle wohnen.«

»Die Untergrundstation liegt so gut wie gegenüber«, fuhr die Wirtin unverdrossen fort; »Omnibusse sozusagen nach allen Richtungen. Es ist sehr schwer für mich, in einer Woche zwei Mieter zu verlieren.«

»Zwei?« fragte das junge Mädchen überrascht. Die Wirtin nickte und flüsterte Else dann vertraulich zu: »Unter uns, Fräulein Marion, es ist mit Herrn Bray die reine Last gewesen; er hat nie die Miete pünktlich bezahlt und ist sie mir jetzt noch für drei Wochen schuldig.« Dabei putzte sie ihre Brille mit einem Zipfel ihrer Schürze.

Else erschrak. Es war ihr niemals eingefallen, sich nach Brays Verhältnissen zu erkundigen. Sie wußte zwar, daß es ihm nicht gerade besonders gut ging, hatte aber keine Ahnung, daß es so schlecht mit ihm stand. Jetzt wurde ihr auch klar, weshalb er in so bitterem Ton von seiner Gehaltsaufbesserung um einen Shilling gesprochen hatte.

»Das kommt vom Studieren«, sagte Frau Gritter bekümmert. »Geld wegwerfen, um sich den Kopf mit nutzlosem Zeug vollzuproppen, statt sich was in den Magen zu schlagen und auf den Leib zu hängen. Was kommt denn dabei raus? Bildung! Macht nur die Gefängnisse voll und die Arbeitshäuser — und das Heer.«

Sie hatte einen Sohn bei den Soldaten und war infolgedessen nicht gut auf das Heer zu sprechen; Söhne beim Militär bedeuten für die Familie immer eine finanzielle Belastung.

Das junge Mädchen biß sich nachdenklich auf die Lippen.

»Vielleicht«, meinte sie zögernd, »vielleicht, wenn ich Ihnen die — rückständige Miete bezahle . . .«

Ein Freudenstrahl blitzte in den Augen der Wirtin auf, verschwand aber sofort wieder.

»Das hat keinen Zweck. Übrigens hat er mir ein paar Sachen als Pfand für die Miete gegeben.«

»Ein paar Sachen?« Stirnrunzelnd sah Else die Frau an. »Was für Sachen?«

Frau Gritter wich ihrem Blick aus.

»Doch nicht seine Entwürfe?« fragte das junge Mädchen rasch.

Frau Gritter nickte. »Zu haben und zu behalten«, sagte sie in der irrigen Meinung, sich in juristischer Terminologie zu ergehen, »bis er wirklich bezahlt.«

»Sie hätten das nicht annehmen sollen«, entgegnete das junge Mädchen heftig. »Sie wußten doch, daß er rechtzeitig zahlen wird.«

»Er hat sie mir nicht eigentlich gegeben, ich habe sie mit Beschlag belegt, wie das Gesetz es zuläßt.«

Das junge Mädchen starrte sie an, als wäre sie ein neues, fremdartiges Insekt. »Sie haben sie mit Beschlag belegt? Haben sie aus seinem Zimmer genommen?«

Frau Gritter nickte. »Nach dem Gesetz«, rechtfertigte sie sich.

»Nein, so was!« rief das junge Mädchen aus. »Sie sind nicht ehrlich!«

Dunkle Zornesröte stieg der trefflichen Frau Gritter in die Wangen.

»Nicht ehrlich?« wiederholte sie, und ihre Stimme schnappte fast über. »Sagen Sie das nicht noch einmal von anständigen Leuten, Fräulein . . .«

Es klopfte an die Tür. Es war ein lautes, gebieterisches Klopfen, und ohne die Erlaubnis zum Eintreten abzuwarten, wurde die Tür geöffnet, und zwei Männer traten in das Zimmer.

»Marion?« fragte der eine.

»Ich bin Fräulein Marion«, antwortete das junge Mädchen, erstaunt über dieses formlose Eintreten.

Der Mann nickte freundlich. »Ich bin Sergeant Colestaff von der Städtischen Polizei und muß Sie verhaften. Sie werden beschuldigt, der Firma Tack & Brighten vierzehn Pfund gestohlen zu haben.«

Else fiel nicht in Ohnmacht. Regungslos, wie eine aus Stein gemeißelte Figur stand sie da. Frau Gritter aber warf ihr einen finsteren Blick zu und murmelte empört: »Nicht ehrlich!«

»Wer beschuldigt mich?« fragte das junge Mädchen mit schwacher Stimme.

»Herr King Kerry«, erwiderte der Kriminalbeamte.

»King Kerry — nein, nein!« Sie streckte die Hände aus und faßte flehentlich den Arm des Beamten.

»Herr King Kerry«, sagte er sanft. »Ich führe diesen Befehl auf Grund einer von ihm beschworenen Anzeige aus.«

»Es ist unmöglich — unmöglich!« rief sie in Tränen ausbrechend aus. »Es kann nicht sein. — Da muß ein Irrtum vorliegen! Er kann das nicht getan haben — er würde es nicht tun!«

Der Kriminalbeamte schüttelte den Kopf. »Es mag ein Irrtum vorliegen, Fräulein Marion; aber was ich gesagt habe, ist wahr.«

Das junge Mädchen sank in einen Stuhl und bedeckte das Gesicht mit den Händen.

Die Hand des Beamten fiel auf ihre Schulter. »Kommen Sie bitte mit!«

Sie stand auf, setzte mechanisch den Hut auf und ging mit den beiden Beamten die Treppe hinunter, die Wirtin sprachlos zurücklassend.

»Nicht ehrlich!« wiederholte sie schließlich. »Du lieber Gott! Was sich diese Ladenmädchen herausnehmen!«

Sie wartete, bis die Haustür ins Schloß fiel, und bückte sich dann, um Elses Koffer unter dem Bett hervorzuziehen. Wenn je, so war jetzt eine Gelegenheit, ein paar Kleinigkeiten mitgehen zu lassen.

Kapitel 9

Else Marion saß auf der Pritsche und starrte auf die getünchte Wand ihrer Zelle. Sie hatten eine Kirchenuhr zwölf schlagen hören. Seit sechs Stunden war sie in Haft; sie schienen ihr sechs Jahre. Sie konnte es nicht fassen.

King Kerry hatte sich am Nachmittag fröhlich von ihr verabschiedet, um nach Liverpool zu fahren, wo er Cyrus Hartpool, der vor kurzem aus Amerika herübergekommen war, treffen wollte. Sie hatte ihn zur Bahn begleitet, hatte bis zur Abfahrt des Zuges mit ihm geplaudert und seine Instruktionen für die Arbeit des nächsten Tages entgegengenommen.

In Liverpool hatte King Kerry, wie ihr ein mitleidiger Polizeiinspektor mitteilte, vor einem Friedensrichter eine Aussage gemacht, und auf telegrafisches Ersuchen der Liverpooler Polizei hatte ein Londoner Richter den Haftbefehl erlassen.

Warum hatte er nicht bis zu seiner Rückkehr gewartet? Sie hätte Aufklärung geben können — wenn überhaupt etwas aufzuklären war —, aber er konnte wohl die Zeit nicht erwarten, um das kleine Paradies, das er vor kurzem geschaffen hatte, wieder zu zerstören. Den ganzen Abend hatte sie dagesessen und sich den Kopf zerbrochen, um eine Erklärung für diese furchtbare Änderung in ihrer Lage zu finden. Es war und blieb ihr ein Rätsel. Das Unglück war zu groß, als daß sie es hätte fassen können.

Sie hatte niemals mit größeren Beträgen zu tun gehabt; sie hatte jeden Abend abgerechnet, und nie war eine Abrechnung beanstandet worden. Aber da war noch ein anderes Rätsel: Um acht Uhr war ihr das Essen gebracht worden. Es war aus dem ersten Londoner Hotel, dem kürzlich eröffneten Schweizerhof, in einer Taxe geschickt worden, ein so hervorragendes Mahl, wie es sich der verwöhnteste Gaumen nur hätte wünschen können. Jung und gesund, wie sie war, hatte sie es sich trotz ihrer üblen Lage ausgezeichnet schmecken lassen. Trotz aller ihrer Fragen konnte sie nur in Erfahrung bringen, daß ein Herr aus Liverpool es telefonisch bestellt habe.

Die Inkonsequenz des Mannes war geradezu erstaunlich. Erst ließ er sie unter dem Verdacht, ein paar Pfund gestohlen zu haben, einsperren, und dann gab er fast ebensoviel, wie sie angeblich gestohlen haben sollte, für ein Essen aus.

Es schlug eins. Sie versuchte vergeblich zu schlafen.

Um halb zwei kam die Wärterin den Gang herunter und schloß die Zelle auf. »Kommen Sie mit!« sagte sie, und das junge Mädchen folgte ihr durch eine andere eisenbeschlagene Tür über eine Treppe in das Untersuchungszimmer. Sie blieb wie angewurzelt stehen, als sie das Zimmer betrat; denn neben dem Pult des Inspektors stand King Kerry.

Er ging mit ausgestreckten Händen auf sie zu.

»Armes Kind!« sagte er in einem Ton des Bedauerns, an dessen Aufrichtigkeit sie nicht zweifeln konnte. Er führte sie zum Schreibtisch; sie war im Augenblick zu benommen, um irgendwie Widerstand leisten zu können.

»Ich denke, es ist alles in Ordnung, Herr Inspektor«, wandte er sich an den Beamten.

»Jawohl, mein Herr«, entgegnete dieser und warf dem jungen Mädchen einen freundlichen Blick zu. »Sie sind frei, Fräulein.«

»Aber ich begreife nicht . . .«, begann Else; doch King Kerry bot ihr den Arm und führte sie aus dem Zimmer.

Draußen warteten drei Wagen; mehrere Herren standen plaudernd in kleinen Gruppen auf dem Bürgersteig. Sie wandten sich wie auf Befehl um, als die beiden die Treppe der Polizeiwache herunterkamen; einer von ihnen trat näher und lüftete den Hut.

»Ich halte es für das richtigste, zunächst in die Smith Street zu fahren.«

»Ganz Ihrer Meinung, Herr Inspektor«, pflichtete Kerry ernst bei.

Er öffnete die Tür des ersten Wagens und schob das junge Mädchen hinein.

»Liebes Kind«, sagte er, als sie allein waren. »Sie müssen Ihr Urteil auf später verschieben. Von meinen Freunden war niemand in der Stadt. Ich war daher zu einer ganz drastischen Maßnahme gezwungen, von der ich sicher erwarten durfte, daß sie ihren Zweck nicht verfehlen würde.«

»Aber warum? Warum?« stieß sie weinend hervor.

»Urteilen Sie später«, antwortete er freundlich; »ich glaube, dadurch, daß ich Sie verhaften ließ, habe ich Ihnen das Leben gerettet.«

Er sprach so ernst, so feierlich, daß ihre Tränen versiegten und die Neugier ihren Kummer überwand.

»Ich erhielt im Zug ein Telegramm«, begann er seine Erklärung, »gerade in dem Augenblick, als wir in Liverpool ankamen — es muß in Edgehill aufgegeben worden sein. Es war von meinem Beauftragten, einem jungen Mann beim ›Monitor‹, und setzte mich davon in Kenntnis, daß aus einem Grund, den ich verstehe und den auch Sie bald verstehen werden, heute nacht ein Attentat auf Sie verübt werden sollte.«

»Unmöglich!«

Er nickte. »Ich hätte die Polizei benachrichtigen können; aber ich war mir nicht ganz sicher, ob sie meine Mitteilung ernst genommen hätte, und fürchtete, man könnte Ihnen nur ungenügenden Schutz angedeihen lassen.«

»Aber wer kann denn ein Interesse daran haben, mir etwas zu tun?« fragte sie. »Ich habe keinen einzigen Feind auf der Welt.«

»Sie haben ebenso viele Feinde wie jedes andere Glied der Gesellschaft«, widersprach er ihr, »das heißt, Sie haben die zu Feinden, die allen ehrenhaften und anständigen Gliedern der Gesellschaft feindlich gesinnt sind.«

Er schwieg, bis der Wagen vor ihrer Haustür hielt. Während sie mit ihrem Begleiter ausstieg, fuhren die anderen Wagen vor, und es fand zwischen Kerry und den Detektiven — denn es waren Leute von Scotland Yard und Pinkerton — eine kurze Besprechung statt. Dann schritt Kerry auf das im Dunkel still daliegende Haus zu und pochte laut an die Tür.

»Liegt Ihr Zimmer nach der Straße?« fragte er Else.

Sie verneinte lächelnd. »Das war viel zu teuer für mich. Nein, ich hatte ein Hinterzimmer im ersten Stock mit prächtiger Aussicht auf die hinteren Fenster anderer Häuser und auf einen kleinen Balkon, wenn ich den Mut hätte, hinauszuklettern.«

»Einen kleinen Balkon?« fragte er scharf, und sie beeilte sich, ihre Worte zu erklären.

»Ich kann aus meinem Fenster auf das Bleidach der Küche treten. Der Gedanke ist mir sehr sympathisch, weil ich Angst vor Feuer habe.«

»Ich auch«, erwiderte der Multimillionär grimmig.

Während er sprach, wurde die Tür geöffnet, und Gordon Bray trat, völlig angekleidet, heraus. Er erkannte Else sofort. »Gott sei Dank, daß Sie da sind! Ich habe mich um Sie zu Tode geängstigt; ich habe auf der Polizeiwache angerufen. Wahrscheinlich hat man es Ihnen gar nicht gesagt.«

Else stellte den Millionär vor, und Bray sah mit Verwunderung auf ihre zahlreiche Begleitung.

»Herr Bray«, sagte Kerry, »wir möchten Ihre Wirtin wecken. Könnten Sie das für uns tun?«

»Gewiß!« Er führte sie in das kleine, muffig riechende Wohnzimmer und machte Licht.

»Könnte nicht lieber ich Frau Gritter wecken?« fragte Else. »Ich muß ja doch in mein Zimmer hinauf.«

»Noch nicht, bitte«, antwortete Kerry rasch. »Sie schlafen heute nacht auf keinen Fall in Ihrem Zimmer. Ich habe im Schweizerhof ein paar Räume für Sie gemietet und habe auch zwei Damen hingeschickt, die Sie unter ihre Fittiche nehmen sollen«, fügte er lächelnd hinzu. »Sie hätten es gewiß nicht für möglich gehalten, daß man mitten in der Nacht eine Anstandsdame auftreibt?«

»Nein«, lächelte sie.

»Und doch habe ich sogar zwei bekommen. Ich telegrafierte an ein Londoner Krankenhaus und bat, zwei der nettesten Pflegerinnen zu schicken. Noch etwas!« — Er war jetzt sehr ernst. — »Ich bat Sie gestern, sich drei Worte einzuprägen, und machte Ihnen zur Pflicht, sie vor niemand außer mir oder im Falle meines Todes vor meinen Rechtsnachfolgern zu wiederholen.«

Sie nickte; seine Stimme war fast zu einem Flüstern geworden: »Erinnern Sie sich an die Worte?«

»Gewiß«, antwortete sie gleichfalls im Flüsterton; »sie lauteten: Kingsway needs Paving.«

»Ich bat Sie, diese Worte nie zu gebrauchen.«

»Ich habe mein Versprechen gehalten«, antwortete sie.

»Sie haben es jetzt nicht mehr nötig«, fuhr er fort; »nach dem, was sich heute nacht ereignet hat, können Sie die Worte gebrauchen, so oft Sie wollen. Ich hätte Ihnen überhaupt nichts sagen sollen.«

Brays Rückkehr unterbrach ihr Gespräch. »Frau Gritter kommt schon. Es dauert bei ihr ein bißchen lange mit dem Anziehen.«

King Kerry warf einen flüchtigen Blick auf ihn, einen Blick, der ihn vom Scheitel bis zur Sohle erfaßte. Er sah einen zweiundzwanzigjährigen jungen Mann mit treuherzigen, blauen Augen und einem energischen Kinn vor sich. Seine Stirn war hoch und breit; seine langen, kräftigen Finger trommelten geräuschlos auf dem Tisch.

Es hieß von King Kerry, daß er zwei Dinge zu beurteilen verstehe: Grundbesitz und Menschen.

Seit diesem Blick kannte er auch Gordon Bray — als Menschen, und er hat ihn nie besser kennengelernt.

Frau Gritter trat blinzelnd in den Lichtkreis; ein Schal, ein Unterrock, ein Paar Pantoffeln und ein halbes Dutzend Sicherheitsnadeln hatten genügt, ihr Nachtgewand zu verhüllen.

»Hallo«, sagte sie ein wenig verwirrt beim Anblick Elses. »Dachte, Sie wären heute nacht in Nummer Sicher.«

Ihr Humor war gezwungen, und man merkte es ihr an, daß sie sich unbehaglich fühlte.

»Ich möchte in Fräulein Marions Zimmer gehen und einige von ihren Sachen holen«, sagte King Kerry zur Überraschung des Mädchens.

Frau Gritters Verlegenheit wurde noch größer, aber nicht, weil sie es für unschicklich hielt, daß ein Herr zu so früher Stunde das Schlafzimmer einer Dame betrat.

»Oh«, sagte sie ein bißchen außer Fassung, »das ist sehr peinlich« — und blickte Else forschend und nachdenklich an.

»Die Sache ist . . .«, sie hüstelte, um ihre Kehle frei zu machen, »die Sache ist die, Fräulein Marion, ich habe mir eine große Freiheit herausgenommen.« Sie warteten auf eine weitere Erklärung. »Ria kam zufällig um zehn Minuten vor elf«, fuhr Frau Gritter fort, »und fühlte sich gar nicht wohl.«

Else unterdrückte ein Lächeln; sie hatte schon oft die stieren Augen Rias gesehen, wenn sie »sich nicht wohl fühlte«.

»›Mutter!‹ sagte sie zu mir«, fuhr Frau Gritter mit Wohlbehagen fort, »›Mutter, du wirst doch deine einzige Tochter nicht auf die Straße stoßen‹, sagte sie. — ›Gut‹, sagte ich, ›gut, Ria, du weißt ja, wie es mit dem Platz bei mir ist. Es ist nur Fräulein Marions Bett frei‹, sagte ich, ›die ist heute aufs Land gegangen.‹ Ja, das habe ich wirklich gesagt«, rief Frau Gritter, Anerkennung erwartend, »um die Sache geheimzuhalten!«

»Ihre Tochter schläft also in Fräulein Marions Bett?« fragte King Kerry, und Else verzog ein klein wenig das Gesicht.

»Und war so frei, sich Fräulein Marions Nachthemd auszuborgen«, fügte Frau Gritter in dem Verlangen, sich das Vergehen vom Herzen zu schaffen, schnell hinzu.

Else lachte hilflos, aber King Kerry sagte sehr ernst: »Wir wollen hinaufgehen. Sie bleiben hier, liebes Kind!«

Frau Gritter ging langsam zur Tür. »Sie schläft sehr fest, wenn sie sich nicht wohl fühlt«, sagte sie etwas verschnupft. »Warum wollen Sie hinaufgehen?«

»Ich will wissen, ob Sie die Wahrheit sprechen oder nicht, und ob Ihre Tochter oder jemand anders in Fräulein Marions Zimmer ist.«

»Oh, wenn es weiter nichts ist«, atmete Frau Gritter erleichtert auf, »dann kommen Sie.«

Sie ging voran und machte erst vor der Tür des Hinterzimmers im ersten Stock halt. »Wenn in Fräulein Marions Koffer was fehlt«, sagte sie, »haben ich und meine Tochter nichts damit zu tun.«

Sie klinkte die Tür auf und trat ein; King Kerry folgte ihr. Beim Schein der Deckenlampen sahen sie eine Gestalt im Bett und unordentliche Haarsträhnen auf dem Kissen.

»Ria!« rief Frau Gritter laut, »Ria, wach auf!«

Aber die Gestalt im Bett rührte sich nicht. Kerry schritt rasch an der Frau vorbei und legte den Handrücken auf die bleiche Wange.

»Sie gehen am besten hinunter und sagen den Leuten, die draußen vor der Tür warten, daß ich sie brauche.«

»Was meinen Sie damit?« stammelte Frau Gritter zitternd.

»Ihre Tochter ist tot«, erwiderte er ruhig. »Sie ist von jemand ermordet worden, der über das Küchendach durch das Fenster gestiegen ist.« Er deutete auf das offene Fenster.

King Kerry hatte die Wahrheit gesprochen. Sie war tot; ermordet von Leuten, die aus Else die Worte herauspressen wollten, die das Kombinationsschloß an Kerrys Riesensafe öffnen würden.

Denn Hermann Zeberlieff hatte richtig vermutet, daß King Kerry seinen Safe immer noch mit dem Namen einer Straße verschloß; und diese Straße hieß »Kingsway«.

Kapitel 10

Der Mord an einem betrunkenen Frauenzimmer bildete kurze Zeit das Tagesgespräch, und es wurden mancherlei Vermutungen laut. Die Obduktion ergab, daß die Frau von den Tätern schwer mißhandelt worden war; der Tod war durch Erwürgen herbeigeführt worden.

Verhaftungen erfolgten nicht, und die Untat wurde in das Verzeichnis der unaufgeklärten, geheimnisvollen Verbrechen Londons aufgenommen.

Vier Tage nach der aufsehenerregenden Entdeckung des Verbrechens saß Else an ihrem Schreibtisch und ordnete King Kerrys Korrespondenz. Wie so viele andere große Männer hatte er kleine liebenswürdige Schwächen; zu diesen gehörte die Abneigung vor der Beantwortung von Briefen, die nichts mit seinen Plänen zu tun hatten. Er war sich dieses Fehlers durchaus bewußt, und jedesmal, wenn sein Blick auf den immer größer werdenden Haufen von geöffneten und ungeöffneten Briefen fiel, schüttelte er sich.

Else hatte den Berg fast aufgearbeitet. Bei den meisten Briefen brauchte sie ihren Chef gar nicht zu fragen. Es waren entweder Bettelbriefe oder Schreiben von Schwindlern, die wundervolle Erfindungen anpriesen, durch die sie und die Ausbeuter der Erfindung mit geringen Kosten an Zeit und Geld ein Vermögen erwerben könnten. Es waren auch Briefe religiösen Inhalts dabei mit dick unterstrichenen, ermahnenden Bibelworten. Jede Post brachte Aufrufe zu Sammlungen für wohltätige Zwecke.

In der Schublade ihres Schreibtisches hatte Else ein Scheckbuch, das ihr gestattete, von einem für sie eingerichteten Konto Geld abzuheben. Es war King Kerrys Konto für wohltätige Zwecke. Die Höhe der Zuwendungen blieb ihr überlassen. Zuerst hatte sie vor der Verantwortung Angst gehabt, aber dann faßte sie die Sache mutig an.

»Es gehört ebensoviel Mut dazu, einen Scheck zu unterzeichnen, wie zu verhungern«, war einer von King Kerrys seltsamen Aussprüchen.

Sie arbeitete sich glänzend durch den vor ihr liegenden Berg von Briefen hindurch — die einen wanderten in den Papierkorb, auf andere kritzelte sie nach einigem Stirnrunzeln und Kauen des Federhalters eine Zahl. Sie kannte die Leute, mit denen sie es hier zu tun hatte; sie hatte ja in ihrer Mitte gelebt, hatte ihren kärglichen Lunch an Tischen eingenommen, an denen berufsmäßige Bettelbriefschreiber ungeniert ihre Briefe verglichen hatten.

Sie schaute auf, als der diensttuende Verwalter ihr eine Karte überreichte. Beim Lesen des Namens verzog sie ein wenig das Gesicht.

»Weiß er, daß Herr Kerry in die Stadt gegangen ist?«

»Ich habe es ihm gesagt«, erwiderte der Verwalter, »aber er bat um eine Unterredung mit Ihnen persönlich.«

Sie betrachtete noch einmal unschlüssig die Karte. Die Situation entbehrte nicht des Humors. Vor einer Woche hatte es sich der hochnäsige Herr Tack nicht träumen lassen, daß er einmal »unserem Fräulein Marion« seine Karte hineinschicken und sie um eine Unterredung bitten würde.

»Lassen Sie ihn bitte eintreten . . . und, Carter . . .«

»Ja, Fräulein?«

»Ich hätte gern, daß Sie während des Besuchs von Herrn Tack hier im Zimmer bleiben.«

Der Mann legte grüßend die Hand an die Mütze und ging hinaus, um gleich darauf mit dem ehemaligen Juniorchef der Firma Tack & Brighten wieder ins Zimmer zu treten.

Herr Tack lachte über das ganze Gesicht und reichte ihr mit der größten Leutseligkeit die behandschuhte Rechte. »Schau, schau!« rief er mit unverstellter Überraschung. »Wer hätte gedacht, Sie in einer so behaglichen Stellung wiederzusehen?«

»Allerdings!« erwiderte sie.

»Sie müssen zugeben, daß die Ausbildung, die Sie unter meiner Leitung genossen haben und die, ich möchte sagen, auf Besserung abzielende Zucht, die niemals hart und immer gerechtfertigt war, Sie für diesen Posten befähigt haben; leugnen Sie das nicht!«

Er drohte scherzend mit dem Finger.

»Sie hat jedenfalls das Gute gehabt, daß ich die Veränderung zu schätzen weiß«, entgegnete sie kühl.

Herr Tack sah sich nach dem Verwalter um und blickte dann das junge Mädchen vielsagend an. »Ich hätte gern vertraulich ein paar Worte mit Ihnen gesprochen«, sagte er geheimnisvoll, worauf Else lächelnd erwiderte: »Eine vertrauliche Unterredung kann ich Ihnen nicht gewähren, Herr Tack. Sie wissen ja, daß ich nicht zu den Chefs der Firma gehöre, und ich habe weder die Vollmacht noch die Absicht, mich in irgend etwas einzulassen, das nicht auch meinen Arbeitgeber angeht.«

Herr Tack schluckte etwas herunter, neigte aber huldvoll den Kopf.

»Sehr richtig! Sehr richtig, in der Tat!« pflichtete er im Brustton der Überzeugung bei. »Um so mehr, als ich gehört habe, daß eine gewisse kleine Unannehmlichkeit . . .« Er blickte sie schelmisch an.

Else stieg das Blut ins Gesicht. »Es liegt gar kein Grund vor, darauf anzuspielen, Herr Tack«, unterbrach sie ihn kalt. »Herr Kerry hatte mich in Schutzhaft nehmen lassen, weil er erfahren hatte, daß mein Leben bedroht war. Ich sage Ihnen den Grund mit seinem vollen Einverständnis. Wenn Sie hinausgehen, werden Sie im vorderen Zimmer einen Stahlsafe sehen. Dieser hat ein Kombinationsschloß, das mit dem Wort ›Kingsway‹ zu öffnen war. Herr Kerry hatte mir drei Worte genannt, deren erstes das Wort war, mit dem man den Safe öffnen konnte. Er sagte es mir, weil er nicht wagen konnte, das Wort aufzuschreiben. Dann erkannte er, daß er mich dadurch in große Gefahr gebracht hatte. Jemand, der vermutete, daß ich das Wort kenne, schickte Leute in meine Wohnung in der Smith Street, die mir das Wort abpressen sollten, und Herr Kerry, der das Attentat ahnte, ließ mich in Schutzhaft nehmen, weil er wußte, daß ich auf einer Polizeiwache sicher sein würde. Er kam im Extrazug nach London, um mir die Freiheit wiederzugeben.«

Sie hätte hinzufügen können, daß Kerry in London drei Stunden auf der Suche nach dem Innenminister verbracht hatte, ehe er eine Freilassungsverfügung erwirken konnte; denn es ist leichter, jemand ins Gefängnis zu bringen als heraus.

»Übrigens«, fügte sie hinzu, »hat Herr Kerry mir in großzügiger Weise jeden Betrag angeboten, den ich als Entschädigung für die mir zugefügte Unbill zu fordern für gut halten sollte.«

»Und was haben Sie verlangt?« fragte Herr Tack begierig, während ein verächtliches Lächeln um seinen Mund spielte.

»Gar nichts«, erwiderte sie trocken und wartete auf sein Anliegen.

Er sah sich wieder nach dem Verwalter um, aber das junge Mädchen kam ihm nicht entgegen.

»Fräulein Marion«, sagte er mit gedämpfter Stimme, »Sie und ich sind immer gute Freunde gewesen — ich möchte jetzt gern Ihre Hilfe in Anspruch nehmen.«

Sie überhörte die falsche Darstellung des ehemaligen Verhältnisses, und er fuhr fort: »Sie kennen Herrn Kerrys Absichten — Sie gehören zu den jungen Damen, denen jeder Mann Vertrauen schenken würde. Sagen Sie mir also, was ist der höchste Preis, den Herr Kerry für Goulding zahlen würde?«

»Sind Sie auch mit dabei?« fragte sie überrascht. Sie hatte ihn nicht für gerissen genug gehalten, sich an dem Komplott zu beteiligen, aber er nickte.

»Der höchste«, wiederholte er beinahe bittend.

»Eine halbe Million«, antwortete Else. Es war erstaunlich, wie leicht ihr die hohe Zahl über die Lippen kam.

»Aber — im Ernst?«

»Eine halbe Million, und das Angebot gilt bis Sonnabend«, wiederholte Else. »Ich habe gerade in diesem Sinn an Goulding geschrieben.«

»Oje, oje, oje, oje!« sagte Herr Tack schnell, aber in jammervollem Ton. »Warum reden Sie dem alten Herrn nicht zu einem vernünftigen Gebot zu?«

Ihre Augen funkelten wie Stahl. Ihm fiel die Szene mit dem Tintenfaß ein, und er bekam es mit der Angst zu tun.

»Welchen alten Herrn meinen Sie?« fragte sie scharf.

Tack beeilte sich, sein Versehen wieder gutzumachen, verschlimmerte die Sache aber nur noch.

»Natürlich«, entschuldigte er sich, »ich sollte nicht so von Herrn Kerry sprechen.«

»Ach, Sie meinen Herrn Kerry?!« Sie sah ihn mit einem mitleidigen Lächeln an. »Herr Kerry ist mindestens um zehn Jahre jünger als Sie«, sagte sie rücksichtslos. »Ein jüngerer Mann bekommt durch ein arbeitsreiches Leben oft graues Haar, genauso, wie eine sitzende Lebensweise einen älteren dick macht.«

Herr Tack zeigte lachend seine Zähne, aber sein Lachen hatte nichts von natürlicher Heiterkeit.

»Schon gut«, entgegnete er, indem er ihr die Hand reichte, »wir wollen uns nicht zanken — machen Sie Ihren Einfluß bei Herrn Kerry im günstigen Sinne geltend.«

»Das hoffe ich«, entgegnete sie, »ich kann aber nicht einsehen, wie Ihnen damit gedient sein sollte.«

Ehe ihm eine passende Antwort einfiel, war er auf der Straße.

Die Oxford Street und insbesondere die Tuch- und Wollwarengeschäfte in dieser Straße waren völlig ratlos, da sie zwischen dem Warenhaus Goulding und Tack & Brighten lagen. Man war sich darüber einig, daß Tack, wie die Firma in der Tuchbranche hieß, gegen den Andrang und das Geschiebe bei seinem mächtigen Nachbarn nicht ankämpfen konnte. Augenscheinlich tat King Kerry nichts Besonderes, um das Geschäft zu heben. Er hatte einige der älteren Aufsichtspersonen entlassen und einen neuen Geschäftsführer eingestellt, aber es deutete nichts darauf hin, daß er sich in einen Kampf mit der Konkurrenz einlassen wollte, die ihn, im eigentlichen und im bildlichen Sinne, umgab.

Gouldings Forderung war durchgesickert, und Sachverständige erklärten sie für genau fünfunddreißig Prozent höher, als das Geschäft wert war; aber was hatte Kerry vor?

Dieser begnügte sich anscheinend damit, von einer Branche in die andere zu flitzen. Er kaufte in einer Woche die bekannte Konditorei Tabards, das Geschäft der Regent Traveller Company und den berühmten Transome, dessen Kunsterzeugnisse in der ganzen Welt bekannt sind.

»Was hat er vor?« fragte ganz Westend, und da die Leute nichts fanden, was sie begreifen oder mit ihrem eigenen Maßstab messen konnten, kamen sie zu der Überzeugung, daß Kerry dem Ruin zusteuere. Einige behaupteten auch, der »große Aufkäufer« habe die Grundbesitzer ins Vertrauen gezogen; aber das war sehr zweifelhaft. Der Herzog von Pallan machte allerdings in seiner kürzlich erschienenen Autobiographie eine flüchtige Andeutung, die so ausgelegt werden könnte; sie ist aber nicht sehr klar. Der Herzog führte aus:

Die Frage des Verkaufs meines Grundbesitzes in der Nähe der Regency, Colemaker und Tollorton Streets wurde durch ein Übereinkommen mit meinem Freund King Kerry befriedigend gelöst. Ich hielt es in diesen Tagen, da eine wilde, verbrecherische Wahlagitation . . .

Das Weitere ist rein politisch. Aber diese Stelle deutet doch die Tatsache an, daß King Kerry, mag er nun das Land gekauft haben oder mag er mit den Grundbaronen ein Arbeitsabkommen getroffen haben, jedenfalls zu einer gewissen Zeit wegen des Ankaufs Verhandlungen angeknüpft hatte. Die interessierten Kreise scheuten keine Mühe, hinter die Ziele des »L-Trusts« zu kommen.

So wurde Else eines Abends auf dem Weg zu ihrer Wohnung in Chelsea von einem gutgekleideten Fremden angesprochen, der ihr ohne irgendwelche Einleitung für Mitteilungen über die Kaufabsichten des Trusts fünftausend Pfund bot. Ihr erster Gedanke war, weiterzugehen, ihr zweiter, zornig zu werden, ihr dritter und endgültiger: eine Antwort zu geben.

»Sie können Ihrem Auftraggeber sagen, daß es zwecklos ist, mir Geld zu bieten, weil ich von Herrn King Kerrys Absichten und Plänen nicht die geringste Kenntnis habe.« Dann setzte sie ärgerlich ihren Weg fort.

Als sie dem Millionär am nächsten Morgen von diesem Ansinnen erzählte, lachte er belustigt und sagte: »Der Mann hieß Gleber und ist Hermann Zeberlieffs Privatdetektiv; er wird Sie nie mehr belästigen.«

»Woher wissen Sie denn das?« fragte sie verwundert. Er überraschte sie immer wieder mit den seltsamsten Auskünften. Es war einer seiner beliebtesten Scherze, daß er ganz genau wisse, was seine Feinde zu Mittag gegessen hätten, sich aber nie darauf besinnen könne, wo er seine Handschuhe gelassen habe.

»Sie gehen niemals ohne Schutz nach Hause«, gab er zur Antwort. »Einer meiner Leute ist Ihnen gefolgt und hat Sie beobachtet.«

Einen Augenblick schwieg sie, dann fragte sie ihn: »Kann Zeberlieff Sie nicht leiden?«

Kerry nickte langsam; sein Gesicht nahm einen gequälten Ausdruck an. Leise sagte er: »Er haßt mich ... und ich ... hasse ihn ... wie die Hölle.«

Sie schaute zu ihm hinüber und begegnete dabei seinem Blick. Hatte die Feindschaft einen geschäftlichen Hintergrund? So deutlich, als hätte sie die unausgesprochene Frage in Worte gekleidet, las er sie von ihrem Gesicht ab und schüttelte den Kopf.

»Ich hasse ihn« — er zögerte —, »weil er übel gehandelt hat — an einer Frau.«

Es schien, als sei eine eiskalte Hand über ihr Herz gefahren, und ein paar Sekunden konnte sie kaum atmen. Sie fühlte, wie die Farbe aus ihrem Gesicht wich, und das Zimmer erschien ihr dunkel und verschwommen.

Sie senkte den Kopf und blätterte gedankenlos in den Briefen auf dem Schreibtisch.

»Wirklich?« fragte sie höflich. »Das war ... das war abscheulich von ihm.«

Das Telefon läutete. King Kerry nahm den Hörer ab, wechselte ein paar Worte und bemerkte dann: »Ich werde gleich wieder zurück sein. Herr Grant will mich sprechen.«

Sie nickte. Gleich darauf fiel die Tür ins Schloß. Ihr Kopf sank auf ihre Arme, und sie brach in leidenschaftliches Weinen aus.

Else Marion war verliebt.

Kapitel 11

»Wohin gehst du heute abend, Vera?« fragte Hermann Zeberlieff das am Fenster stehende Mädchen ein bißchen schroff.

Das Mädchen blickte über die Parkstraße hinweg in den Park. Eine brennende Zigarette hing zwischen ihren Lippen; ihre sanften Augen schauten weit, weit in unbewußte Fernen. Sie wandte sich langsam zu ihrem Halbbruder um und zog die feinen Augenbrauen hoch, als er die Frage wiederholte.

Sie hatte ein einfaches schwarzes Samtkleid an, das dieses schlanke, schöne Mädchen vortrefflich kleidete. Die zarte Blässe des Gesichts kontrastierte auffallend mit den vollen, roten Lippen.

»Wohin ich heute abend gehe?« gab sie nachdenklich zurück. »Das ist wirklich eine merkwürdige Frage, Hermann — du kümmerst dich doch sonst nicht um mein Kommen und Gehen.«

»Ich erwarte heute abend ein paar Herren zu Besuch«, warf er hin, »du kennst einige von ihnen — der eine ist Leete.«

Sie runzelte die Stirn.

»Ein höchst widerlicher Mensch«, bemerkte sie. »Wirklich, Hermann, deine Freunde sind die wunderbarste Raritätensammlung, die ich je gesehen habe.«

Er warf ihr einen finsteren Blick zu. In mancher Beziehung fürchtete er dieses Mädchen mit der klangvollen, südländischen, ein wenig schleppenden Stimme. Sie hatte eine besondere Art, den Panzer seiner Gleichgültigkeit zu durchbohren, indem sie ihn an seiner verwundbaren Stelle, der Selbstachtung, anfaßte. Sie waren niemals Freunde gewesen; nur der Vorsorge des Vaters war es zu danken, daß sie so lange zusammengelebt hatten. Der alte Friedrich Zeberlieff hatte sein Vermögen in zwei Teile geteilt. Die erste Hälfte der Erbschaft sollte seinem Sohn, dem Kind seiner verstorbenen Frau, und dem Mädchen, dessen Mutter die Geburt nur um wenige Stunden überlebt hatte, zu gleichen Teilen zufallen. Die zweite Hälfte sollte ebenfalls gleichmäßig unter den beiden geteilt werden, »vorausgesetzt, daß sie fünf Jahre nach meinem Tode zusammenbleiben, ohne sich während dieser Zeit zu verheiraten. Denn«, so lautete der Schlußsatz des Testaments, »es ist mein Wunsch, daß sie sich besser kennenlernen und daß die Abneigung, die zwischen ihnen bestanden hat, dadurch beseitigt werde.« Es waren noch andere Bestimmungen da.

Das Mädchen dachte an das Testament, während sie zum Kamin ging und die Asche der Zigarette an dem Marmorsims abklopfte.

»Unser gemeinsamer Haushalt endet bestimmungsgemäß nächsten Monat«, bemerkte sie, und er nickte.

»Ich werde froh sein, wenn ich das Geld endlich bekomme«, gestand er, »und nicht besonders traurig . . .«

». . . mich zum letztenmal gesehen zu haben«, beendete sie den Satz. »In dem Punkt wenigstens stimmen wir überein.«

Er antwortete nicht; kam er doch immer bei solchen Zusammenstößen am schlechtesten weg. Sie paffte, in stilles Nachdenken versunken, weiter.

»Ich gehe zur Preisverteilung in das Technikum«, unterbrach sie das Schweigen und wartete auf seine unausbleibliche spöttische Bemerkung.

»In das Southward-Institut?«

Sie nickte.

»Du wirst allmählich eine Nummer in Wohltätigkeitskreisen«, sagte er mit leichtem Spott. »Es sollte mich nicht wundern, wenn ich eines Tages höre, daß du ins Kloster gegangen bist.«

»Ich kenne jemand, der sich darüber wundern würde!« unterbrach sie ihn.

»Wer ist denn das?« fragte er rasch.

»Ich!« kam es kalt von ihren Lippen.

Er ließ sich brummig in seinen Stuhl zurückfallen.

»Es ist hart für dich, daß ich nicht heirate«, fuhr sie fort. »Dir fällt doch die ganze Erbschaft zu, wenn ich es während der Probezeit tue!«

»Mir liegt nichts daran, daß du heiratest«, knurrte er.

Sie lächelte hinter der Hand, mit der sie die Zigarette an die Lippen hielt.

»Armer Junge!« höhnte sie; dann fuhr sie ernster fort: »Man

erzählt sich augenblicklich unangenehme Dinge von dir.«

Er sah sie kalt an. »Was für Dinge, und wer erzählt sie?«

»Oh, Zeitungsleute und dergleichen, mit denen man so zusammenkommt. Man bringt dich irgendwie in Verbindung mit . . .«

Sie brach ab und blickte ihn an; er hielt ihren Blick ruhig aus, ohne mit der Wimper zu zucken.

»Nun?«

»Mit einem grausigen Mord in Southwark.«

»Quatsch!« lachte er. »Man könnte ebensogut den Erzbischof von Canterbury verdächtigen; es ist zu blödsinnig.«

»Ich weiß nichts davon«, erwiderte sie; »ich habe manchmal wirklich Angst vor dir. Du würdest um Geld und Macht alles begehen.«

»Was zum Beispiel?«

»Oh, einen Mord und dergleichen«, sagte sie mit unsicherer Stimme. »Wir haben ein gut Teil Tschechenblut in unseren Adern, Hermann. Du bringst mich manchmal so in Wut, daß ich dich glatt umbringen könnte.«

Er grinste ein wenig unbehaglich; dann erwiderte er: »Halte deine Tür geschlossen«, und preßte seine Lippen fest zusammen.

»Das tue ich auch«, war ihre schlagfertige Antwort, »und ich habe immer einen Revolver unter meinem Kopfkissen.«

Er murmelte etwas von kindischem Benehmen und fuhr dann in der Lektüre der Abendzeitung fort.

»Weißt du, Hermann«, begann Vera nachdenklich, »es würde furchtbar viel für dich ausmachen, wenn ich plötzlich an Ptomainvergiftung oder an irgendeiner anderen scheußlichen Krankheit stürbe — oder wenn ich nachtwandelte und aus dem Fenster stürzte.«

»Red nicht solch gemeines Zeug!« fuhr er sie an.

»Es würde dich um sieben Millionen Dollar reicher machen — würde alle deine Verluste wieder ausgleichen und dich in eine Lage versetzen, in der du diesen netten grauen Herrn, King Kerry — weiter bekämpfen könntest!«

Er stand von seinem Stuhl auf; ein Lächeln geisterte über sein Gesicht.

»Wenn du solchen Unsinn schwatzen willst, gehe ich«, sagte er. »Du solltest tatsächlich heiraten, denn du fängst an, eine böse Sieben zu werden.«

Sie lachte gezwungen.

»Warum angelst du dir nicht einen von deinen zahmen Studenten?« höhnte er. »Heirate ihn — das kannst du ja in einem Monat — und mach ihn glücklich; du könntest ihm mit einiger Mühe eine gute Aussprache beibringen.«

Sie hatte zu lachen aufgehört und musterte ihn, wie er mit der Tür in der Hand dastand. »Du hast eine witzige Ader, Hermann. Der arme Vater hat das nie so gut erkannt wie ich. Weißt du, in deinen Vorfahren mütterlicherseits ist ein gemeiner Charakterzug!«

»Laß die Verwandtschaft meiner Mutter in Ruhe!« schrie er sie in ausbrechendem Zorn an.

»Gott weiß, daß ich das tue«, sagte sie fromm. »Wenn mehrere Sheriffs und verschiedene Schwurgerichte der Vereinigten Staaten sie auch in Ruhe gelassen hätten, wären viele von ihnen eines natürlichen Todes gestorben.«

Krachend schlug die Tür hinter ihm zu, noch ehe sie ihren Satz beendet hatte.

Das höhnische Lachen verschwand sofort aus ihrem Gesicht. Sie warf den Zigarettenstummel weg und ging durch das Zimmer zu einem kleinen Schreibtisch zwischen den beiden großen Fenstern.

Eine Zeitlang saß sie mit der Feder in der Hand und einem Bogen Papier vor sich da, ohne zu einem Entschluß zu kommen. Wenn sie schrieb, wurde sie an ihrem Halbbruder zum Verräter — und doch, sie war ihm keine Treue schuldig. Hinter ihrer ständig zur Schau getragenen Verachtung verbarg sich eine immer wache Furcht, die sich oft bis zum Entsetzen steigerte. Nicht bloß einmal, nein, oft hatte sie in dem letzten Jahr einen Blick aufgefangen, einen Blick, so kalt und prüfend und mit einem so schrecklichen Gesichtsausdruck, daß ihr Herzschlag vor Entsetzen zu stocken drohte. Sie dachte an die hinterlistigen Versuche, die er gemacht hatte, um sie zu verheiraten, an die Männer, die er auf sie gehetzt hatte, an die geradezu kompromittierenden Situationen, in die er sie mit allen möglichen Männern der Stadt, vom Studenten bis zum Mann im mittleren Alter, gebracht hatte.

Wenn sie heiratete, wäre sie, soweit die Erbschaft in Frage kam, tot. Wenn sie am 30. dieses Monats nicht verheiratet war — ob sie dann noch lebte?

In Hermanns Familie waren, soviel sie wußte, Fälle von Wahnsinn vorgekommen. Seine Mutter war in einer Irrenanstalt gestorben. An zwei ihrer Blutsverwandten war die Todesstrafe vollstreckt worden, und ein Vetter hatte San Franzisko durch einen besonders grausigen Mord in Schrecken versetzt.

Sie hatte Grund anzunehmen, daß Hermann selbst in New York in eine besonders unangenehme Sache verwickelt gewesen war und das Opfer und seine Verwandten nur gegen Zahlung einer ungeheuren Summe, die in die Hunderttausende ging, von einer Anzeige abgesehen hatten. Dann war da die Sache mit Sadie Mars, der liebreizenden Tochter eines Bostoner Bankiers. Hier hätte kein Geld Stillschweigen erkaufen können — aber Familienstolz und die Stellung der Eltern des unglücklichen Mädchens retteten Hermann. Er ging ins Ausland, und das junge Mädchen nahm sich das Leben. Wohin er kam, gab es Unglück; was immer er berührte, machte er faul und schlecht. Das alles kam ihr in den Sinn, und dann fing sie an, rasch zu schreiben, und bedeckte einen Bogen nach dem anderen mit ihrer schönen Schrift.

Endlich hörte sie auf, steckte den Brief in einen Umschlag und adressierte ihn. Plötzlich vernahm sie Hermanns Schritte im Flur und verbarg den Brief hastig in ihrem Kleidausschnitt.

Er blickte beim Eintreten zum Schreibtisch hinüber.

»Du schreibst?« fragte er.

»Ein paar Kleinigkeiten, wie die Höflichkeit es verlangt.«

»Soll ich sie für dich zur Post mitnehmen?« fragte er in seinem freundlichsten Ton.

»Nein, danke. Sie können wie gewöhnlich zur Post gegeben werden — Martin kann das tun.«

»Martin ist weg«, bemerkte er.

Sie schritt schnell zur Klingel und drückte auf den Knopf. Hermann sah sie seltsam an.

»Es hat gar keine Zweck zu klingeln«, sagte er, »ich habe Martin und Dennis weggeschickt.«

Sie unterdrückte die Angst, die in ihr aufstieg. Ihr Herz klopfte zum Zerspringen; ihr Gefühl sagte ihr, daß ihr eine tödliche Gefahr von diesem Menschen mit den tückisch funkelnden Augen drohte.

»Gib mir den Brief!« sagte er plötzlich.

»Welchen Brief?«

»Den du in den letzten zehn Minuten so hastig geschrieben hast.«

Ihre Lippen kräuselten sich verächtlich.

»Aber, Hermann! Das Schlüsselloch?! Nein, sicherlich nicht! Das Schlüsselloch, durch das die Dienstboten hinter die Geheimnisse ihrer Herrschaft kommen!«

»Gib mir den Brief!« wiederholte er grob.

Sie war zur Seite getreten und langsam rückwärts gegangen, bis sie neben einem der großen Flügelfenster stand. Es war angelehnt, denn der Abend war sehr drückend gewesen. Plötzlich drehte sie sich um, stieß die Glastür auf und trat auf den kleinen Balkon hinaus.

Er wurde vor Wut aschfahl und machte zwei rasche Schritte auf sie zu. Dann blieb er stehen. Vera sprach mit jemand.

»Oh, das tut mir leid, Herr Bray. Haben Sie schon lange geläutet?«

Er hörte jemand undeutlich antworten.

»Mein Bruder wird Sie einlassen; ich bin Ihnen so dankbar, daß Sie mich abholen kommen.«

Sie wandte sich Hermann zu. »Möchtest du wohl so freundlich sein, einem meiner zahmen Studenten die Tür zu öffnen? Du wirst finden, daß er eine sehr gute Aussprache hat«, sagte sie in ihrem liebenswürdigsten Ton.

»Verflucht!« knirschte er, kam ihrer Bitte aber doch nach.

Kapitel 12

»Du unterhältst wohl Herrn Bray, während ich mich zum Ausgehen fertig mache, Hermann?«

Er bekundete sein Einverständnis durch ein mürrisches Brummen. Am liebsten hätte er ja glatt abgelehnt und seiner üblen Laune die Zügel schießen lassen, und wäre es nur gewesen, um seine Schwester zu quälen; aber er hatte sich doch genügend in der Gewalt, um dieses natürliche Verlangen zu unterdrücken.

Er blickte den jungen Mann, mit dem er jetzt allein war, finster an und gab auf die höflichen Bemerkungen Gordon Brays nur einsilbige Antworten.

Weder die Kleidung noch die Sprache des Studenten ließen darauf schließen, daß er einer ganz anderen Klasse angehörte als der Mann, der ihn so hochmütig ausfragte.

»Sie gehören wohl auch zu den Leuten, an die meine Schwester Preise verteilt?« fragte Hermann ungezogen.

»Das stimmt nicht ganz«, entgegnete Bray beherrscht. »Fräulein Zeberlieff ist so gütig, die goldene Medaille für Zeichnen zu stiften, aber die eigentliche Verteilung nimmt die Gräfin Danbery vor.«

»Es hat wenig zu sagen, wer das tut, solange Sie die Medaille bekommen«, antwortete Hermann, indem er seine ganze Lebensphilosophie in einen prägnanten Satz zusammenfaßte.

»Tatsächlich bekomme ich sie nicht einmal, da ich sie schon im vorigen Jahr erhalten habe.«

Hermann ging ungeduldig im Zimmer auf und ab. Plötzlich wandte er sich dem Besucher zu und fragte: »Was halten Sie eigentlich von meiner Schwester?«

Bray wurde rot. Die Frage, noch dazu so unvermittelt, kam zu plötzlich. »Sie ist entzückend«, erwiderte er offen, »und sehr edelmütig. Wie Sie wissen, interessiert sie sich für Erziehung und besonders für das Schulwesen.«

Hermann räusperte sich. Er hatte sich um die Interessen seiner Schwester nie gekümmert, höchstens soweit sie seine eigene Zukunft betrafen. Seine eigene Zukunft! Beim Gedanken daran zog sich seine Stirn in Falten. Er hatte in der letzten Zeit schwere Verluste erlitten, sein Scharfsinn hatte ihn auffallenderweise im Stich gelassen. Erst vor kurzem war er wieder in eine Finanzkrise hineingeraten. Er hatte eine Menge Pläne, die in die Millionen gingen; aber dazu brauchte er auch Millionen. Deshalb hatte er seiner Schwester den Vorschlag gemacht, am Tage des Erbantritts gemeinsame Sache mit ihm zu machen und ihn mit der Verwaltung der zusammengelegten Kapitalien zu betrauen — einen Vorschlag, den sie jedoch sofort zurückgewiesen hatte.

Er hatte eigentlich nur noch wenig zu erwarten, denn er hatte mit dem ihm zufallenden Teil des Vermögens schon vorweg gearbeitet, und sein Anteil war bereits zur Hälfte verpfändet. In zwölf Tagen würde Vera ihn verlassen und mit ihrem Vermögen machen können, was sie wollte. In zwölf Tagen konnte viel geschehen. — Der junge Mann könnte vielleicht sehr nützlich sein.

Er änderte plötzlich sein Benehmen. Er war vollkommen vertraut mit den feinen Umgangsformen; manche behaupteten, er sei das Ideal eines Gentleman. Seine Schwester war allerdings anderer Meinung.

»Warum nehmen Sie nicht Platz?« fragte er und nahm das Gespräch über technische Ausbildung wieder auf mit dem überzeugenden Ton eines Dilettanten, der zwar die ganze wissenschaftliche Ausdrucksweise beherrscht, aber nur wenig wirkliche Kenntnisse besitzt. Er unterhielt den jungen Mann sehr freundlich, bis Vera wieder eintrat.

Ihr Wagen stand vor der Tür; Bray half beim Einsteigen.

»Mein Bruder hat Sie wohl sehr gut unterhalten?«

»Sehr.«

Sie blickte ihn an, um in seinem Gesicht zu lesen, und bemerkte dann mit einem Anflug von Spott: »Sie sind sehr leicht begeistert.«

Er lächelte. »Ich glaube, er versteht nicht viel von der Baukunst«, sagte er mit seiner wohltuenden Offenheit, die in diesem Fall besonders angenehm empfunden wurde.

Er fürchtete, sie gekränkt zu haben, weil sie nicht mehr sprach, bis der Wagen über die Westminsterbrücke rollte. Dann nahm sie das Gespräch wieder auf.

»Sie werden mit meinem Bruder wieder zusammenkommen. Er wird Ihre Wohnung ausfindig machen und Sie zum Lunch bitten. Lassen Sie mich einen Augenblick nachdenken.« — Sie zog die Stirn kraus. — »Ich versuche, mir zu vergegenwärtigen, was in ähnlichen Fällen geschah. Ja, so! Er wird Sie zum Lunch in seinen Klub einladen und wird Sie dahin bringen, von mir zu sprechen. Dann wird er Ihnen erzählen, daß ich furchtbar gern Schokolade esse, und nach einigen Tagen werden Sie von einem unbekannten Wohltäter eine Schachtel mit der köstlichsten Schokolade erhalten. Wenn Sie sich von Ihrem Erstaunen über das Geschenk erholt haben, werden Sie die Bonbonniere mit ein paar Zeilen natürlich mir schicken.«

Bray hätte beim Empfang einer solchen Sendung nicht erstaunter sein können, als er bei ihren Worten war.

»Wie merkwürdig, daß Sie so etwas sagen!«

»Warum merkwürdig?« fragte sie.

»Nun«, begann er zögernd, »er hat mich tatsächlich schon nach meiner Wohnung gefragt. Und dann . . . er erwähnte nicht bloß einmal, nein, zweimal, daß Sie — allerdings nicht Schokolade — sondern ›verzuckerte Veilchen‹ furchtbar gern äßen.«

Sie sah ihn etwas verblüfft an. »Wie gemein!« war alles, was sie im ersten Augenblick sagen konnte. Ein wenig später drehte sie sich auf ihrem Sitz herum, bis sie ihm voll ins Gesicht sehen konnte, und erklärte: »Wenn diese Veilchen ankommen, möchte ich Sie bitten, das Paket, so wie es ist, mit Verpackung, Verschnürung und Briefmarke Herrn King Kerry zu übergeben; er wird wissen, um was es sich handelt.«

»King Kerry?«

»Mögen Sie ihn nicht?« fragte sie schnell.

Er zögerte. »Ich denke doch, trotz seiner manchmal drastischen Methoden.« Else hatte ihm die Geschichte von ihrer Verhaftung erzählt — eigentlich hatte Kerry sie schon halb erklärt —, und nun berichtete er Vera, in welcher Gefahr Else sich befunden hatte.

Das junge Mädchen hörte gespannt zu. »Was für eine glänzende Idee!« rief sie entzückt aus. »Typisch für King Kerry!«

Nach Verteilung der Preise, den Reden, Danksagungen und dem improvisierten Konzert suchte das junge Mädchen Bray, der den Mittelpunkt einer Gruppe von Kommilitonen bildete, die ihn zu seinen vielen Preisen beglückwünschten.

»Ich möchte Sie bitten, mich nach Hause zu begleiten.«

Sie sah in dem grauen Seidenkleid und dem Biberhütchen reizend aus; aber er bemerkte mit Besorgnis, daß sie angegriffen war und unter ihren Augen dunkle Schatten lagen.

Sie waren sehr befreundet miteinander. In seinen Augen war sie ein Traumwesen ... Hoffen konnte er kaum, aber lieben — und er liebte sie.

»Ich möchte gern, daß Sie etwas für mich tun«, redete sie ihn jetzt an.

»Ich will alles tun.«

Er sagte das ohne Nachdruck, ohne besondere Wärme, und doch trieb ihr gerade diese schlichte Erklärung das Blut in die Wangen.

»Das wußte ich«, erwiderte sie beinahe leidenschaftlich, »aber es ist vielleicht nicht nach Ihrem Geschmack. Ich möchte Sie bitten, sich mit mir morgen abend in der Regent Street zu treffen. Ich ... bin ziemlich feige und habe vor Leuten Angst, die ...«

Sie vollendete den Satz nicht, gab auch keine weitere Erklärung über die geheimnisvolle Zusammenkunft, die, weit davon entfernt, ihm unangenehm zu sein, sein Herz wieder schneller schlagen ließ.

»Um neun Uhr an der Ecke Vigo Street«, sagte sie, als sie sich vor der Tür ihres Hauses von ihm verabschiedete, »aber Sie werden sehr folgsam sein und viel Geduld haben müssen.«

Er ergriff die dargebotene Hand, die sie höher und höher hob. Erst begriff er nicht, dann beugte er sich nieder und küßte sie.

Kapitel 13

King Kerry las einen Brief, der mit der Morgenpost gekommen war, zum zweitenmal und steckte ihn ganz gegen seine Gewohnheit in die Brusttasche. Seine Sekretärin beobachtete sein Tun mit einem gewissen Mißtrauen, als befürchte sie einen Rückfall in seine alten Gewohnheiten; aber er schüttelte lächelnd den Kopf. Er hatte eine Art, ihre Gedanken zu lesen, die geradezu unheimlich war und sie schon oft in Verlegenheit gebracht hatte.

»Dies ist ein ›wirklich privater Brief‹«, sagte er und spielte damit auf eine kleine Auseinandersetzung an, die wegen der Frage, ob ein Brief »wirklich privat« oder »privat« sei, entstanden war. Else hatte eine Menge Briefe mit der Aufschrift »privat« geöffnet und festgestellt, daß sie zu den üblichen Bettelbriefen gehörten. Seitdem ließ er die Privatbriefe Revue passieren und urteilte nur nach der Handschrift oder dem Siegel, ob es tatsächlich eine private Mitteilung sei.

Kerry saß lange Zeit an seinem Pult und dachte nach; dann holte er langsam den Brief wieder aus seiner Tasche und las ihn noch einmal. Der Inhalt beunruhigte ihn anscheinend . . . Unvermittelt rief er ein bekanntes Detektivbüro an.

»Schicken Sie sofort jemand zur Entgegennahme von Instruktionen her!« Dann hängte er wieder ein. Lange Zeit schrieb er wie wild und hatte, als der Detektiv gemeldet wurde, noch mehrere Seiten zu schreiben. Endlich war er fertig und reichte dem Wartenden die Bogen. »Das ist aufmerksam zu lesen, zu verdauen und zu vernichten«, bedeutete er ihm. »Die Anweisungen sind ohne Vorbehalt auszuführen. Sagen Sie Ihrem Chef, er könne in Ausführung meiner Anordnungen Geldsummen in jeder Höhe anfordern.«

Als der Mann gegangen war, wandte er sich seiner Sektretärin zu und sagte traurig: »Frauen haben es schwer in der Welt.« Das war die einzige Andeutung, die er über diesen Brief und andere, die ihm folgten, machte.

An der Wand des Büros hing eine merkwürdige große Karte von London, die eigens für den »König von London«, wie die

Presse Kerry ironisch nannte, angefertigt worden war. Es verging kaum ein Tag, an dem sich nicht ein Angestellter der Lieferfirma einfand, um mit grüner Wasserfarbe ein kleines Viereck, das ein Geschäft oder ein Haus andeutete, an der von Kerry genau bezeichneten Stelle einzuzeichnen. Das Grün auf der Karte nahm langsam zu. Der Trust kaufte Grund- und Hausbesitz im Norden, Süden und Westen auf. Ealing, Forest Hill, Brockley und Greenwich waren schon fast ganz mit Grün bepinselt. Kennington, Southwark, Wandsworth, Brixton, Clapham und Tooting wiesen eine tüchtige Zahl grüner Flecken auf. Das Ziel des Trusts war offenbar, um einen in der Mitte zwischen Oxford Circus und Piccadilly gelegenen und auf der Karte besonders gekennzeichneten Mittelpunkt einen grünen Gürtel zu legen. Innerhalb dieses Kreises, dessen Radius eine Meile betrug, war das eigentliche Ziel des Trusts zu suchen.

Else blickte zur Karte hinüber und bemerkte, daß die drei an diesem Morgen neu hinzugekommenen grünen Flecke bereits trocken waren. Da sah sie, wie Kerry sie belustigt anschaute.

»Was würden Sie zu einem Besuch der Stätte Ihrer früheren Knechtschaft sagen?« fragte er gut gelaunt.

»Tack?«

Er nickte.

»Ich weiß nicht recht«, meinte sie zögernd, »ich glaube, ich würde ziemlich befangen sein.«

»Das müssen Sie überwinden«, redete er ihr freundlich zu. »Außerdem werden Sie sehr wenig Personal von früher finden.«

Ein paar Augenblicke später fuhr der Wagen vor, und sie nahm neben ihrem Chef Platz.

»Die Leute fragen sich, was ich vorhabe«, begann er das Gespräch, als könnte er ihre Gedanken lesen. »Diese altehrwürdige Stadt schüttelt geradezu ihr graues Haupt über mich. Tack hatte letztes Jahr einen Warenumsatz von hunderttausend Pfund — wir werden nächstes Jahr eine halbe Million haben.«

Sie lachte, als hätte er einen guten Witz gemacht.

»Zweifeln Sie etwa daran?« fragte er mit jenem herzlich-fröhlichen Unterton, der ihr so oft das Blut in die Wangen trieb.

»Verstehen Sie etwas von Tuchwaren?« beantwortete sie die

Frage mit einer Gegenfrage.

»Tuchwaren? — Wir sagen Wollwaren. Nein. Ich verstehe davon ebensowenig wie von Schuhen oder Güterwagen. Menschen, die in Stuben lernen, leben in Stuben. Es gibt Hunderte von stolzen Vätern, die sich rühmen, daß ihre Söhne das Geschäft vom Lehrling bis zum Geschäftsführer lernen. Meiner Meinung nach sind sie gewöhnlich halbwegs zwischen der unteren und oberen Sprosse der Leiter auf dem richtigen Platz. Man braucht nicht als jüngster Lehrling anzufangen, um dahinterzukommen, daß man ein vorzüglicher Verkäufer ist, und weil man eine Kanone ist, braucht man noch nicht ein gottbegnadeter Chef oder, wie man hier sagt, erster Direktor zu sein.«

Sie hörte ihm gerne zu, wenn er in diesem Ton sprach. Es war schade, daß Tack so nahe war; aber eine Verkehrsstockung in der Regent Street ließ ihm Zeit, sich über seine Philosophie des Geschäftslebens auszulassen.

»Wer die Schaufenster betrachtet, um die Verkaufsgegenstände zu sehen, kann viel lernen, wenn er Geduld und viel Zeit hat; er wird aber kalte Füße bekommen. Wenn man den Verkauf richtig beurteilen will, muß man die Herstellung kennen, und nur der Fabrikant, der mit seinen Erzeugnissen Geld macht, wird einem sagen können, warum Frau Soundso lieber Glacéhandschuhe mit vier als mit drei Knöpfen kauft. Es kommt nur darauf an, wieviel Geld der Fabrikant hinter sich hat. Es gibt sehr wenig Bankdirektoren in Manchester, die es nicht gemerkt haben, als Perlenschnüre auf den Fidschiinseln aus der Mode kamen.«

Er kam auf die Firma Tack und ihre Zukunftsaussichten zurück.

»Eine halbe Million Umsatz«, lachte er behaglich, »und das soll alles in einem Jahr verkauft werden, und noch dazu in einem kleinen Laden, der nie einen größeren Umsatz als dreißigtausend Pfund hatte — das bedeutet einen Tagesumsatz von eintausendsechshundert Pfund; und das bedeutet noch viel, viel mehr. Mein liebes Kind, Sie werden Ihr blaues Wunder erleben!«

Sie lachte in heller Freude.

Das Geschäft hatte sich schon in der kurzen Zeit seit ihrem Abgang sehr verändert. Das Gebäude war fast neu; aber King

Kerry war schon dabei, es umzubauen, und ein kleines Heer von Arbeitern war Tag und Nacht damit beschäftigt, die geplanten Änderungen auszuführen.

Da war ein kleiner »Anbau« gewesen, der wegen seiner Kleinheit diesen Namen eigentlich gar nicht verdiente. Er verdankte seine Entstehung der erst nach der Fertigstellung des Hauses gemachten Entdeckung, daß ein Platz von etwa vierhundert Quadratfuß, den Goulding zeitweilig als Abstellplatz für alte Kisten benutzt hatte und der aus irgendeinem ganz besonderen Grunde nicht bebaut worden war, zum Tackschen Grundstück gehörte. Leete hatte auf diesem Platz einen kleinen Anbau errichten lassen und ihn als Reservelager benutzt. Jetzt waren die Arbeiter dabei, die Decken zu entfernen.

»Ich will hier zwei große Fahrstühle einbauen lassen«, erklärte King Kerry. »Sie werden beinahe ebenso groß werden wie die der Untergrundbahn, nur viel stärker.«

Tack war immer gegen Fahrstühle gewesen, da er den Standpunkt vertrat, daß die Leute nicht genug Bewegung hätten und daß er diese Trägheit nicht noch unterstützen dürfe.

»Werden sie nicht sehr groß werden?« fragte Else. »Ich wollte sagen: zu groß.«

Kerry schüttelte den Kopf.

»Eintausendsechshundert Pfund täglich bedeuten ungefähr sechzehntausend Käufer täglich oder etwas unter tausend stündlich.«

Sie glaubte, einen Fehler in seiner Berechnung zu entdecken, verbesserte ihn aber nicht; er rechnete offenbar mit dem Vierundzwanzigstundentag!

Andere Umbauten sahen neue Umkleidezimmer unter dem Dach vor. Einige Ladentische waren weggeräumt; die tiefen Fensterräume, auf die man in früheren Tagen soviel Gewicht legte, waren um fünfundsiebzig Prozent verkleinert worden. Auf dem so gewonnenen Platz standen jetzt breite, flache Schaukästen. An Stelle der alten Schaufenstereinrichtung legten Dekorateure lange Bänder von schwarzem Samt über die ganze Fensterbreite; auf diesen sollten die helleren Stoffe ausgestellt werden.

»Jeder Artikel bekommt eine große Nummer und eine Preistafel mit deutlichen Zahlen. Im Erdgeschoß wird ein Musterraum eingerichtet, in dem die Kundin bloß die Nummer auszusuchen braucht, die sie haben will. Wenn sie sich zum Kauf entschlossen hat, geht sie in den ersten Stock hinauf und nimmt die Ware dort fertig eingepackt in Empfang. Sie braucht nicht zu warten. Jede Verkäuferin am Musterstand hat ein Telefon vor sich und steht in dauernder Verbindung mit dem Packraum. Sie gibt die Einkäufe durch, und die Kundin braucht nur zum Ladentisch oder einem der Tische, der ihren Anfangsbuchstaben zeigt, zu gehen, ihren Namen zu nennen und das Paket in Empfang zu nehmen.«

Das junge Mädchen blickte ihn staunend an. Es kam ihr eigenartig vor, daß er dies alles ausgedacht hatte, ohne daß sie etwas davon gemerkt hatte. »Sie bereiten sich wohl für einen Sturm auf das Geschäft vor?« fragte sie, und sie brachte das in einem solchen Ton heraus, daß er unwillkürlich lachen mußte.

»Sie glauben wohl nicht, daß wir solche Geschäfte machen werden, wie? Nun, wir werden ja sehen.«

Else fing viele neidische Blicke auf. Alte Bekannte haben die Angewohnheit, sich an Freundschaften zu erinnern, die nie bestanden haben — besonders mit solchen, die im Leben Glück gehabt haben. Else hatte mit niemand im Geschäft engere Freundschaft geschlossen, aber viele betrachteten sie jetzt als ihre Busenfreundin und wollten es ihr übelnehmen, wenn sie nicht ein gleiches tat. Manche nannten sie »Else«, die sich das früher nie herausgenommen hätten; sie hatten zweifellos den Wunsch, ihre Freundschaft zu betonen, ehe Else auf der goldenen Bahn zu weit vorangekommen war. Das ist der Lauf der Welt. Aber Else war zu gutherzig, um zynisch zu sein, und ging bereitwillig auf ihren Ton ein.

Ihre Gehälter waren wesentlich erhöht worden, wie »Fluff«, eine reizende kleine Verkäuferin in der »Weißen« Abteilung, erzählte. »Alle Grobiane sind entlassen — drei von den Aufsichtspersonen und der Chef der Konfektionsabteilung«, berichtete das Mädchen begeistert. »Oh, Fräulein Marion, es war großartig, Tack, dieses alte Biest, zum letztenmal hinausgehen zu sehen.«

»Es ist alles sehr bequem«, erzählte eine andere — Else hatte Zeit zu einem kleinen Schwätzchen, während King Kerry den neuen Direktor in ein Gespräch zog —, »aber es wird einen furchtbaren Andrang geben. Oh, und sie stellen eine ganze Menge Mädchen ein, und der Himmel mag wissen, wo die alle bleiben sollen. Es wird sehr eng werden!«

King Kerry kam zu Else zurück, und sie fuhren zusammen ins Büro.

»Mußte ein großes Warenhaus kaufen, um unsere Waren zu lagern«, erklärte er. »Oh, wir werden schon etwas verkaufen! Alle anderen Geschäfte in der Straße hundert Meter links und rechts von uns führen die gleichen Artikel. Ich habe ihnen angeboten, mir die ganze Geschichte zu verkaufen, aber die Leute haben eine übertriebene Vorstellung von dem Wert ihrer Waren.«

Mochte das nun der Fall sein oder nicht, einige von ihnen waren jedenfalls bereit, das »Große L« zu bekämpfen.

Am selben Abend brachten alle Londoner Abendausgaben die Mitteilung, daß »Die Vereinigten Geschäfte Londons« als G. m. b. H. eingetragen seien. Das Verzeichnis der Firmen dieses neuen Konzerns umfaßte sämtliche Geschäfte der Oxford Street, die der gleichen Branche wie Tack & Brighten angehörten.

»Der Zweck des Zusammenschlusses« — so hieß es in der Veröffentlichung — »ist der gegenseitige Schutz gegen unlauteren Wettbewerb. Jede angeschlossene Firma behält ihre völlige Aktionsfreiheit, soweit ihr Eigenkapital in Frage kommt; die Interessen der Aktionäre bleiben unberührt. Durch diesen Zusammenschluß hofft man, den schädlichen Machenschaften eines gewissen amerikanischen Trusts erfolgreich entgegentreten zu können.«

Das Verzeichnis der Direktoren enthielt auch die Namen: Hermann Zeberlieff und John Leete (geschäftsführender Direktor der Goulding G. m. b. H.).

»Schädigende Machenschaften!« wiederholte King Kerry. »Na, diese Zeitung schätzt uns nicht.«

Er blätterte den *Evening Herald* durch. »Eine prächtige kleine Zeitung«, überlegte er, zog dann sein Scheckbuch aus der Tasche, unterzeichnete unten rechts mit seinem Namen, löschte die Unterschrift ab und reichte Else den Scheck.

»Else«, sagte er, und das Mädchen errötete, denn er redete sie zum erstenmal mit ihrem Vornamen an, »der ›Evening Herald‹ ist zu verkaufen. Sie wollen sechzigtausend Pfund dafür haben, vielleicht sind sie auch mit weniger zufrieden. Hier haben Sie einen Blankoscheck. Gehen Sie hin und kaufen Sie das verdammte Blatt.«

»Kaufen?« Das Mädchen schnappte nach Luft. »Ich? Aber ich habe doch nicht . . . ich kann nicht . . . ich verstehe doch nichts vom Geschäft!«

»Das Blatt ist zu verkaufen. — Gehen Sie hin und kaufen Sie es. Sagen Sie den Leuten, Sie seien mein Kompagnon.« Er lächelte ihr ermunternd zu und legte seine Hand auf die ihre. »Mein Kompagnon!« sagte er zärtlich. »Mein lieber, kleiner Kompagnon!«

Kapitel 14

Vier Herren waren zum Essen in der Park Lane No. 410 eingeladen, aber nur drei waren erschienen. Was noch schlimmer war: Vera, die von Hermann ausdrücklich gebeten worden war, das Mahl durch ihre Gegenwart zu verschönern, hatte ihre gewöhnlichen Kopfschmerzen vorgeschützt und sich ganz energisch geweigert herunterzukommen.

»Du willst mich vor diesen Leuten nur lächerlich machen«, tobte er, als er sie in ihrem Zimmer aufsuchte, wo er sie in einer für gesellschaftliche Verpflichtungen unleugbar völlig ungeeigneten Bekleidung, in ihrem Schlafanzug, antraf.

»Lieber Hermann, reg dich nicht so auf! Ich habe Kopfschmerzen — das ist das Vorrecht der Frauen.«

»Du hast immer Kopfschmerzen, wenn ich dich brauche«, entgegnete er brummig. Sie sah wirklich nicht gut aus. Er wunderte sich . . .

»Nein«, beantwortete sie seinen unausgesprochenen Gedanken. »Es ist mir aufgefallen, daß der Gashahn am Ofen offen war.«

»Was willst du damit sagen?« fragte er grob.

»Ich habe dein Geschenk immer geschätzt . . . ein Ofen aus Sèvresporzellan muß ein Heidengeld gekostet haben. Als ich mich heute nachmittag hinlegte, war der Hahn geschlossen — das kann ich beschwören. Als ich aufwachte, war er offen, obgleich ich nicht einsehen kann, warum jemand an einem heißen Julinachmittag das Gas andrehen sollte.«

»Martin . . .«, warf er ein.

»Martin hat ihn nicht angerührt«, unterbrach sie ihn. »Ich habe ihn gefragt. Glücklicherweise ist nichts passiert, weil ich vor dem Einschlafen bemerkte, daß der Hahn aufgedreht war. Ich bekomme Angst, Hermann.«

Sein Gesicht war geisterhaft bleich, aber er zwang sich zu einem Lächeln.

»Angst, Vera . . . wovor?« fragte er in seinem freundlichsten Ton.

Sie schüttelte langsam den Kopf, während sie ihn nicht eine Sekunde aus den Augen ließ. »Der Termin ist so nahe, und ich habe das Gefühl, als ob ich die Aufregung darüber, daß ich um mein Leben kämpfen muß, nicht mehr ertragen kann.«

»Unsinn! Komm herunter und begrüße meine Gäste. Der eine ist Leete, der andere Hubbard, einer der Direktoren unseres Kartells. Bolscombe hat abgesagt. — Was schaffst du dir die Sorge um das Geld nicht vom Halse?« fügte er mit einem Anschein von Besorgnis hinzu. »Wirf es mit meinem zusammen, wie ich schon vor Monaten vorgeschlagen habe. Du wirst noch verrückt werden, wenn du es nicht tust.«

Er brach plötzlich ab und sah sie prüfend an. »Ich glaube, du bist jetzt schon nicht mehr ganz richtig«, fuhr er langsam fort.

Sie schüttelte ihren Kummer ab und lachte.

»Hermann, du bist der vielseitigste Mensch, den ich kenne, aber so entsetzlich unoriginell.«

»Gehst du heute abend aus?« Er stand schon an der Tür, als er die Frage stellte.

Sie nickte.

»Mit deinen Kopfschmerzen?« höhnte er.

»Ich will sie loswerden.«

Er ging die Treppe hinunter zu seinen Gästen. »Meine Schwester fühlt sich nicht ganz wohl. Sie ist überhaupt in letzter Zeit ziemlich niedergeschlagen.«

Da kam ihm der teuflische Gedanke; jener blitzartige Antrieb zum Verbrechen, der schon manchen an den Galgen gebracht hat. »Zehn Tage!« schoß es Hermann Zeberlieff durch den Kopf. »Tu es jetzt!«

»Wir sind hier alle gut Freund«, fuhr er nach kaum merklicher Pause fort, »und ich kann es nicht verhehlen, daß sie mir Sorgen macht . . . sie hat ausgesprochene Selbstmordgedanken.«

Ein bedauerndes Murmeln wurde hörbar.

»Ich will eben noch einmal nachsehen, wie es ihr geht, und dann wollen wir speisen.«

»Ich glaubte Ihre Schwester am Fenster gesehen zu haben«, bemerkte Leete und fügte schmunzelnd hinzu: »Ich fühlte mich außerordentlich geschmeichelt, daß sie mir zuwinkte.«

Hermann sah ihn mit unverhohlener Überraschung an. Er wußte, daß Vera Leete haßte. Es würde eine unvermutete Schwäche bedeuten, wenn sie sich bemühte, sich mit seinen Genossen anzufreunden; aber es bestätigte nur ihre Worte: Sie hatte Angst und klammerte sich an Strohhalme, selbst an einen so widerlichen Strohhalm wie Leete.

Hermann verließ ohne weiteres das Zimmer und ging die Treppe hinauf. Er spürte weder Furcht noch Gewissensbisse wegen der furchtbaren Tat, die er vorhatte. Er ging nicht direkt in das Zimmer, in dem sie sich befand, sondern schlüpfte in ihr Schlafzimmer, das mit dem Wohnzimmer in Verbindung stand. Leise, verstohlen bewegte er sich.

An der Seite des Fensters hing eine lange, seidene Vorhangschnur. Er zog einen Stuhl heran, trat geräuschlos darauf und schnitt die Schnur hoch oben ab. Ebenso leise stieg er wieder vom Stuhl herunter.

Er hatte drei Minuten Zeit. In drei Minuten würde er bei seinen Gästen sein und lächelnd die Abwesenheit seiner Schwester entschuldigen; und in dieser Zeit würde dieses schöne Geschöpf mit »selbstmörderischen Absichten« schlaff am ...

Er sah sich nach einem passenden Haken um und fand einen, der auch ihn hätte tragen können, hinter der Tür.

Das würde der Platz sein. Schnell machte er an dem einen Ende der Schnur eine Schlinge und verbarg sie in der Hand hinter seinem Rücken. Dann öffnete er die Tür und trat in das Wohnzimmer.

Vera saß am Fenster und erhob sich in jähem Erschrecken.

»Was hast du in meinem Zimmer getan?«

»Ich habe deine Juwelen gestohlen«, scherzte er; aber sein geheuchelter Humor beruhigte sie nicht.

»Wie kannst du es wagen, mein Zimmer zu betreten?« schrie sie furchtsam.

»Ich möchte die Sache noch einmal mit dir besprechen«, sagte er sanft. Dabei streckte er die Hand aus, um sie zu packen. Sie fuhr zurück.

»Was hast du hinter deinem Rücken?« flüsterte sie schreckensbleich.

Er sprang sie an und schlang einen Arm um sie, so daß ihre beiden Arme eingezwängt waren. Dann erkannte sie seine Absicht, als er die andere Hand hob, um ihr den Mund zuzuhalten.

Die Schlinge rutschte auf seinen Arm, und er benutzte die linke Hand, um Vera zum Schweigen zu bringen.

»Erbarmen!« keuchte sie.

Er lachte ihr ins Gesicht. Dann fand er die Schlinge und streifte sie ihr über den Kopf.

»Kerry weiß! Kerry weiß!« sagte sie mit erstickter Stimme. »Ich habe ... ihm geschrieben. Sein Detektiv ... bewacht das Haus Tag und Nacht — oh!«

Die Schlinge berührte ihren Hals.

»Du hast ihm geschrieben?«

»Habe ihm geschrieben ... mordest ... mich ... Ich signalisiere alle halbe Stunden ... fällig in fünf Minuten.«

Ganz langsam ließ er sie los und lachte leise. Er hatte sie an eine Stelle geschoben, von wo er durch das Fenster sehen konnte. Da stand ein Mann mit dem Rücken gegen das Parkgitter gelehnt und rauchte einen Zigarrenstummel. Er beobachtete das Haus und wartete auf das halbstündliche Signal.

»Du hast sicherlich nicht geglaubt, daß ich ein so guter Schauspieler bin«, sagte Hermann mit starrem Lächeln. Sie taumelte zum Fenster und sank in einen Stuhl.

»Ich habe dich doch nicht erschreckt?« fragte er gleich darauf beinahe zärtlich.

Sie bebte am ganzen Leib.

»Hinaus! Hinaus! Ich kenne jetzt dein Geheimnis!«

Er verließ sie mit einem leichten Schulterzucken. Die Schnur nahm er mit, denn es war ihm doch zu gefährlich, solch furchtbares Beweismaterial zurückzulassen.

Sie wartete, bis sie ihn im Flur unten sprechen hörte, dann floh sie in ihr Zimmer und verschloß die Tür hinter sich.

Mit bebenden Händen traf sie ihre Vorbereitungen. Sie kleidete sich so schnell wie noch nie in ihrem Leben an und ging die Treppe hinunter.

Im Flur sah sie Martin und blieb stehen.

»Geben Sie mir einen Spazierstock — irgendeinen —, schnell!«

Der Mann entfernte sich, und als er mit einem Stock mit Elfenbeingriff zurückkam, stand sie schon in der offenen Tür.

Sie sah auf die Uhr. Es war zwanzig Minuten vor neun.

Eine Taxe brachte sie in die Vigo Street, und je näher sie dem Mann kam, von dem sie wußte, daß er sie liebte, desto leichter wurde ihr ums Herz.

Gordon Bray wartete schon. Sie bezahlte die Fahrt und schickte den Wagen weg.

»Ich wußte, daß Sie hier sein würden«, begrüßte sie ihn leidenschaftlich und legte ihren Arm in den seinen. »Gordon«, fuhr sie atemlos fort. »Sie kennen mich seit drei Jahren.«

»Und fünfundzwanzig Tagen, Fräulein Zeberlieff. Ich zähle die Tage.«

In ihren Augen lag ein Glanz, den er nie zuvor gesehen hatte.

»Nennen Sie mich Vera«, bat sie sanft. »Bitte, halten Sie mich nicht für keck . . . Sie lieben mich doch?«

Die Straßenlampen tanzten vor seinen Augen.

»Ich bete Sie an«, stieß er heiser hervor.

»Dann haben Sie noch kurze Zeit Geduld mit mir . . . und . . . wenn ich etwas tue . . . was Ihnen mißfällt . . .«

»Das können Sie gar nicht.«

Mitten unter all den hastenden Menschen in der Regent Street, die je nach Temperament empört, belustigt oder interessiert zuschauten, küßte er sie.

»Und jetzt«, sagte sie mit flimmernden Augen und stieß ihn zurück, »zeig mir den neuen Laden, den King Kerry gekauft hat.«

»Da ist er«, er zeigte auf den Häuserblock, »das Kunstgeschäft. Es hat in allen Blättern gestanden.«

Sie lief den Bürgersteig entlang, bis sie vor die dunklen Fenster des Ladens kam.

Dann hob sie, ohne vorher etwas zu sagen, den Stock, und krachend flog der Elfenbeingriff durch die Spiegelglasscheibe.

Ein Polizist packte sie.

»Mein Gott«, rief Bray, »warum haben Sie das getan?«

»Ich bin Frauenrechtlerin!« schrie Vera und lachte.

Sie lachte noch immer, als man sie in einer Taxe zur Marlborough Street brachte; sie lachte auch, als sie am folgenden Morgen in Abteilung II zu drei Wochen Gefängnis verurteilt wurde.

King Kerry, der mit Bray am Anwaltstisch saß, hatte seinen Spaß. In drei Wochen würde Vera ihr Anteil an dem väterlichen Vermögen zufallen, und die Machenschaften ihres Bruders wären umsonst. Sie würde aus dem Gefängnis als eine in jedem Sinne des Wortes freie Frau herauskommen.

Obgleich Bray sie mit ängstlicher Besorgnis beobachtete, begriff er doch: Es würde für ihn drei Wochen Hölle bedeuten, und nur der Gedanke an ihre Liebe würde ihm helfen können, die Trennung zu ertragen.

Kapitel

15

»Ich konnte gestern abend nicht mehr ins Büro kommen und habe versucht, Sie telefonisch zu erreichen, aber Sie waren nirgends zu finden.«

Elses Ton war ein wenig vorwurfsvoll, denn sie hatte wirklich den Wunsch gehabt, ihn zu sprechen, um ihm eine wundervolle Neuigkeit zu erzählen.

»Ich glaub's schon«, gab King Kerry zu, indem er sich über das graue Haar strich. Der Millionär hatte beinahe etwas Kindliches, wenn ihm etwas leid tat, und Else mochte ihn in solchen Augenblicken besonders gern.

»Eine junge Freundin von mir hat eins meiner Schaufenster in der Regent Street zerschlagen. Ich komme wirklich nicht aus diesen gräßlichen Polizeiwachen heraus«, entschuldigte er sich reuevoll.

»Eine Frauenrechtlerin?«

»Ich glaube, ja«, nickte er und biß die Spitze einer Zigarre ab. »Sie sitzt jedenfalls.«

»Aber«, protestierte Else, »Sie haben sie doch nicht einsperren lassen?«

»Aber gewiß doch. Ich habe sogar dem Anwalt aufgetragen, darauf zu dringen.«

Er sah den ratlosen Blick in Elses Gesicht und wartete.

»Das paßt ja gar nicht zu Ihnen.« Ein leichter Vorwurf lag in ihrem Ton. »Sie sind so gut und freundlich zu bedrängten Menschen. — Ich hasse den Gedanken, daß Sie anders sein könnten, als ich von Ihnen denke.«

»Jeder ist anders, als die Menschen von ihm denken«, sagte er traurig. »Ich vermute, Sie haben niemals gelesen, was einige der New Yorker Zeitungen über meinen großen Eisenbahnkonzern geschrieben haben. — Ich dachte es mir«, fügte er hinzu, als sie den Kopf schüttelte. »Ich werde Ihnen morgen die Ausschnitte mitbringen, und Sie werden sehen, wie schlecht ein Mensch sein und doch am Gefängnis vorbeikommen kann.«

»Sie werden mich doch nicht überzeugen. Ich glaube noch

nicht einmal, daß Sie heute morgen getan haben, was Sie sagten.«

Er nickte heftig.

»Ganz gewiß, aber ich kann Ihnen ja jetzt ebensogut erzählen, daß die Dame eine gute Bekannte ist, die den dringenden Wunsch hatte, ins Gefängnis zu kommen — und ich mußte ihr dabei behilflich sein.«

»Ist sie wirklich eine Frauenrechtlerin?«

King Kerry überlegte einen Augenblick.

»Nein, sie ist es nicht, obgleich sie genug durchgemacht hat, um eine zu werden. Wenn ich an ihrer Stelle wäre, ich glaube, ich würde die ganze Regent Street in Brand stecken. Sie werden jedenfalls in den Zeitungen davon lesen.«

Sie zog eine Schublade heraus und entnahm ihr eine Nummer des *Evening Herald.*

»Lesen Sie es in Ihrer eigenen Zeitung«, sagte sie stolz und reichte ihm die Morgenausgabe.

Er pfiff. »Das hatte ich beinahe vergessen. Sie haben das Blatt also doch gekauft?«

Sie nickte. Wie sie so dastand, die Hände auf dem Rücken, die Wangen gerötet und die Augen vor Erregung glänzend, bot sie ein entzückendes Bild. Sie stand da wie ein Kind, das eine Belohnung verdient hat und nun sehnsüchtig auf das wartet, was ihm zukommt.

»Was haben Sie dafür gegeben?«

»Raten Sie!«

»Sechzigtausend?«

Sie schüttelte den Kopf.

»Fünfzig?« fragte er mit hochgezogenen Augenbrauen.

Wieder schüttelte sie den Kopf. »Ich will Ihnen die ganze Geschichte erzählen. Als ich in die Redaktion des ›Evening Herald‹ kam, war fast das ganze Personal schon nach Hause gegangen. Nur der Herausgeber, der Geschäftsführer und der Besitzer waren in dem Sitzungszimmer; und ich habe nachher erfahren, daß sie sich ziemlich in die Haare geraten waren.«

»Das ist immer so, wenn diese drei Herren zusammenkommen. Wenn der Verleger auch noch dagewesen wäre, so hätten

Sie den Krankenwagen rufen müssen.«

»Also«, fuhr sie lächelnd fort, »ich schickte Ihre Karte hinein und wurde sofort eingelassen.«

»Das ist der Zauber eines Namens«, murmelte der Millionär.

»Sie waren furchtbar überrascht, mich zu sehen, und der Besitzer, Herr Bolscombe, wollte mich ›liebes Kind‹ anreden, aber er hörte sofort auf, als ich es ihm geradeaus steckte, daß ich gekommen sei, das Blatt zu kaufen.«

»Fiel er nicht in Ohnmacht?«

Sie lächelte. »Das gerade nicht, aber er forderte sechzigtausend Pfund, woraufhin ich den nötigen Ohnmachtsanfall bekam. Die Zeitung ist neu — das wissen Sie doch?«

King Kerry nickte.

». . . und fängt gerade an, sich zu rentieren!«

»Das ist die Ansicht der Herausgeber«, warf King Kerry ein, und Else nickte nun ihrerseits.

»Besonders, wenn die politische Färbung etwas geändert wird . . .«

»Höre ich da nicht den Geschäftsführer?« fragte King Kerry, indem er zur Decke blickte.

»Ja — aber andererseits kann es auch nicht der Fall sein, und man weiß nicht recht, ob es klug ist, gutes Geld hinter schlechtem herzuwerfen.«

Kerry schüttelte sich vor Lachen.

»Das ist der Besitzer. Ich weiß, was er sagen würde, denn ich habe ein- oder zweimal mit ihm gesprochen.«

»So redeten und redeten wir, und das Ende vom Lied war, daß ich das Blatt für vierzigtausend gekauft habe«, schloß sie triumphierend.

Er stand auf und klopfte ihr auf die Schulter.

»Ausgezeichnet, Kind, das werde ich in mein rotes Buch eintragen.«

Er hatte ein Hauptbuch unter Verschluß, in das er von Zeit zu Zeit Eintragungen machte, die niemand zu sehen bekam.

»Ich muß Ihnen noch etwas sagen. Als ich den Scheck überreicht und die Quittung erhalten hatte, ging ich nach Hause, und auch Herr Bolscombe, der mit — na, Sie raten sicherlich nicht, mit wem — speisen wollte . . .«

»Mit Hermann Zeberlieff — ja?« gab Kerry zurück. »Fahren Sie fort!«

Sie war ein wenig enttäuscht, daß ihre Bombe nicht einmal gezischt hatte.

»Ich ging nach Hause. Drei Stunden später empfing ich den Besuch Herrn Bolscombes und eines anderen Herrn, dessen Namen ich vergessen habe — obgleich ich nicht weiß, woher sie meine Adresse hatten.«

»Von Zeberlieff!«

»Aber natürlich, wie dumm von mir, das zu vergessen! Bolscombe wollte die Zeitung für siebzigtausend zurückkaufen.«

»Großartig!« lachte King Kerry.

»Er wollte sagen, es sei kein eigentlicher Verkauf, aber ich habe ihn alles von Belang in der Quittung vermerken lassen — war das richtig?«

»Kind!« erklärte der staunende Kerry feierlich. »Ich werde Sie demnächst zu meinem Teilhaber machen. Nun, und wie endete es?«

Sie reichte ihm die Quittung und fuhr dann fort:

»Der Herausgeber ist ein ziemlich fähiger junger Mann, und« — sie zögerte ein wenig — »der Geschäftsführer scheint ziemlich begabt zu sein. Ich sagte ihnen, daß Sie keine sofortige Änderung beabsichtigten.«

»Ebenfalls richtig«, sagte Kerry herzlich. »Ein neuer Mann ist nicht immer der bessere, der alte ist nicht notwendig ein Narr. Man wechsle niemals, bloß um zu wechseln — höchstens die Kleidung.«

Er stand in Nachdenken versunken an seinem Schreibtisch.

»Dies verdient mehr als gewöhnliche Anerkennung. Unseren ersten gemeinsamen Sieg über den Feind können wir nur mit einem Essen feiern.«

Sie schaute ihn lachend und vollkommen glücklich an. Daß sie den »grauen Mann«, wie sie ihn in Gedanken nannte, zufriedengestellt hatte, war ihr genug.

Sie hatte in den letzten vierundzwanzig Stunden zwei hübsche Männer gesehen . . . Aber es waren ganz andere Typen gewesen als King Kerry mit seiner gesunden Hautfarbe, den lachenden Augen und dem festen Kinn — und die anderen hatten bestimmt nicht das graueste Haar, das sie je an einem jungen Mann gesehen hatte!

»Festessen um acht Uhr im Schweizerhof. Und wenn Sie glauben, nicht ohne Anstandsdame kommen zu können, bringen Sie wenigstens eine recht hübsche mit.«

Sie lächelte: »Ich wüßte keine, die hübsch genug wäre, deshalb müssen Sie schon mit mir vorliebnehmen.«

Eine ganze Tagesarbeit lag vor ihr, und sie machte sich mit einem Eifer ans Werk, den die Aussicht auf eine Abendunterhaltung nur noch steigerte. Plötzlich hielt sie inne.

»Ich weiß jetzt . . .«

Er blickte auf. »Was denn?«

»Den Namen des anderen Herrn . . . ich meine«, unterbrach sie hastig, »des Herrn, der mit Herrn Bolscombe zu mir in die Wohnung kam. Er heißt Martin Hubbard.«

»Oh«, machte er zweideutig, »die Schönheit!«

»Wird er so genannt? Ich kann es schon verstehen. Er sieht sehr gut aus, aber . . .« Sie zögerte.

»Es gibt viele ›Aber‹ in bezug auf Martin«, unterbrach Kerry sie ruhig, »ich lernte ihn in New York kennen. Er ist einer von den Dollarmitgiftjägern.«

Er sah in Nachdenken versunken starr auf die gegenüberliegende Wand.

»Ein Mann, der des Geldes wegen heiratet, ist wie ein Hund, der wegen eines Knochens auf einen Turm klettert; er bekommt seine Mahlzeit, aber er findet kein gemütliches Plätzchen, wo er sie in Ruhe verdauen kann.«

Kerry erwähnte Martin nicht mehr und arbeitete den ganzen Tag; er entwarf eine Anzeige, die den ganzen Tuchhandel in seinen Grundfesten erschüttern sollte.

Kapitel

16

»Wenn ein Mensch ohne tiefes sittliches Empfinden, ohne Sinn für das, was er seinem Gewissen, seinem Stolz, seiner menschlichen Natur schuldig ist, seinen Herzenswunsch durchkreuzt sieht, richtet sich sein Sinn natürlicherweise auf Mord. Der Mord ist in der Tat ein Naturtrieb des Mannes, wie die Mutterschaft ein Naturtrieb des Weibes ist. Vieltausendjährige Kultur hat einen höheren Trieb ins Leben gerufen, der Selbstbeherrschung heißt. Die wilden Gewässer des Willens sind durch künstliche Kanäle abgeleitet worden, und wehe dem Flutstrom, der über das Ufer tritt und in sein natürliches Bett fließen will.«

Diese Sätze schrieb Hermann Zeberlieff zwei Tage nach der Verurteilung seiner Schwester in sein Tagebuch. Sie enthüllten seine Philosophie und waren eine der interessantesten Stellen seiner Weltanschauung, auf jeden Fall eine der zusammenhängendsten Aufzeichnungen seines Tagebuches, das bei einer späteren Gelegenheit, bei der Hermann Zeberlieff unvermeidlicherweise nicht zugegen sein konnte, öffentlich verlesen wurde.

Seine erbittertsten Feinde werden diesem Menschen eine gewisse literarische Befähigung nicht absprechen oder die Charakteristik bekritteln, die der Anthropologe Simnitzberg in seinem Werk *Unmoralische Phantasten* von ihm gegeben hat.

Hermann beendete die Eintragung und legte das Buch auf seinen Platz. Spöttisch blickte er auf das Häufchen Briefe, die er beantwortet hatte. Jeder, der ihn kannte, hatte ihm anläßlich der Tat seiner Schwester freundlich, nachsichtig oder launig geschrieben. Sie ahnten ja nicht, was diese Laune seiner Schwester ihn gekostet hatte. Es hätte ihn noch teurer zu stehen kommen können, wenn — sie nicht weggegangen wäre. Aber daran wollte er gar nicht erst denken.

Er ging in sein Zimmer, um sich anzukleiden. Sosehr er sich auch durch die Tat seiner Schwester in seinen Plänen behindert sah, so fühlte er sich doch gewissermaßen erleichtert, daß die Notwendigkeit, sie zu beseitigen, nicht mehr bestand. Er zweifelte nicht daran, daß sie im Gefängnis ein Testament machen würde. Casman, ihr Rechtsbeistand, war zu diesem Zweck nach Holloway gerufen worden. Hermanns Gemütsverfassung würde einem Durchschnittspsychologen ein Rätsel aufgegeben haben; denn jetzt fühlte er keinen Zorn mehr auf seine Schwester. Er wollte ihr Geld haben, und er hatte trotz allem die Hoffnung, es doch noch zu bekommen, nicht aufgegeben. Aber er mußte viel schlauer zu Werke gehen. Aus diesem Grund hatte er an dem Abend, an dem Vera ihre sonderbare Tat beging, Martin Hubbard eingeladen.

»Bolscombe ist ein Narr« — Hermann hatte die Angewohnheit, Selbstgespräche zu führen und sich ohne Hilfe eines Dieners anzukleiden —, »daß er die Zeitung an dieses Schwein verkauft hat!«

»Dieses Schwein« war King Kerry, den dieser seltsame Mensch mit der ganzen Glut eines unerbittlichen Hasses verfolgte. Hermann hätte zu gerne gewußt, wozu King Kerry dieses Spielzeug gebrauchen wollte; es war jedenfalls eine Waffe, die leicht benutzt werden konnte, Hermann zu quälen. Es wäre nicht das erstemal gewesen, daß der »König von London« Zeitungen kaufte, um ihm das Leben schwererzumachen. Er war eben mit dem Ankleiden fertig, als leise an der Tür geklopft wurde.

»Ein Mann wünscht Sie zu sprechen«, sagte der Diener, der auf Hermanns Befehl eingetreten war.

»Wie sieht er aus?«

Der Diener wußte nicht recht, wie er den Besucher beschreiben sollte.

»Ärmlich . . . ein Ausländer.«

Ärmlich und ein Ausländer? Hermann konnte den Mann nicht unterbringen.

»Lassen Sie ihn heraufkommen!«

»Hierher?«

»Hierher«, sagte Hermann unwirsch. »Wo sollte ich ihn sonst empfangen?«

Der Diener war an solche grundlosen Ausbrüche gewöhnt und machte sich nichts daraus. Er verließ das Zimmer und kam mit einem kleinen, ziemlich blassen Menschen wieder, der einen struppigen, unregelmäßigen Bart hatte, auch in so abgerissenen Kleidern steckte und ein so auffallendes Wesen zur Schau trug, daß die Bezeichnung »ärmlich« und »Ausländer« durchaus am Platz waren.

»Ah, Sie sind es«, sagte Hermann kalt. »Setzen Sie sich! Sie brauchen nicht zu warten, Martin!«

»Nun«, fragte er, als sie allein waren, »was wollen Sie?«

Er sprach französisch, und der kleine Mann streckte seine Hände bittend in die Höhe.

»Was denn sonst als Geld, mon Dieux? Ah, Geld ist ein furchtbares Ding, aber notwendig!«

Hermann öffnete bedächtig ein goldenes Zigarettenetui und wählte eine Zigarette, bevor er antwortete:

»Warum müssen Sie gerade zu mir kommen?«

Das Männchen zuckte mit den Schultern und sah nach der Decke, als erwarte es von dort eine Eingebung. Es war ein übel aussehender Mensch mit stumpfer, platter Nase und kleinen, zwinkernden Augen, die weit auseinanderstanden. Seine Haut war mit Pusteln bedeckt und von kränklicher Farbe; seine Hände waren groß und rot.

»Sie waren einmal gegen uns großmütig, mon aviateur! Ah, die Großmut! — Aber es war« — er blickte sich um — »für einen Mord!« flüsterte er in dramatischem Ton.

»Wollen Sie damit sagen, daß ich Sie zum Mord an der jungen Frau, die man in der Smith Street tot aufgefunden hat, angestiftet habe?« fragte Zeberlieff kalt. »Sie hatten den Auftrag, nicht zu töten.«

Der Mann zuckte wieder mit den Schultern.

»Sie war betrunken — wir glaubten, sie sei dickköpfig. Wie sollten wir das wissen? Joseph gab ihr einen Extradruck und — violà! Tot war sie.«

Hermann musterte ihn, wie ein Naturforscher einen neuen, seltsamen Käfer betrachten würde.

»Nehmen wir an, ich sage, daß ich Ihnen nichts geben will.«

Die großen, roten Hände wurden wie im Schmerz ausgestreckt.

»Das würde unangenehm sein — für Sie, für mich, für alle!«

Er stand jetzt in Armeslänge von Hermann entfernt.
»Sie sind sehr stark, mein Lieber?« fragte Zeberlieff.
»Man hält mich dafür«, erwiderte der andere selbstbewußt.
»Achtung!« rief Hermann, und seine kleine weiße Hand fuhr dem Besucher an die Gurgel. Der Kleine wehrte sich, aber er war in den Händen eines Mannes, dessen Lehrmeister Le Cinq gewesen war, und Le Cinq war der größte Würger seiner Zeit. Die Finger legten sich fest um die Kehle des anderen, geübte Finger wie aus Stahl, die die Halsschlagader und die Luftröhre gleichzeitig zusammenpreßten. Schlaff sank der Mann zu Boden, und erst dann ließ der eiserne Griff nach.
»Stehen Sie auf«, sagte Hermann und lachte grimmig.
Der Mann erhob sich taumelnd, Furcht in den Augen, das Gesicht blau und aufgedunsen.
»Mon Dieu«, keuchte er.
»Noch einen Augenblick, mein Kleiner«, versetzte Hermann in ungezwungenem Ton, »und Sie wären beim Teufel gewesen. Ich wollte Ihnen nur zeigen, daß ich mich besser auf Ihren Beruf verstehe als Sie selbst. Vor Jahren entwischte Le Cinq von der Teufelsinsel und kam nach New York. Ich zahlte ihm fünftausend Dollar dafür, daß er mich den Griff lehrte. Sie waren in guten Händen, ma foi!«
Der Mann stand da, am ganzen Leib zitternd, mit zuckendem Gesicht, und strich mit der Hand über seinen zerschundenen Hals.
»Da haben Sie hundert Pfund . . . Wenn Sie Lust haben, können Sie zur Polizei gehen — kommen Sie aber nicht wieder um Geld zu mir, wenn Sie mir nichts dafür zu bieten haben. Wenn ich Sie brauche, werde ich Sie holen lassen, bon soir.«
»Bon soir, mon professeur!« sagte der Mann mit einem Rest von Humor.
Hermann fühlte sich geschmeichelt.
Seinetwegen mußte Martin Hubbard warten. Aber Martin konnte warten, wenn er auch das Essen pünktlich auf die Minute bestellt hatte. Hermann fand ihn geduldig im Palmenhof des Schweizerhofs sitzend.
»Entschuldigen Sie, daß ich Sie habe warten lassen, aber ich

hatte ein unvermutetes Geschäft — ein dringendes«, fügte er lächelnd hinzu.

»Ihr Millionäre!« sagte Hubbard bewundernd.

Hübsch ist ein allgemein gebräuchliches Wort für schöne Menschen, aber Martin Hubbard sah aus wie ein junger griechischer Gott. Sein Mund war seine schwache Seite, doch sein kleiner, goldblonder Schnurrbart genügte, ihn zu verdecken. Viele Blicke folgten ihm, als er jetzt mit seinem Gast durch das Lokal schritt.

Hermann Zeberlieff bewunderte weder das gute Aussehen seines Freundes, noch beneidete er ihn darum. Er selbst war eine auffallende Erscheinung mit seinem jugendlichen Gesicht und der imponierenden Stärke, die an der Breite seiner Schultern und seiner ganzen Haltung zu erkennen war. Das Ziel seiner Eitelkeit war Macht — er gierte nach einer Verbeugung vor seinem Reichtum, seinem Einfluß und seiner Stellung in der Welt.

»Da sind wir«, deutete Martin auf einen Tisch.

Hermann sah sich um, und sein Gesicht verzog sich. Drei Tische weiter saß Kerry mit einer Dame. Von seinem Platz aus konnte Hermann ihr Gesicht nicht sehen, aber ein flüchtiger Blick sagte ihm, daß sie, da ihr Kleid weder modern noch kostbar und ihr Hals und Haar ohne jeden Schmuck waren, eine jener amüsanten »Niemands« war, die King Kerry immer fand.

»Der alte Kerry und seine Sekretärin«, bemerkte Hubbard, der Hermanns Blicken folgte und eine Erklärung für Hermanns Stirnrunzeln finden wollte.

Hermann betrachtete das Mädchen mit neuem Interesse. Seine Lippen kräuselten sich zu einem sarkastischen Lächeln, als er daran dachte, daß, wenn das Geschick es nicht anders gewollt, dieses Mädchen hätte da liegen können, wo die betrunkene Tochter ihrer Wirtin tot aufgefunden wurde.

Während des Essens sprach er von Tagesereignissen. Auf den eigentlichen Zweck der Zusammenkunft kam er erst später im Palmenhof zu sprechen, als die beiden bei Kaffee und Zigarren saßen.

»Hubbard«, sagte sein Gast, »ich möchte gern, daß Sie meine Schwester heiraten.«

gern das Gesicht des Mädchens sehen.

Sie waren beinahe neben den beiden, als Kerry seinen Schritt verlangsamte, und zum erstenmal fiel Hermann Zeberlieffs Blick auf Else Marions Gesicht.

Er sprang vom Stuhl auf, als sei er von einer Tarantel gestochen. Sein Gesicht war weiß und verstört, Schweißtropfen standen an seinen Schläfen, als er mit zitterndem Finger auf das erschrockene Mädchen zeigte. »Du — du!« krächzte er heiser und stürzte ohnmächtig zu Boden.

Kapitel 17

»An das Publikum:

Ich habe vor kurzem das unter der Firma ›Tack & Brighten‹ bekannte Geschäft gekauft und mache hiermit bekannt, daß ich das Geschäft auf neuer Basis und unter dem Namen ›Kerry's Stores‹ weiterführen werde. Ich habe das Lager der aufgenommenen Waren vervierfacht; es umfaßt nunmehr Damen- und Kinderausstattung und Herrenwirkwaren aller Art.

Jeden Konfektionsartikel, jedes Material, das in irgendeinem Geschäft in der Oxford Street zu haben ist, kann man auch in ›Kerry's Stores‹ kaufen.

In dem Gebäude sind umfangreiche Umbauten vorgenommen worden, ein Teeraum ist neu eingerichtet, zwei gewaltige elektrische Fahrstühle sind eingebaut worden, und im ersten Stock steht den Kunden ein Erholungsraum zur Verfügung.

Zur Einweihung dieses Geschäftes verkaufe ich ein ganzes Jahr lang zu halben Preisen. Zwölf Monate lang kann jeder von heute an sämtliche Waren zu genau der Hälfte der Preise kaufen, die in irgendeinem anderen Geschäft in der Oxford Street für dieselben Waren gefordert werden.

Das ist aber noch nicht alles.

In drei Schichten werden die Angestellten die Kunden bedienen, und das Geschäft wird Tag und Nacht geöffnet sein, außer sonntags und zwei Stunden täglich. Sämtliche Waren werden mit den Preisen ausgezeichnet, zu denen sie in anderen Geschäften zu haben sind, und es werden folgende Rabattsätze gewährt:

Von zehn Uhr früh bis acht Uhr abends können die Kunden die Waren für die Hälfte der ausgezeichneten Preise erhalten; von acht bis elf Uhr abends gebe ich fünfundfünfzig Prozent, von elf bis ein Uhr nachts sechzig Prozent, von ein Uhr nachts bis acht Uhr früh fünfundsechzig Prozent Rabatt. Von acht bis zehn Uhr früh wird das Geschäft gereinigt und bleibt geschlossen.

Ein Verkäuferstab wird Sie bedienen, der höheres Gehalt bekommt und kürzere Zeit arbeitet als der irgendeines anderen Geschäftes. Sämtliche Waren werden deutlich ausgezeichnet. Suchen Sie die Waren im Musterraum aus — sie werden Ihnen im Erholungsraum ausgehändigt werden.

Diese Anzeige erscheint an drei Tagen; nach dieser Zeit annonciert die Firma selbst.

Hochachtungsvoll King Kerry

PS. Ich verschenke im Laufe der nächsten zwölf Monate tatsächlich mindestens dreihunderttausend Pfund. Es liegt in Ihrer Hand, sich einen Anteil daran zu sichern. Daß unsere Lager leer werden könnten, ist nicht zu befürchten, denn ich habe mit zehn der größten Firmen der Manufakturbranche Lieferverträge abgeschlossen — im Betrage von sechshunderttausend Pfund für das mit dem 23. Dezember endende erste Halbjahr und für weitere achthunderttausend Pfund für das zweite Halbjahr.«

Diese Anzeige bedeckte in sämtlichen Londoner Zeitungen die für Reklamezwecke wichtigste von den für ganzseitige Anzeigen zur Verfügung gestellten Seiten. An einem Montag erschien die erste Verkaufsanzeige in Gestalt eines großen Plakates an sämtlichen Bauzäunen Londons. Die Anzeige war äußerst einfach gehalten.

»Kerry's Store,
989-997, Oxford Street, W.

Gnädige Frau! Jeder Modeartikel, den Sie in den Schaufenstern irgendeines Tuch- oder Damenkonfektionsgeschäftes in der Oxford Street sehen, ist vom Montag nächster Woche an in meinem Geschäft zum halben Preis und noch billiger zu haben.

Näheres in der Mittwochnummer jeder Zeitung.

King Kerry.«

Auf diese Anzeige stießen die Bewohner Londons an allen Ecken und Enden der Stadt. Man las sie in den Zügen und Fahrstühlen der Untergrundbahn. Sie war auf den Bahnhöfen angeklebt und bedeckte alle Mauern. In etwas abgeänderter Gestalt stand sie auf der Rückseite der Straßenbahnfahrscheine und an den Seiten der Omnibusse und Wagen. Tausende von wandelnden Plakaten trugen sie in den Straßen umher. Sie erschien unvermutet auf der Leinwand der Kinos, war in Theaterprogrammen zu lesen und fand sogar ihren Weg in die Gemeindekirchenblätter.

Eine Woche später erschien die Anzeige in den Zeitungen, und um elf Uhr früh bildete sich die merkwürdigste Schlange, die London je gesehen hatte. Das Anstehen fing schon um sieben an. Um neun Uhr wurden von der Abteilung »E« Reserveschutzleute angefordert, um Ordnung zu halten. Die Leute standen in Reihen zu vieren vom Konfektionshaus Kerry bis zur New Oxford Street, und diese Schlange war einundeineviertel Meile lang.

Der sparsame Londoner zweifelte nicht daran, daß die Waren die angegebene Qualität besäßen. Auf laufenden Samtbändern waren drei Tage lange Muster der Schätze ausgestellt worden. Noch weniger zweifelte man an der Bereitwilligkeit des freigebigen Besitzers, alle diese Waren zu halben Preisen zu veräußern. Wohl aber fragte sich das Publikum, wie lange dieses Opfer dauern würde.

Das Geschäft wurde um elf Uhr geöffnet, und Kerrys Verkaufssystem arbeitete völlig reibungslos. Sobald die Kunden befriedigt waren, gingen sie durch die neuen Hintertüren hinaus. Sie lernten bald, daß sie bei einem nächtlichen Besuch sich darüber klar sein müßten, was sie kaufen wollten. Denn wer einmal aus dem Musterraum in den Erholungssaal im ersten Stock gegangen war, durfte nicht wieder hinunter. Wenn ihnen noch etwas einfiel, was sie brauchten, mußten sie wieder anstehen.

Alle Klassen der Gesellschaft waren bei dieser Riesenjagd nach Gewinn vertreten. Pelzgeschmückte Damen, die in Autos gekommen waren, stellten sich neben bescheidene Frauen aus den ärmeren Straßen des östlichen und südlichen Londons. Reiche Damen gingen mit wohlgefüllten Börsen hinein und kamen mit dem Bewußtsein heraus, das Doppelte für den einfachen Preis gekauft zu haben.

Um drei Uhr nachmittags hatte die Schlange eine Länge von einer Viertelmeile, und um zehn Uhr abends schoben sich einige fünfzehnhundert Leute langsam zu den Türen. Als es ein Uhr nachts schlug, wartete immer noch eine ziemlich lange Schlange auf Extrarabatt.

»Es ist wundervoll!«

Else beobachtete das Bild um halb zwei Uhr nachts von einem oberen Fenster des Konfektionshauses. In der Straße hinter dem Gebäude wimmelte es von Lastkraftwagen und Möbelwagen, die frische Waren aus dem Warenhaus, das King Kerry in London-Süd erworben hatte, herbeischafften. Während eine Kolonne Arbeiter eifrig mit dem Abladen beschäftigt war, öffnete eine andere die Kisten und sortierte den Inhalt zur Übergabe in dem Packraum im vierten Stock.

King Kerry stand neben ihr und rauchte eine Zigarre.

»Wir machen gute Geschäfte, wir können nicht mehr als tausend Pfund verloren haben, vielleicht nicht einmal soviel. Ich rechne damit, daß wir tausend Pfund pro Tag zusetzen; aber die Verdienstspanne bei diesen Waren ist so groß, daß wir möglicherweise gar nichts verlieren.«

Andere Zuschauer waren nicht minder interessiert.

Leete saß mit Zeberlieff in dessen dunklem Wagen, und beide beobachteten die mitternächtliche Schlange.

»Wie lange wird dieser Schwindel dauern?« knurrte Leete. Der andere gab keine Antwort. Er sah abgespannt aus und warf einen bösen Blick auf das Gebäude.

Darum also hatte er gerade diese Sekretärin ausgewählt. Weil sie dem Mädchen, dessen Tod Hermann auf dem Gewissen hatte, so wunderbar ähnlich sah.

Die Geschichte hatte für jenes Mädchen ein tragisches Ende genommen. Hermann war es peinlich gewesen, weiter nichts. Dadurch war die Kluft zwischen ihm und King Kerry nur noch größer geworden, denn der graue Mann — damals war er noch nicht grau — hatte das Kind auf seine Weise geliebt.

»Er kann das nicht lange fortsetzen«, bemerkte Leete, und Hermann fuhr aus seinen bitteren Erinnerungen auf.

»Kann nicht?« sagte er wild. »Er kann und wird. — Sie kennen ihn ja nicht. Er ist ein verdammter Yankeemagnat. — Sie haben noch nie etwas mit der Sorte zu tun gehabt, denke ich mir. Kann nicht!! Wetten Sie nur nicht darauf, daß er aufhören wird. Hat Goulding etwas gemerkt?«

»Gemerkt?« lachte der andere rauh. »Ich bezweifle, daß wir heute ganze zehn Pfund eingenommen haben. Dabei belaufen sich die täglichen Spesen auf vierzig bis fünfzig Pfund. Ich werde eine Verfügung erwirken, durch die das Anstehen verboten wird — es ist ungesetzlich.«

»Und für ihn Reklame machen?« fragte Hermann. »Reklame machen, die ihn nichts kostet? Nichts da. Wir müssen was anderes finden.«

Er kaute in Gedanken versunken an seinen Nägeln und beobachtete die ununterbrochene Prozession von Käufern, die sich langsam vor dem hellerleuchteten Laden bewegte.

»Wenn das nun so weitergeht und Ihre Einnahmen auf zehn Pfund und weniger heruntergehen, was dann?«

Leete schluckte.

»Das würde unser Ruin sein. Wir könnten nicht konkurrieren, wir könnten keine Dividenden bezahlen, denn wir haben keine Reserven. Und es würde nicht nur uns so gehen — ein halbes Dutzend Firmen in der Nachbarschaft ist noch schlimmer dran als wir. Sie würden alle kaputtgehen.«

»Und wenn Sie nun übereinkämen, Ihr Zeug zu Konkurrenzpreisen zu verkaufen?«

Leete schüttelte fluchend den Kopf.

»Was hilft da alles Reden? Wir kommen an der Tatsache nicht vorbei, daß er es sich leisten kann, eine Million in den Rinnstein zu werfen — wir aber nicht. Wer ist denn dafür zu haben, unter den jetzigen Verhältnissen ein Geschäft zu finanzieren? In der ganzen City ist kein Haus, das uns einen roten Heller leihen würde, ehe es nicht klipp und klar ist, worauf King Kerry hinauswill. Unsere einzige Hoffnung ist, daß er es nicht aushalten kann.«

»Dieser Fall wird nicht eintreten«, bemerkte Hermann.

Er warf einen Blick auf den Bürgersteig, neben dem der Wagen hielt. Eine kleine Gruppe von Neugierigen betrachtete das merkwürdige Schauspiel eines Londoner Einkaufs um Mitternacht. Einer von diesen war ein junger Mann, dessen Gesicht Hermann bekannt vorkam. Eine Weile konnte er den Fremden nicht unterbringen, dann fiel ihm ein, daß er ihn in der Park Lane gesehen hatte.

Das war ja Veras ritterlicher junger Student, der da allem Anschein nach mit größtem Interesse das eigenartige Schauspiel betrachtete.

Nicht weit davon stand ein anderer junger Mann; eine Zigarre im Mund, beobachtete er die Vorgänge mit anerkennenden Blikken.

Kapitel 18

Denken und Handeln waren bei Hermann Zeberlieff eins. Er mußte es darauf ankommen lassen, ob Vera sich mit dem jungen Mann überworfen hatte ... Er stieg aus und trat zu Gordon Bray.

»Ich glaube, wir haben uns schon einmal gesehen«, begrüßte er ihn, und die Herzlichkeit, mit der sein Gruß erwidert wurde, beseitigte jeden Zweifel an dem Gemütszustand des anderen.

Sie plauderten eine Weile über die Eigenheiten King Kerrys.

»Halten Sie ihn nicht auch für einen vortrefflichen Menschen?« fragte der Enthusiast.

»Doch«, erwiderte Hermann trocken.

»Er ist auch seinen Angestellten gegenüber so großzügig«, fuhr der junge Mann fort, der gar nicht ahnte, daß kein Wort, das er zum Lobe King Kerrys vorbrachte, dazu angetan sein konnte, in der Brust des anderen entsprechenden Widerhall zu wecken. »Ich traf Else Marion heute beim Lunch.«

»Else Marion?« wiederholte Hermann mit sichtlichem Interesse.

Gordon nickte.

»Ja, seine Sekretärin, wissen Sie. Wir haben unter demselben Dach gewohnt« — er lächelte —, »ehe Else ihr Glück machte.«

»Und was hat sie über diesen großen Mann zu sagen?« fragte Hermann mit einem Anflug von Spott.

Der junge Mann lächelte. »Ich fürchte, ich bin ein bißchen zu sehr Enthusiast, und wahrscheinlich machen seine Methoden auf Sie, der Sie als Amerikaner an das Hasten und Jagen und die Unternehmungslust Ihrer Landsleute gewöhnt sind, nicht solchen Eindruck wie auf mich.«

»Auf mich haben sie ungeheuren Eindruck gemacht«, erwiderte Hermann, aber er meinte es nicht genau in dem Sinne wie der andere. »Ich hätte gern ein kleines Schwätzchen mit Ihnen gehalten, Herr Bray«, fuhr er liebenswürdig fort, »es gibt so vieles, was wir besprechen können. Man hat mir gesagt, Sie seien zugegen gewesen, als meine Schwester verurteilt wurde.«

Der junge Mann drehte sich um und sah ihn erneut an.

»Ja«, sagte er ruhig.

»Es ist doch furchtbar schade, daß sie sich so lächerlich gemacht hat! Meinen Sie nicht auch?« fragte Hermann.

Gordon Bray schoß das Blut ins Gesicht. »Ich bin der Ansicht, daß sie einen Grund dafür gehabt hat.«

Zeberlieff unterdrückte ein Lächeln. Das war doch noch ein ergebener Verehrer, einer von den platonischen Liebhabern, der sich von der reichen Frau, die die Geduld hatte, ihn bei Fuß zu halten, streicheln und treten ließ.

»Das ist Ansichtssache«, versetzte er laut. »Mir persönlich sind die Frauenrechtlerinnen ein Greuel, und die Entdeckung, daß auch meine Schwester dazu gehört, war ein harter Schlag für mich. Aber das gehört nicht hierher. Wollen Sie zu einem Schwätzchen mitkommen?«

»Wann?« fragte Bray.

»Wir können gar keine bessere Zeit finden«, entgegnete Zeberlieff gut gelaunt.

Der junge Mann starrte ihn an. »Aber es ist doch schon so spät.«

»Durchaus nicht, wenn Sie Zeit haben.«

Er ging zu seinem Wagen zurück und stellte den jungen Mann seinem Begleiter vor. Leete ließ sich die Anwesenheit eines Dritten nur sehr ungern gefallen, wollte er doch gerade jetzt Zeberlieff sondieren, ob er bereit sein, Goulding gegen die drohende Konkurrenz zu finanzieren.

Sie setzten Leete vor seiner Wohnung ab und fuhren zur Park Lane weiter. In Hermanns Arbeitszimmer machten sie es sich bei Zigaretten und Kaffee bequem. Der Kaffee kam erstaunlich schnell, so daß die Vermutung nahelag, der brave Martin habe den flüssigen Teil der Unterhaltung aus einer Thermosflasche besorgt.

»Ich will gleich zur Sache kommen, Herr Bray«, sagte Hermann nach einer Weile. »Ich bin, wie Sie wissen, sehr reich, und Sie haben, soweit ich das beurteilen kann, nicht allzuviel vom Reichtum dieser Welt.«

Gordon Bray nickte. »Da haben Sie vollkommen recht.«

»Nun, ich bin bereit, Ihnen zu helfen, wenn Sie mir helfen wollen«, fuhr Hermann fort. »Sie wissen vielleicht, daß meine Schwester verlobt ist.«

Es trat eine kleine Pause ein. Dann sagte Gordon so leise, daß der andere es kaum verstehen konnte: »Nein, das habe ich nicht gewußt.«

Hermann sah ihn scharf an.

»Ja, sie ist in aller Form mit meinem Freund Martin Hubbard verlobt — Sie haben vielleicht von ihm gehört. Er gehört zu den bekanntesten Persönlichkeiten der Stadt und ist mir besonders lieb, weil er denselben Namen hat wie mein Diener, so daß ich ihn niemals vergesse«, lächelte er.

Bis zu diesem Augenblick hatte Hermann es sich nicht träumen lassen, daß er irgendwie die Gefühle des anderen verletzte. Es war ihm nie in den Sinn gekommen, daß dieser Mann ernstlich an die Liebe zu einer Frau denken konnte, die so hoch über ihm stand. Etwas in dem Gesicht des jungen Mannes machte ihn aber stutzig, und er sah seinen Besucher argwöhnisch an.

»Ich hoffe doch, daß Sie die Verlobung meiner Schwester billigen?« fragte er mit gekünsteltem Spott.

»Es kommt mir nicht zu, sie zu billigen oder zu mißbilligen«, erwiderte Bray ruhig. »Ich kann nur der Hoffnung Ausdruck geben, daß sie recht glücklich werden möge.«

Wenn Hermann irgendeinen Verdacht gehabt hatte, so wurde er durch Brays Haltung beseitigt.

»Ich glaube nicht, daß sie sehr glücklich sein wird«, erklärte er unbekümmert. »Übrigens ist Glück ein relativer Begriff. Eine Frau, die über ein paar Millionen verfügt, kann Glück finden, wo ein weniger mit Glücksgütern gesegnetes Geschöpf . . .«

»Wie kann ich Ihnen behilflich sein?« unterbrach ihn Gordon. Er mußte etwas sagen, denn es kam ihm so vor, als ob sein Herzschlag im Zimmer zu hören sei.

»Ich habe Grund anzunehmen«, sagte Hermann langsam, »daß meine Schwester Ihr Urteil sehr schätzt. Ich glaube mich zu erinnern, daß sie des öfteren von Ihnen gesprochen hat. Es kommt häufig vor«, fuhr er mit unverschämter Rücksichtslosigkeit für die Gefühle des anderen fort, »daß sich Mädchen unserer Kreise durch den Rat von Männern Ihrer Klasse beeinflussen lassen, und ich glaube, das ist bei meiner Schwester und Ihnen auch der Fall. Sie können mir einen großen Dienst erweisen, wenn Sie, sobald meine Schwester entlassen wird und ihre alte Stellung in der Gesellschaft wieder eingenommen hat, all Ihren Einfluß dahingehend geltend machen, daß diese Heirat zustande kommt. Ich nehme an«, fuhr er nachdenklicher fort, »sie wird einen Heidenlärm machen, wenn sie findet, daß ich ihre Angelegenheiten für sie in Ordnung gebracht habe.«

»Dann weiß sie also gar nichts davon?« unterbrach ihn Gordon rasch.

»Noch nicht. Sie wissen, meine Schwester ist ein außergewöhnliches Mädchen. Sie hat mir während der Jahre, wo ich für ihr Wohlergehen zu sorgen hatte, viel zu schaffen gemacht. Sie, Herr Bray, als Mann von Welt, werden meine Verantwortlichkeit und meinen Wunsch, sie gut versorgt zu sehen, verstehen können. Bei ihrer Unabhängigkeit und ihrem riesigen Vermögen« — er betonte jeden Satz und klopfte bei jedem Wort auf die polierte Tischplatte — »wird sie die Beute des erstbesten Mitgiftjägers. Gegen meinen Freund Hubbard könnte ein solcher Vorwurf nicht erhoben werden.«

Er verließ sich darauf, daß Gordon Bray keine Ahnung von dem Gesellschaftsklatsch hatte und nichts davon wußte, daß man die Köpfe schüttelte, sobald Martin Hubbard die Empfangszimmer in Mayfair betrat, und daß die Mütter oder Tanten heiratsfähiger Töchter die erste sich bietende Gelegenheit benutzten, um mit ihren Schützlingen zu verschwinden.

Gordon Bray erwiderte nichts. Wenn er Kenntnis hiervon hatte, ließ er es jedenfalls nicht merken. Er saß in dem weichen Polsterstuhl dem anderen gegenüber und schwieg. Hermann Zeberlieff beging den Fehler, dieses Schweigen für Zustimmung zu halten, und fuhr ruhig fort:

»Ich bin bereit, Ihnen für Ihre guten Dienste jede Gelegenheit zu bieten, in der Welt weiterzukommen. Am Hochzeitstage meiner Schwester erhalten Sie zweitausend Pfund — eine sehr beträchtliche Summe, die es Ihnen wesentlich erleichtern wird, den Platz in der Welt einzunehmen, den zu erringen Sie es sich als ehrgeiziger junger Mann zweifellos zum Ziel gesetzt haben.«

Auch jetzt antwortete Bray nicht. Er sah den anderen an, Verachtung im Herzen und von einer schweren Last befreit.

Daß der andere auch ausgerechnet ihn bitten mußte, dabei zu helfen, die Frau seiner Träume zur Heirat zu zwingen!

Bray hätte über das Groteske dieser Widersinnigkeit lachen können. Er wartete jedoch, bis Hermann mit der Entwicklung seiner Ansichten zu Ende war. Dann stand er auf und langte nach seinem Hut, den er auf einen Stuhl neben sich gelegt hatte.

»Sie brauchen noch nicht zu gehen«, sagte Zeberlieff.

»Ich gehe aber doch . . . Ich fürchte, Herr Zeberlieff, Sie haben einen schweren Fehler gemacht, indem Sie mir soviel anvertrauten; aber Sie dürfen versichert sein, daß ich Ihr Vertrauen achten werde.«

Hermann runzelte die Stirn.

»Wie meinen Sie das?« fragte er brüsk.

»Genau so, wie ich es sage. Sie bitten mich, etwas zu tun, das schändlich und ehrenrührig wäre, selbst wenn ich nicht« — er zögerte — »mit Ihrer Schwester befreundet wäre.«

»Sie weigern sich also ... Warum?« fragte Hermann überrascht.

Es war allerdings überraschend, daß dieser Mann, der doch günstigstenfalls ein besserer Angestellter war, eine Gelegenheit, zweitausend Pfund zu verdienen, vorübergehen lassen wollte.

»Wenn ich genügend Einfluß auf Fräulein Zeberlieff hätte«, fuhr Bray fort, »so würde ich ihn jedenfalls nicht zugunsten von Herrn Martin Hubbard geltend machen.«

»Warum nicht?«

»Weil ich sie liebe ... und weil ich glaube, daß meine Liebe erwidert wird.«

Hätte jemand eine Bombe in das Zimmer geworfen, Hermann hätte nicht überraschter sein können.

»Sie lieben sie«, wiederholte er ungläubig, »wie spaßig!«

Obgleich ihn etwas im Gesicht des jungen Mannes warnte, fuhr er doch mit einem unangenehmen Lächeln fort: »Nein, nein, mein Lieber. Sie müssen sich schon ein anderes Mittel suchen, um zu Geld zu kommen, als eine Heirat mit meiner Schwester. Das war also der Gedanke ...«

»Hören Sie auf!« Gordon Bray trat mit funkelnden Augen einen Schritt auf ihn zu. »Ich erlaube nicht, daß Sie oder irgendein anderer derartiges sagt. Ich kann Ihren Ärger verstehen, denn ich kann mir denken, daß ich nicht der Mann bin, den Sie zum Schwager haben möchten. Gleichzeitig ist es aber nur billig, Ihnen zu sagen, daß Sie der allerletzte wären, den ich mir zum Schwager wählen würde. Ich liebe Ihre Schwester, und ich werde sie heiraten, aber nicht eher, als bis ich mir selbst eine Stellung in der Welt geschaffen habe, und zwar ohne Unterstützung Ihrer Schwester, außer der Hilfe und dem Ansporn, den mir ihr prächtiger Charakter geben wird.«

»Entschuldigen Sie, wenn ich lache«, unterbrach ihn Hermann. Er hatte sich außerordentlich schnell wieder in die Gewalt bekommen.

»Ohne ihre Unterstützung«, fuhr der junge Mann fort, Hermanns unverschämte Bemerkung ignorierend, »werde ich sie heiraten. Bezüglich Ihres Vorschlages, in dem Herr Hubbard eine so hervorragende Rolle spielt, gebe ich Ihnen den dringenden Rat, sich das völlig aus dem Kopf zu schlagen.«

Er war jetzt kühn, kühn im Gefühl seiner Macht.

Hermanns Gesicht bot keinen erfreulichen Anblick. Er war verzweifelt, zu allem entschlossen in der Erkenntnis seiner eigenen gefährlichen Lage. Trotz seines Ärgers, trotz seiner möglichen Niederlage riß er sich doch mit Gewalt zusammen und lächelte.

»Ich fürchte, wenn meine Schwester warten soll, bis Sie sich eine Stellung in London errungen haben, werden Sie eine Frau im mittleren Alter heiraten.«

»Das mag schon sein«, erwiderte Bray ruhig, »aber wenn Herr King Kerry . . .«

»King Kerry?« unterbrach ihn Hermann hastig. »Hat der auch hier seine Hand im Spiel?«

»Herr King Kerry weiß nichts davon; aber er hat mir Aussichten gemacht, sobald er anfängt zu bauen.«

»Er will bauen? Was? Was will er bauen? Sagen Sie es mir!«

»Ich kann Ihnen nichts sagen«, entgegnete der andere und ging zur Tür.

»Beantworten Sie mir eine Frage!« Hermann stand am Kamin, den Ellbogen auf dem Marmorsims, den Kopf auf die Hand gestützt. »Wollen Sie mir schwören, daß meine Schwester Sie liebt?«

Die Frage kam so unerwartet, daß sie Bray fast den Atem benahm.

»Beschwören kann ich es nicht«, lächelte er, »aber ich glaube es.«

»Hat sie es Ihnen gesagt?«

Bray nickte.

»Dann ist das also in Ordnung«, entgegnete Hermann lächelnd. »Nun will ich Sie hinunterbegleiten.«

Er ging ihm voran die Treppe hinunter. Im Erdgeschoß lagen das Speisezimmer und sein kleines Bibliothekszimmer.

»Trinken Sie mit mir noch ein Glas auf meine Schwester?«

Gordon Bray zögerte. Er hatte diesem Mann offenbar doch unrecht getan.

»Das täte ich allerdings gern«, sagte er freimütig, worauf Hermann ihn ins Speisezimmer führte und die Tür hinter ihnen schloß.

Er ging zu einem kleinen Büfett und nahm eine schwarze Literflasche und zwei Gläschen heraus.

»Dies ist der stärkste Likör der Welt — Van der Merwe. Wir wollen auf die Entlassung meiner Schwester — und auf bessere Bekanntschaft — anstoßen.«

»Mit dem größten Vergnügen«, erwiderte der junge Mann herzlich.

Zuerst füllte Hermann ein Glas mit der bernsteinfarbenen Flüssigkeit und reichte es seinem Gast; dann schenkte er für sich selbst ein. Gordon konnte nichts von dem kleinen schwarzen Knopf in der Mitte des Flaschenhalses ahnen, auf den der andere gedrückt hatte, nachdem das erste Glas vollgeschenkt war. Der Druck auf diesen Knopf hatte genügt, eine kleine Menge einer farblosen Flüssigkeit in das Glas einlaufen zu lassen.

»Wohlsein!« sagte Hermann und leerte sein Glas. Bray tat ihm Bescheid.

»Und jetzt«, meinte Hermann freundlich, »müssen Sie noch mal Platz nehmen und eine Zigarette rauchen, während ich Ihnen etwas von Vera erzähle.« Er war noch nicht sehr weit mit seinem Erzählen gekommen, als Gordon Brays Kopf auf die Brust sank und er in dem Stuhl, auf den Hermann ihn genötigt hatte, in einen traumlosen Schlaf verfiel.

Kapitel 19

Auf der gegenüberliegenden Seite der Straße stand ein junger Mann, einen Zigarrenstummel im Munde den Filzhut hinten im Nacken, die Hände tief in die Taschen seines Überziehers vergraben, und wartete geduldig, daß Gordon Bray wieder herauskäme. Das Licht in dem im ersten Stock gelegenen Wohnzimmer war schon vor etwa einer Stunde erloschen. Wohin hatten sich die beiden Männer verzogen?

Der junge Mann steckte sich eine andere Zigarre an und richtete sich auf noch längeres Warten ein. Ein Zeitungsschreiber, der mit dem Herzen bei der Sache ist, betrachtet weder Zeit noch Mühe als verloren, wenn er sich nur einen Bericht sichern kann. Und dieser junge Zeitungsschreiber des *Evening Herald* bildete keine Ausnahme von der Regel.

Er wartete und unterhielt sich mit den vorübergehenden Polizisten. Es wurde halb vier; aber es kam immer noch niemand aus der Tür des Hauses Park Lane 410. Es schlug fünf, sieben Uhr, und das Leben fing an, langsam zu erwachen; die Frühharbeiter eilten durch die vornehme Straße in der Richtung nach Norden und Süden.

»Er kann doch nicht die ganze Nacht dageblieben sein«, murmelte der junge Reporter, kritzelte eine kurze Notiz und schickte den erstbesten, der ihm wie ein Bote vorkam, damit los. Nach einer halben Stunde kam ein Mann eilends die Park Lane herunter, bis er die Stelle erreichte, wo unser Beobachter stand.

»Sie können jetzt gehen.«

»Ich denke gar nicht daran, solange ich der Sache nicht auf den Grund gegangen bin.«

»Wissen Sie genau, daß er hineingegangen ist?«

»Das weiß ich bestimmt«, entgegnete der Zeitungsschreiber mit Nachdruck. »Ich bin ihnen in einer Taxe gefolgt. Sie setzten den alten Leete in Piccadilly ab und fuhren hierher. Ich sah ihn aussteigen, sah, wie der Wagen wegfuhr, und sah auch die beiden hineingehen. Seitdem habe ich hier aufgepaßt.«

»Ist eine Hintertür da?«

»Nein — der Eingang für Dienstboten ist im Kellergeschoß, hier, diese Treppe links hinunter.« Er deutete auf den Lichtraumschacht.

Um halb acht kam aus eben diesem Kellergeschoß ein Mann heraus, anscheinend ein Diener. Der Zeitungsschreiber ging über die Straße und folgte ihm die Park Lane hinauf, wobei er seine Schritte beschleunigte, bis er ihn eingeholt hatte.

»Entschuldigen Sie, bitte!«

Der Diener, Martin, wandte sich überrascht um.

»Wünschen Sie etwas von mir?« fragte er höflich und fügte dann plötzlich in einem Ton freudigen Wiedererkennens hinzu: »Sie sind doch der Reporter, der wegen Fräulein Zeberlieff zu uns kam, nicht wahr?«

Der junge Mann nickte: »Schuldig«, sagte er lächelnd. »Haben Sie irgend etwas von ihr gehört?«

»Sie wird heute entlassen«, erwiderte der Diener. »Ich kann es nicht begreifen . . . Eine so nette Dame . . .« Er schüttelte traurig den Kopf.

»Sie freuen sich wohl, daß sie wiederkommt?«

»Sie kommt nicht wieder in dieses Haus zurück«, antwortete Martin mit Nachdruck. »Ihr Mädchen hat alle ihre Sachen ins Hotel gebracht. Nach dem, was geschehen ist, glaube ich nicht, daß ihr der Gedanke, wieder hierherzukommen, besonders angenehm sein könnte. Mehr kann ich Ihnen nicht sagen.« Er nickte und wollte weitergehen.

»Noch einen Augenblick! Warum haben Sie es denn so eilig, wenn ein armer Teufel von Zeitungsschreiber ein paar Shilling durch Sie verdienen will?«

Der andere grinste. »Ich wünschte mir, ich könnte soviel Shilling verdienen wie Sie Pfund«, sagte er neidisch. »Dann würde ich nicht für den da arbeiten«, er zeigte mit dem Kopf nach dem Haus.

»Es ist wohl nicht allzuviel los, wie?«

Der Mann schüttelte den Kopf. »Wir haben seit wer weiß wie lange keine Gäste mehr gehabt. Er brachte heute nacht einen mit, aber der ging schon nach einer Stunde wieder weg. Es hat Zeiten gegeben . . .« — er unterbrach sich, weil er fürchtete, schon zuviel gesagt zu haben; sonst hätte er eine packende Schilderung der Periode in Zeberlieffs gesellschaftlichem Leben geben können, in der sehr häufig Besuch kam und Trinkgelder von einem Pfund an der Tagesordnung waren.

»Ist er die Nacht über dageblieben?« fragte der Zeitungsschreiber ganz nebenbei.

»Wer?«

»Der Herr, der heute nacht mitkam?«

Der Diener schüttelte den Kopf. »Ich habe Ihnen doch schon gesagt, daß er nur eine Stunde dageblieben ist.«

»Ist Herr Zeberlieff schon auf?«

»Es hat keinen Zweck, zu ihm zu gehen«, entgegnete der Diener hastig; »und wenn Sie es tun, sagen Sie um Gottes willen nicht, daß ich mit Ihnen geschwatzt habe. Ja, er ist auf; tatsächlich ist er gar nicht im Bett gewesen. Er hat mich um zwei Uhr ins Bett geschickt; er selbst hat fast die ganze Nacht geschrieben. Jedenfalls hat er mich aber nicht gestört.«

Er hatte einen Brief in der Hand, den er anscheinend zur Post bringen sollte.

»Er hat eine merkwürdige Handschrift«, sagte der Zeitungsschreiber halb zu sich selbst.

Der Mann hielt den Brief in die Höhe und betrachtete die Handschrift mit kritischen Blicken.

»Ich weiß nicht, sie ist nicht gerade schlecht; ich habe schon schlechtere gesehen.«

In dieser Sekunde hatte der Zeitungsscheiber Namen und Adresse gelesen und mußte sehr an sich halten, um ein Pfeifen zu unterdrücken, mit dem er für gewöhnlich jede Überraschung begleitete.

»Na ja«, sagte er mit scheinbarem Widerstreben, »wenn er die ganze Nacht aufgewesen ist, wird er mich nicht empfangen wollen. Auf jeden Fall will ich nach Holloway gehen und Fräulein Zeberlieff aufsuchen.« Mit einem Kopfnicken trennten sie sich.

Der Zeitungsschreiber schlenderte gemächlich über die Straße und gesellte sich zu dem Mann, der ihn abgelöst hatte. »Sie können hierbleiben«, sagte er zu ihm, »aber ich glaube nicht, daß Sie etwas sehen werden. Ich will jetzt erst einmal nach Hause gehen und ein Bad nehmen; dann werde ich mich mit King Kerry in Verbindung setzen.«

»Was ist denn los?«

»Das weiß ich selbst noch nicht. Beobachten Sie nur ruhig das Haus weiter und erstatten Sie mir Bericht; — wenn Bray herauskommt, folgen Sie ihm. Aber ganz besonders liegt mir daran, zu erfahren, ob Zeberlieff selbst ausgeht.«

Inzwischen ging Hermann Zeberlieff in seinem Wohnzimmer,

in Gedanken versunken, auf und ab. Er hatte ein Bad genommen, und nichts ließ erkennen, daß er nicht zu Bett gegangen war, bis auf die feinen Linien um die Augen, die in Wirklichkeit allerdings eine ganz andere Ursache hatten. Er sah in der hellen Morgensonne frisch, munter und auffallend gut aus. Martin rief ihn zum Frühstück und schenkte ihm gerade eine Tasse Kaffee ein, als Hermann ihn plötzlich fragte: »Übrigens, Martin, Sie wollten doch auf ein paar Tage zu Ihren Verwandten nach Cornwall?«

»Jawohl, aber Sie konnten mich nicht entbehren.«

»Ich brauche Sie jetzt nicht, Martin, Sie können jetzt gleich mit dem Elfuhrzug fahren.«

Der Mann sah ihn erstaunt an. »Und wer soll für Sie sorgen, wenn ich weg bin?«

»Ich gehe in ein Hotel«, erwiderte Hermann leichthin; »Sie sehen, Martin, daß Sie keineswegs unentbehrlich sind.«

»Natürlich nicht«, sagte der Diener ehrerbietig, »ich bitte um Verzeihung.« Er zögerte.

»Nun?«

»Ich habe den Schlüssel zum Weinkeller irgendwo verloren«, entschuldigte sich Martin, »ich hatte ihn gestern abend auf den Tisch im Flur gelegt und konnte ihn heute nicht finden.«

»Machen Sie sich darüber keine Gedanken, ich habe selbst einen Schlüssel.«

»Ich kann die Kellertür leicht auch so aufmachen.«

»Ich wünsche nicht, daß Sie dem Keller zu nahe kommen«, sagte Hermann scharf. »Wer war das übrigens, mit dem ich Sie auf der Straße sprechen sah?«

Das Schuldbewußtsein trieb Martin das Blut ins Gesicht. »Es war ein Zeitungsschreiber«, stammelte er, »der sich nach Fräulein Zeberlieff erkundigte.«

»Hm! Ich wünsche nicht, daß Sie mit solchen Leuten schwatzen. Ich habe Ihnen das schon ein paarmal gesagt.«

»Jawohl . . .«

»Sie sagen, er erkundigte sich nach Fräulein Zeberlieff. Was haben Sie ihm geantwortet?«

»Ich habe gesagt, daß wir ihm keinerlei Auskunft geben könnten.« — Die Lüge ging Martin glatt über die Lippen. »Und ich habe ihm verboten, mich je wieder auf der Straße anzusprechen.«

»Großartig gelogen«, warf Hermann lächelnd ein. »Und sonst hat er nichts mehr gefragt?«

»Nein!« erwiderte Martin mit Nachdruck.

»Ich mag diese Zeitungsmenschen nicht«, fuhr Hermann fort. »Sie haben mir nicht gerade Glück gebracht. Was den Weinkeller anbelangt«, bemerkte er nach einer Weile, »so gedachten Sie wohl, Ihren Freunden in Cornwall eine Probe von meinem Portwein mitzunehmen?«

Der Mann war zu sehr an solche Beleidigungen gewöhnt, als daß er sich allzuviel daraus gemacht hätte; aber es ärgerte ihn doch.

Hermann war den ganzen Morgen ungewöhnlich lustig, obgleich sein Diener mit finsterem Gesicht umherging und nur das tat, was gerade von ihm verlangt wurde. Er kam dem Weinkeller nicht zu nahe, hielt es aber auch nicht für nötig, seinem Herrn zu melden, daß ein großer, eichener Lehnstuhl auf unerklärliche Weise aus dem Arbeitszimmer verschwunden sei.

»Er wird wahrscheinlich denken, daß ich ihn auch mit nach Cornwall genommen habe«, brummte er vor sich hin.

Um drei Viertel elf wurde eine Taxe von Park Lane 410 angefordert, und Martins Gepäck wurde aufgeladen. Ein interessierter Reporter des *Evening Herald* — der ehemals eine große Kanone beim *Monitor* gewesen war — beobachtete Martins Abfahrt mit sehr gemischten Gefühlen; und als eine Viertelstunde später Hermann selbst aus dem Hause trat und die Tür sorgfältig zuschloß, folgten ihm zwei Leute in gehöriger Entfernung; aber keiner von ihnen war der Zeitungsschreiber.

Kapitel 20

Vera Zeberlieff war an diesem Morgen mit einem Schub anderer Frauenrechtlerinnen aus dem Gefängnis entlassen worden und hatte lachend die offizielle Begrüßung abgelehnt, die politische Heißsporne in einem Restaurant in Holborn vorbereitet hatten.

Als sie aus dem Gefängnis trat, schaute sie sehnsüchtig nach einem bestimmten Gesicht aus, aber es war nicht da, und sie hatte ein Gefühl der Enttäuschung, die, das sagte sie sich selbst, größer als nötig war.

Sie dachte daran, daß Bray seinen Lebensunterhalt verdienen müsse, daß es ihm vielleicht sehr peinlich sei, um Urlaub nachzusuchen, um eine Freundin vom Gefängnis abzuholen. Sie lächelte bei diesem Gedanken. Er würde schwerlich lügen. Zu der Klasse von Menschen gehörte er nicht, und in diesem Punkt schätzte sie Gordon Bray richtig ein.

Sie rief eine Taxe an und fuhr zu dem Hotel, in dem sie eine Reihe Zimmer gemietet hatte. Die Zofe erwartete sie mit Tränen in den Augen.

Ein paar freundliche Worte brachten den Tränenstrom rasch zum Versiegen und taten einem von der Zofe wohlvorbereiteten Erguß durchaus angebrachter Anteilnahme Einhalt.

»Ach was, ich will jetzt frühstücken!« Sie fühlte sich glücklich und stark. Der gesunde Sinn der Jugend hatte ihr über den kleinen Schmerz hinweggeholfen, den ihr die Abwesenheit des geliebten Mannes verursacht hatte.

Unzählige Briefe erwarteten sie. Einen, der die Handschrift ihres Bruders trug, griff sie heraus. Er war sehr kurz: Kein Wort der Anklage, kein Wort des Vorwurfs; der Ton war fast herzlich. Er schrieb ihr, er würde am Morgen ihrer Entlassung um halb zwölf bei ihr vorsprechen, und bat sie, ihm diese Gelegenheit zu einer Aussprache freundlichst zu gewähren.

Sie ordnete an, daß man ihn sofort melde, wenn er käme.

King Kerry sandte einen launigen Willkommensgruß. Im übrigen enthielten die Briefe nur den üblichen Ausdruck der Billigung oder Mißbilligung, je nachdem ihre zahlreichen Freunde ihre Handlungsweise beurteilt hatten. Um halb zwölf kam Hermann und wurde in ihr Empfangszimmer geführt. Er reichte ihr nicht die Hand; auch den Stuhl, den sie ihm anbot, lehnte er ab.

»Nun, Vera«, begann er, »ich denke, wir könnten uns jetzt wohl verständigen. Ich will dir ein paar überraschende Geständnisse machen; und da wir ja jetzt getrennt leben und wieder von vorn anfangen müssen, so halte ich das für ratsam und notwendig. Zunächst wird es dich kaum überraschen, zu hören, daß es mir nicht besonders leid getan hätte, wenn du vor dem Antritt des zweiten Teiles der Erbschaft gestorben wärest.«

Sie nickte und musterte ihn mit kaum verhohlenem Spott. »Bist du dir klar darüber, daß auch ich nicht sehr getrauert hätte, wenn du vor diesem Zeitpunkt gestorben wärest? Und weißt du auch, daß ich durch deinen Tod einen beträchtlichen Vorteil gehabt hätte?«

Er sah sie verdutzt an. War sie ...? Aber nein — sie machte nur Scherz; er sah in ihren Augen ein ironisches Lachen.

»Da wir beide Mordgedanken hegen«, sagte er launig, »hat ein Geständnis wenig Sinn. Jetzt, wo du dein Geld geerbt hast und ich weiß, daß du im Gefängnis mit deinem Anwalt gesprochen hast ...«

Sie neigte zustimmend den Kopf.

»Soweit ich sehen kann, besteht also die einzige Möglichkeit, mir etwas von deinem Gelde zu sichern, darin, daß ich einen Mann für dich finde.«

Sie lachte, beobachtete ihn aber scharf.

»Mein lieber Hermann, das ist schon seit sehr langer Zeit dein Lieblingszeitvertreib.«

»Und endlich ist es mir gelungen.«

»Nein, was du nicht sagst! Es ist dir wirklich gelungen?!«

Der ironische Ton reizte ihn.

»Es ist mir gelungen«, sagte er selbstzufrieden und setzte sich. »Du wirst meinen jungen Freund Martin Hubbard heiraten.«

Sie machte ein Gebärde des Ekels.

»Du hast die Genugtuung, daß er der schönste Mann in London ist, daß er von Wilhelm dem Eroberer abstammt und daß er Zutritt zur besten Gesellschaft hat. Er hat eine vorzügliche Erziehung genossen — Eton und Balliol — und, last, but not least: Er spielt ausgezeichnet Whist zu zweien.«

»Hat er nicht noch andere Tugenden, die du übersehen hast?« fragte sie.

»Keine, die mir bekannt ist.«

»Es steckt natürlich irgend etwas dahinter«, sagte sie, »und du weißt genauso gut wie ich, daß ich ebensowenig daran denke, deinen wunderlichen Freund zu heiraten, wie es mir in den Sinn kommen würde, deinen Diener zu heiraten.«

»Oder einen deiner Schüler«, warf Hermann vergnügt ein.

Sie runzelte die Stirn. »Meiner Schüler? Ich verstehe nicht ganz.«

»Ich meine einen deiner prächtigen Studenten des Technikums, denen du von Zeit zu Zeit in deiner großen Güte goldene Medaillen und schön gravierte Diplome spendest. Auch das würde eine widersinnige Heirat sein, findest du nicht auch?«

Sie lächelte schwach. »So weißt du es also?« fragte sie kalt. »Ob widersinnig oder nicht — ich denke, eine solche Heirat hat größere Wahrscheinlichkeit für sich.«

»Mit dem bewundernswerten Herrn . . .? Ich habe seinen Namen vergessen.«

»Mit dem bewundernswerten Herrn, dessen Namen du vergessen hast!«

»Das ist ziemlich peinlich für mich«, sagte er nachdenklich, »und ziemlich peinlich für den bewundernswerten Herrn. — Du mußt nämlich wissen, daß ich ein Abkommen mit Martin Hubbard getroffen habe. Er gibt mir an deinem Hochzeitstag einen Scheck über siebenhundertfünfzigtausend Pfund. Verstehst du mich?«

»Ich verstehe dich. Ich ahnte ja, daß irgend so eine Abmachung dahintersteckte. Du bist der allerletzte, von dem ich mir denken könnte, daß er die Rolle eines uninteressierten Heiratsvermittlers spielen würde.«

»Da hast du recht!« sagte er herzlich. »Du kannst dir viele unangenehme Folgen — und, nebenbei bemerkt, eine davon ist Martin Hubbard — sparen, wenn du mir in einem Anfall von Großmut einen Scheck in dieser Höhe ausstellen oder deinen

Anwalt veranlassen wolltest, diesen Betrag von deinem Konto auf das meinige zu übertragen.«

Sie lachte, obgleich ihr keineswegs zum Lachen war.

»Ich glaube, wir sind ein bißchen zu weit gegangen«, sagte sie. »Willst du mir jetzt offen sagen, was du meinst und was du willst?«

»Du weißt, was ich will«, entgegnete er plötzlich ganz geschäftsmäßig. »Ich will, daß du Martin Hubbard heiratest, weil ich großes Verlangen nach einer dreiviertel Million Pfund habe. Wenn aus der Heirat nichts wird, will ich das Geld. Es ist mir gleich, ob du heiratest oder nicht. Ich bin vernünftig genug, um einzusehen, daß Martin Hubbard eine reine Qual sein würde — jedenfalls ist er keine zweihunderttausend Pfund wert.«

»Ich verstehe«, sagte sie. »Du kannst aber versichert sein, daß ich ebensowenig Frau Hubbard werde, wie daß du auch nur einen Dollar von dem Geld bekommst.«

»Bist du dessen so sicher?«

»Ziemlich sicher«, erwiderte sie kalt.

Eine kleine Pause trat ein.

»Hast du diesen Herrn —«

»Herrn Gordon Bray«, ergänzte sie kühl.

»Hast du ihn sehr lieb?«

Sie sah ihn fest an. »Ich kann nicht einsehen, daß dich das im geringsten etwas angeht. Aber da durchaus kein Grund vorliegt, warum ich es dir nicht sagen sollte, so muß ich zugeben, daß ich ihn sehr liebe und daß er mich sehr liebt.«

»Wie vollkommen ideal!« rief Hermann in spöttisch entzücktem Ton aus. »Ich sehe schon, wie Kerry zwei Spalten in seiner neuen Zeitung daraus macht: ›Der Roman einer Liebe: Millionärin heiratet einen Ingenieurstudenten. Die Flitterwochen werden auf Wunsch des Bräutigams in Margate verbracht.‹«

Sie ließ seinen Spott stillschweigend über sich ergehen, denn sie wußte, daß die Hauptsache noch kommen mußte. Er würde im nächsten Augenblick seine Karten aufdecken. Es war Hermanns Art, aufgeräumt zu werden, wenn er etwas Häßliches im Schilde führte. Ein ängstliches Gefühl sagte ihr, daß ihre Leiden noch nicht zu Ende waren.

»Wenn du diesen jungen Mann wirklich liebst«, erklärte er bedächtig, »wieviel ist dir dann sein Leben wert?«

Ihr Gesicht war bleich. Die Gefahr, die ihr in all diesen Jahren gedroht, hatte noch nie so furchtbar ausgesehen und hatte ihr noch nie so ans Herz gegriffen wie in diesem Augenblick.

»Los, setz einen Preis fest! Keinen halben Preis à la King Kerry«, sagte er mit seinem melodischen Lachen, »sondern den vollen Marktpreis für ein Menschenleben, das dir sehr kostbar ist. Sollen wir dreiviertel Millionen sagen?«

In ihr wallte eine Flut von Haß gegen diesen lächelnden Mann auf, der sie so viele Jahre lang gequält und versucht hatte, ihr wegen des Reichtums, der ihm dann zufallen würde, das Leben zu nehmen. Es war ein Haß, der alle anderen Überlegungen auslöschte bis auf diese eine — hier vor ihr stand der Mann, der über viele Hunderte seiner Mitmenschen namenloses Elend gebracht hatte; der Mann, der Menschenleben vernichtet hatte, dem die Leiden anderer gleichgültig gewesen waren, der sein Vergnügen auf Kosten gebrochener Herzen gesucht hatte.

Das Teuflische, das in ihm steckte, war auch in ihr. Sie stammten beide aus demselben Geschlecht.

Ein Gedanke durchzuckte sie. Der Haß, der in ihr loderte, hatte ihre Sinne geschärft und ließ sie jetzt deutlich erkennen, was sie bisher nicht gesehen hatte. Sie setzte den Gedanken sofort in die Tat um — sie ging zu ihrem Schreibtisch und öffnete eine Schublade.

Er beobachtete sie einigermaßen belustigt.

Es ist merkwürdig, mit was für großartigen Dingen sich das Gehirn in solchen Augenblicken beschäftigt! Sie überlegte, wieviel die Beschädigung der Wand kosten würde, was der Hoteldirektor wohl sagen würde. Aber mochten die Folgen sein, wie sie wollten, ob groß oder klein, sie war entschlossen, sie auf sich zu nehmen.

Sie erkannte Hermann in diesem einen Augenblick, wie sie ihn nie vorher erkannt hatte.

»Wie hoch bewertest du das Leben deines Liebhabers?« fragte er wieder.

»Ich könnte es dir sagen.« Sie nahm etwas aus der Schublade

und hantierte damit. Es war ein Revolver.

Er runzelte die Stirn. »Wir werden melodramatisch«, sagte er. Aber kaum war das Wort aus seinem Mund, als sich die Waffe entlud und eine Kugel haarscharf an seinem Kopf vorbeipfiff.

Bleich bis in die Lippen taumelte er zurück.

»Um Gottes willen, was tust du?« keuchte er in jenem schrillen Ton, der immer seine Angst verriet.

Sie lächelte freundlich, wie es Zeberlieff selbst immer in solch kritischen Augenblicken getan hatte.

»Es tut mir so leid. Ich hoffe, ich habe dich nicht verletzt.«

Er starrte sie eine Minute in Todesangst an und ging dann schnell zur Tür.

»Halt!« rief sie.

In ihrer Stimme war etwas, das ihn zwang zu gehorchen.

»Was willst du?« fragte er zitternd.

»Ich will dir nur sagen«, erwiderte sie ruhig, »daß ich dich umbringe, wenn Gordon Bray ein Leid geschieht. Das ist alles. Und jetzt scher dich hinaus!«

Er wartete eine zweite Aufforderung nicht ab und war die Treppe halb hinunter, als der Geschäftsführer in höchster Aufregung nach oben stürzte, um festzustellen, warum geschossen worden war.

Die Aufklärung war einfach; besonders für eine Dame, die als ungeheuer reich bekannt war, und der Geschäftsführer dienerte sich erleichtert hinaus.

Sie nahm aus der Schublade, in die sie den Revolver wieder hineinlegte, ein kleines Etui und öffnete es. Auf der einen Seite war das Bild ihres Vaters, auf der anderen eine Fotografie Gordon Brays.

»Armer Liebling«, sagte sie in einem seltsamen Ton, »du heiratest in eine merkwürdige Familie hinein.«

Kapitel 21

Zeberlieff eilte zitternd in die Park Lane zurück. Noch nie in seinem Leben hatte ihn etwas so mitgenommen wie der Anblick der Revolvermündung, die sich langsam auf ihn richtete. Jetzt fiel ihm ein, daß seine Schwester ausgezeichnet mit Schußwaffen umzugehen wußte.

War der Schuß zufällig fehlgegangen?

Er hätte sich die Mühe des Grübelns ersparen können. Hätte sie die Absicht gehabt, ihn zu erschießen, so wäre er jetzt eine Leiche. Er hatte Furcht vor ihr, sie jagte ihm geradezu Schrecken ein.

Sein einziger Gedanke war, Gordon Bray, der in diesem Augenblick mit Händen und Füßen an einen schweren eichenen Stuhl gefesselt in seinem Weinkeller lag, die Freiheit wiederzugeben.

Auf der Schwelle seines Hauses erwartete ihn Leete. Innerlich verfluchte Hermann ihn zwar, durfte sich aber keine Unhöflichkeit erlauben, denn er brauchte jetzt jeden Freund, den er auftreiben konnte.

»Ich warte seit einer Stunde auf Sie«, begrüßte ihn Leete mürrisch. »Wo, zum Teufel, sind alle Ihre Dienstboten?«

»Sie sind ausgegangen. — Treten Sie näher!«

Er schloß die Tür auf und begleitete seinen Besucher in das Eßzimmer im Erdgeschoß.

»Was gibt's Neues?« fragte Hermann.

»Oh, er ist wieder an der Arbeit«, antwortete Leete verzweifelt. »Er ist nicht damit zufrieden, unser Geschäft in der Oxford Street kaputtzumachen; er hat jetzt auch einen gewaltigen Häuserblock auf einer Seite der Regent Street und das Hilarity Theater aufgekauft. Wahrhaftig, der Mensch wird bald im Besitz des besten Teiles von London sein.«

»Sie haben sich doch nicht etwa den weiten Weg gemacht, um mir das zu erzählen?«

»Nein, es handelt sich um etwas anderes. Der junge Mann, den Sie mir gestern abend vorgestellt haben . . .«

»Was ist mit dem?« fragte Hermann schnell.

»Die Polizei ist bei mir gewesen.«

»Die Polizei?« Zeberlieff verfärbte sich.

»Ja. Er scheint die ganze Nacht nicht zu Hause gewesen zu sein. Man hat ihn in Ihr Haus gehen sehen, und seitdem kann man keine Spur mehr von ihm finden.«

»Wer hat ihn in mein Haus hineingehen sehen?«

»Ein Reporter von King Kerrys Zeitung. Man schickte mir einen Abzug des Berichtes, der in der heutigen Abendnummer erscheinen soll. Wollen Sie ihn lesen?«

»Sagen Sie mir, was drinsteht — schnell!«

»Oh, eine ganz sensationelle Geschichte«, bemerkte Leete mit geringschätzigem Lächeln, »überschrieben: ›Auffälliges Verschwinden eines jungen Mannes, der den bekannten Herrn Zeberlieff in seine Wohnung begleitete und nicht wieder herauskam.‹ Anscheinend ist der Reporter Ihnen gefolgt und hat das Haus die ganze Nacht beobachtet.«

Zeberlieff biß sich auf die Lippen.

»Darüber hat er sich also mit meinem Diener unterhalten!« sagte er; als er jedoch bemerkte, wie der andere ihn neugierig ansah, drehte er sich lachend um und fügte hinzu: »Mein Lieber, was soll ich von diesem Menschen wissen? Alles, was ich Ihnen sagen kann, ist, daß er hierherkam und ziemlich unverschämt wurde. Ich nehme keinen Anstand, Ihnen anzuvertrauen, daß er sogar so weit ging, zu erklären, daß er meine Schwester heiraten wolle — eine ganz unsinnige Zumutung. Ich habe ihn deshalb hinausgeworfen«, sagte er affektiert.

»Das Pech ist aber nur, daß niemand gesehen hat, wie Sie ihn hinausbeförderten. Daher die ganze Aufregung. Als ich herkam, erwartete ich, die Polizei hier im Hause zu finden.«

Zeberlieff fuhr zusammen. Er war jetzt aufs höchste beunruhigt. Wenn die Polizei herkäme und er auf die Wache gebracht und durchsucht würde ...

»Warten Sie einen Augenblick! Nehmen Sie Platz!«

Ohne ein Wort der Erklärung ging er aus der Tür und schloß sie hinter sich. Er ging die Küchentreppe hinunter und durch den engen, dunklen Gang zum Weinkeller. Die Tür war verschlossen, aber er hatte den Schlüssel in der Tasche. Er betrat den Keller und schaltete die elektrische Lampe ein, die zwischen den Verschlägen hing. Der Keller war leer!

Hermann atmete schwer.

Da war der Stuhl. Die Lederriemen, mit denen er den betäubten und hilflosen Gordon gefesselt hatte, lagen in wirrem Durcheinander umher, als ob sie hastig weggeworfen worden wären. Aber von Gordon Bray war nirgends eine Spur.

Hermann durchsuchte den Keller genau. Der junge Mann konnte sich befreit haben und sich versteckt halten. Aber die Suche war erfolglos. Der Keller war zu klein, als daß sich jemand darin hätte verbergen können; die Verschläge gaben zu wenig Schatten für einen Menschen, der hier ein Versteck gesucht hätte.

Er ging zum Stuhl zurück und untersuchte ihn. Etwas auf dem Boden erregte seine Aufmerksamkeit, und er bückte sich, um besser sehen zu können.

Zuerst glaubte er, Bray habe sich an seinen Wein herangemacht und etwas davon verschüttet. Das elektrische Licht ließ ihn nicht genau erkennen, was es war. Deshalb kniete er sich hin und untersuchte den Fleck aus nächster Nähe. Er sprang mit einem Schrei auf; denn das, was dort am Boden lag, war Blut!

Langsam stieg er die Treppe hinauf. Er wußte nicht, was er tun sollte, und war furchtbar erschrocken. Wer hatte den Keller geöffnet und den Gefangenen befreit? Von wem stammten die Blutflecken am Boden und auf dem Stuhl?

»Was ist los?« fragte Leete, als Zeberlieff wieder ins Zimmer trat.

»Es war ein Scherz«, keuchte der andere mühsam. Er zitterte am ganzen Leibe, denn zum zweitenmal hatte ihn heute Todesangst gepackt.

»Ich führte ihn in mein Arbeitszimmer und gab ihm etwas zu trinken, und er — er klappte zusammen«, brachte er abgerissen hervor.

»Betäubt?« fragte Leete tadelnd.

»Nein! Nein! Nein! Es war nur ein bißchen zu stark für ihn. Weiter nichts!« wehrte Hermann ab. »Ich wollte mir einen

Scherz leisten und schleppte ihn in den Keller und band ihn an einen Stuhl. Ich schwöre Ihnen, Leete, daß ich ihm kein Leid antun wollte.« — Seine Worte überstürzten sich. — »Kommen Sie mit, und sehen Sie selbst!«

Die beiden Männer gingen die Treppe hinunter, und Leete sah sich schweigend um. »Was ist das auf dem Boden?« fragte er.

»Blut«, erwiderte Zeberlieff.

Leete zuckte zusammen und trat einen Schritt zurück. »Ich will nichts damit zu tun haben!«

»Aber ich schwöre Ihnen«, bestürmte ihn Zeberlieff. »Ich weiß von nichts. Ich ließ ihn hier zurück, als ich heute morgen wegging.«

»Ich will gar nichts davon hören«, fiel Leete ein und hob abwehrend die Hand. »Ich habe nichts damit zu tun und weiß von nichts! Ich bemerke ausdrücklich, daß ich in solche Sachen nicht hineingezogen werden möchte. Guten Morgen!« Er sprach hastig und eilte in wenig würdevoller Haltung hinaus.

Hermann blieb allein im Hause.

»Um Gottes willen!« murmelte er. »Man wird mich für den Täter halten. Die Polizei wird herkommen und Haussuchung halten. Ich muß es wegwaschen.«

In fieberhafter Eile lief er in den Keller und schleppte den Stuhl an das Tageslicht. Er reinigte, so gut er konnte, den kostbaren Stoff mit warmem Wasser und stellte den Stuhl zum Trocknen vor einen Gasofen. Er arbeitete, so schnell er konnte. Die Hüter des Gesetzes konnten ja jeden Augenblick da sein.

Nach längerem Suchen fand er einen Eimer und das Scheuerzeug der Reinemachefrau. Und dann war er zehn Minuten lang damit beschäftigt, jede Spur der Tragödie zu beseitigen.

Wer konnte Bray zu Hilfe gekommen sein? Und wer hatte ihn nach seiner Befreiung verwundet? Wenn jener Kerl gekommen wäre — der Mann, den er gedungen hatte, Else Marion das Geheimnis des Kombinationsschlosses abzupressen! Wenn er sich heimlich eingeschlichen und den Gefangenen entdeckt hätte! Wenn nun die Polizei schon dagewesen wäre! Aber nein! Die hätte das Haus nicht wieder verlassen . . .

In fieberhafter Aufregung ging er in Erwartung des Unvermeidlichen in seinem Arbeitszimmer auf und ab. Es wurde Abend, und immer noch war von der Polizei nichts zu sehen. Er war furchtbar hungrig, denn er hatte seit dem Frühstück nichts mehr gegessen. Er kleidete sich schnell um und ging hinaus, entschlossen, in dieser Nacht nicht in seine Wohnung zurückzukehren. Er würde im Grillroom des Carlton-Hotels speisen; dafür brauchte man sich nicht besonders anzuziehen. Er fand ein Tischchen in einer der Nischen des bekannten Untergrundspeiseraumes und verschlang gierig die Speisen, die der Oberkellner Gaston ihm vorsetzte.

In der nächsten Nische unterhielt sich, dem Lachen nach zu urteilen, eine lustige Gesellschaft. Er war zu hungrig, um besondere Notiz davon zu nehmen. Als aber der erste Appetit gestillt war, erwachte in ihm auch wieder die Lebenslust und das Interesse an seiner Umgebung. Das Lachen hörte nicht auf, und es fiel ihm in seiner gegenwärtigen Stimmung ein wenig auf die Nerven. Dann glaubte er, seinen Namen gehört zu haben, stand halb auf und lauschte gespannt. Er hörte eine Stimme, die er nicht kannte: »Natürlich war es häßlich, Fräulein Zeberlieff, aber ich mußte es nun einmal tun.« — Hermann runzelte die Stirn. — »Es war der künstlerische Abschluß, den die Umstände erforderten. Mit roter Tinte kann man keinen Säugling täuschen; ich wette aber, daß er sich täuschen ließ. Nachdem ich also Herrn Bray befreit hatte . . .«

Hermann Zeberlieff trat aus seiner Nische heraus, so daß er die Gäste am Nebentisch sehen konnte. Es waren seine Schwester, ein Fremder, an dessen Gesicht er sich dunkel erinnerte, und der Dritte im Bunde war der sattsam bekannte Gordon Bray. Als sie aufschauten, sahen sie, wie er sie anstarrte.

Seine Schwester fing seinen Blick auf.

»Du scheinst einen ziemlich aufregenden Tag gehabt zu haben, Hermann«, meinte sie mit ihrem süßesten Lächeln.

Kapitel 22

Hermann traf Leete in seinem Klub und erklärte den Scherz. Es war nicht so ganz einfach; und es dauerte ziemlich lange, bis Leete die »Zehn-Schritt-vom-Leibe«-Schranke, die er im Augenblick einer eingebildeten Gefahr aufgerichtet hatte, fallenließ.

»Sie sollten sich überhaupt nicht mit solchen Dingen abgeben, Zeberlieff«, sagte er mißbilligend. »Tun Sie, was Sie wollen; aber halten Sie sich die Polizei vom Leibe. Sie dürfen mit solchen Geschichten nicht in Verbindung gebracht werden — besonders, wenn Sie Freunde haben, wie ich sie habe. Da ist mein Freund, der Herzog . . .«

»Verschonen Sie mich heute abend bloß mit Ihrem herzoglichen Freund!« unterbrach ihn Hermann ungeduldig. »Mich widert alles an!«

»Haben Sie schon gespeist?« fragte Leete, bemüht, ihn zu besänftigen.

Hermann lachte gequält. »Ja, gewiß.«

»Dann wollen wir nach oben gehen und eine Zigarette rauchen; es sind viele Leute da, die froh sein werden, mit Ihnen sprechen zu können. Übrigens ist auch Hubbard da!«

Hermann nickte. Hubbard! Hier handelte es sich um etwas anderes.

»Jeder spricht von diesem Burschen, dem Kerry. Da ist jemand von Bolt & Waudry oben — der junge Harry Bolt. Die sind ganz aus dem Häuschen! Man erzählt, sie hätten in den letzten Tagen zusammen ganze zwanzig Pfund eingenommen. Das will ich Ihnen sagen — wenn wir der Sache mit Kerry nicht ein Ende machen, ruiniert er uns alle.«

»Sie ganz besonders, wie?«

Leete zögerte.

»Nein; so dumm bin ich nicht. Meine Haftung beschränkt sich auf meine Anteile. Aber ich bin an Goulding mit einem viel größeren Kapital beteiligt, als mir unter den augenblicklichen Verhältnissen lieb ist.«

»Wie geht sein Geschäft?«

»Besser denn je«, war Leetes prompte Antwort. »Ganz London rennt hin.«

An diesem Abend gab es viele verdrießliche Gesichter im Kaufmanns-Klub. Alle die großen Handelsherren waren zusammengekommen, um trübsinnig ihre Gedanken auszutauschen.

»Da ist der alte Modelson«, sagte Leete, als sie das Rauchzimmer betraten. »Man erzählt sich, er wolle nächste Woche den Konkurs anmelden.«

»So bald schon?« fragte Zeberlieff.

Leete nickte. »Sie können sich ja gar nicht vorstellen, wie viele dieser Geschäfte von der Hand in den Mund leben. Kaum ein Dutzend von uns hat irgendwelches Kapital, und selbst wir würden es uns überlegen, ob wir es gerade jetzt hineinstecken sollten.«

»Mir hat er hundertzwanzigtausend Pfund für mein Geschäft geboten«, sagte jemand, der den Mittelpunkt einer kleinen Gruppe mitleidiger Seelen bildete. »Ich forderte hundertachtzig; aber er erklärte mir, ich würde gern hundert nehmen, ehe ich ganz fertig wäre; und auf mein Wort — ich glaube, er hat recht.«

Der Seniorchef der Firma Frail & Brackenbury, ein großer, gutaussehender Herr mit kurzem, grauem Bart, trat zu Leete.

»Er nimmt Sie wohl ziemlich mit, wie?«

Leete nickte. Es war nicht nötig, zu erklären, wer mit dem »er« gemeint sei. »Es kann gar nicht schlimmer kommen; aber wir sitzen alle drin. Sie haben wohl nicht darunter zu leiden?«

»Er hat mein Geschäft gekauft und bar bezahlt«, erwiderte der andere ruhig, »und wenn es nicht so gekommen wäre — ich glaube nicht, daß seine Konkurrenz mir Abbruch getan hätte. Sehen Sie, wir führen Artikel, die erheblich besser sind als die . . .« Er brach ab, weil er niemand beleidigen wollte.

»Da liegt System drin«, erklärte ein anderes Klubmitglied. »Können Sie das nicht begreifen? Jedes Geschäft, das er gekauft hat, schreibt statt ›Qualität‹ durchweg ›QUALITAET‹. Er hat jedes Geschäft, das Qualität führt, für schweres Geld gekauft. Nur uns arme Teufel, die wir unser Leben fristen, indem wir uns gegenseitig den Hals abschneiden, bekämpft er. Wir sind keine Qualität, verstehen Sie, mein Lieber?« Er wandte sich zu dem trübe dreinschauenden Herrn Bolt von der Firma Bolt & Waudry. »Wir haben zwar eine riesige Quantität, aber nur Durchschnittsqualität. Was ich bei Ihnen kaufe, kann ich in jedem Geschäft in der Straße haben. Auf uns hat er es abgesehen. Wir können nicht wie der alte Frail« — er nickte dem Herrn mit dem grauen Bart zu — »sagen, daß wir etwas führen, was in keinem anderen Geschäft zu bekommen ist. Hätten wir das — ja, dann würde der Yankee uns unseren Preis zahlen. Er ist auf Qualität aus, und dafür bezahlt er. Wo es sich aber um gewöhnlichen Plunder handelt . . .«

»Ich möchte aber doch sehr bitten, Verehrtester«, unterbrach ihn der traurige Herr Bolt mit einer eindrucksvollen Bestimmtheit, »wir liefern nur das Beste.«

»Ja, ja, ich weiß«, erwiderte der andere grinsend; »aber es ist eben nur das gewöhnliche Beste, dasselbe Beste, das Sie in jedem anderen Laden auch bekommen. Das kann er auch kaufen — tonnenweise. Er verkauft Ihr Bestes zum halben Preis. Sie haben sechzig Prozent daran verdient; er verliert vielleicht am Tag mal in einer Stunde fünf Prozent, verkauft aber im Durchschnitt das Doppelte. Ich kann nur jedem der Anwesenden einen Rat geben«, sprach er mit größtem Nachdruck und mit dem Selbstbewußtsein eines Mannes, der weiß, daß ihm alle zuhören: »Wenn King Kerry Ihnen Geld für Ihr Geschäft geboten hat, so gehen Sie morgen früh hin und nehmen Sie, was er Ihnen bietet. Denn wenn das noch länger so weitergeht, dann treten wir zwischen der Oxford Street und dem Konkursgericht eine Rinne in den Bürgersteig.«

»Ich sage: kämpfen!« fiel Leete ein. »Wir können es ebenso lange aushalten wie er. Meinen Sie nicht auch, Zeberlieff?«

»Ich bin jedenfalls nicht dieser Ansicht«, entgegnete Hermann kurz. »Sie kennen meine Meinung: Er kann es aushalten, bis Sie alle Ihre Lager völlig geräumt haben. Es gibt vielleicht ein Dutzend Möglichkeiten, den großen ›L-Trust‹ kaputtzumachen, aber Leetes Vorschlag gehört nicht dazu. Ich meine, Sie sollten ihn mit seinen eigenen Waffen schlagen.«

»Was heißt das?« rief ein Dutzend Stimmen.

»Unterbieten«, war die ruhige Entgegnung, die von allen Seiten mit einem höhnischen Gelächter beantwortet wurde.

»Unterbieten«, wiederholte Zeberlieff. »Ich versichere Ihnen, ich habe alle meine Sinne beisammen. Bilden Sie einen Ring und unterbieten Sie ihn. Es wird Ihnen viel leichter fallen, als Sie glauben.«

»Und unsere Aktionäre?« fragte einer. »Wie sollen wir denen am Ende des Halbjahres klarmachen, daß wir statt eines Überschusses ein Defizit haben und daß wir wahrscheinlich Obligationen werden ausgeben müssen! Glauben Sie, die Aktionäre werden das ruhig hinnehmen?«

»Nein — nein — nein!« erscholl es zustimmend von allen Seiten.

»Die müssen ohnehin schon allerlei in Kauf nehmen«, sagte Hermann lächelnd. »Wenn ich die Sache als gänzlich Unbeteiligter betrachte, so kann ich wirklich nicht einsehen, wie die Aktionäre überhaupt irgendeine Dividende bekommen sollen. Der Vorschlag, den ich Ihnen machen wollte, als Sie mich unterbrachen . . .«

Totenstille herrschte plötzlich im Raum, und Hermann Zeberlieff drehte sich um, um eine Erklärung dafür zu finden.

King Kerry stand in der Tür und suchte anscheinend jemand. Endlich hatte er ihn gefunden. Es war der weißbärtige Modelson, der allein am Kamin stand, den Kopf auf den Arm gestützt, niedergeschlagen und bekümmert.

Der Millionär schritt durch das Zimmer, kaum daß er die anderen ansah, und trat zu dem alten Herrn. »Ich suche Sie, Herr Modelson«, sagte er freundlich.

Der alte Herr sah ihn mit einem rührenden Versuch zu lächeln an.

»Das fürchte ich«, entgegnete er, als wolle er etwas abwehren.

Es war allgemein bekannt, daß der alte Modelson der erste gewesen war, der die Fahne der Empörung gegen das Übergreifen des großen »L-Trusts« auf das geheiligte Gebiet der Oxford Street aufgepflanzt hatte. Sein Geschäft lag an der nächsten Ecke hinter Goulding. Schon lange vor Kerrys Auftreten war es mit seiner Firma abwärts gegangen. Sie hatte aber so lange bestanden, und ihr Ruf war so ausgezeichnet, daß es selbstverständlich war, daß der alte Modelson zum Vorsitzenden des Aufsichtsrats des Konzerns gewählt wurde.

Leete hatte die Klugheit dieser Wahl erkannt. Sein Geschäft stand am wackligsten von allen, und sein Konkurs, der, wie jedermann wußte, nur hinausgeschoben worden war, mußte den Kredit des Konzerns aufs schwerste erschüttern. Fallieren mußte er, und von denen, an die er sich um Unterstützung gewandt hatte, konnte ihm keiner helfen.

Modelson hatte einen sogar nach der allgemeinen Ansicht seiner Freunde übermäßig hohen Preis gefordert, und Kerry hatte ihm die Hälfte geboten. Jetzt schien es den Anwesenden, daß der alte Herr klein beigeben und nehmen würde, was er bekommen konnte, um seinen guten Namen zu retten.

Manche der Anwesenden hofften stark, er würde Kerrys Bedingungen akzeptieren, denn der Konkurs mußte dem alten Herrn das Herz brechen.

Das Gespräch mit Modelson war beendet. Nach einer Weile reichte ihm Kerry die Hand und entfernte sich. Der alte Herr blieb erhobenen Hauptes zurück, die Schultern zurückgeworfen und etwas wie ein Lächeln auf dem Gesicht.

Sie hätten ihn gern nach dem Ergebnis der Besprechung gefragt, aber er war der älteste von ihnen allen und hatte bezüglich dessen, was Herkommen und Brauch war, sehr starre Ansichten.

Er spannte sie jedoch nicht lange auf die Folter.

»Meine Herren!« sagte er mit seiner klangvollen Greisenstimme, und es trat augenblicklich Ruhe ein. »Meine Herren! Ich glaube, Sie haben ein Anrecht darauf, zu erfahren, daß Herr Kerry mein Geschäft gekauft hat.«

Ein dumpfes Gemurmel von Glückwünschen war zu hören und hier und da ein Aufatmen der Erleichterung. Aber zu welchem Preis? Es war eigentlich kaum anzunehmen, daß der alte Herr, der sein Leben lang so zurückhaltend und verschlossen gewesen war, jetzt mit einemmal mitteilsam sein würde; und doch war es zur allgemeinen Überraschung der Fall.

»Herr Kerry war so freundlich, mir meinen vollen Preis zu zahlen.«

»Er gibt klein bei!« flüsterte Leete aufgeregt. »Er wird also zahlen . . .«

Hermann Zeberlieff brach in lautes Lachen aus.

»Klein beigeben, Sie Narr! Glauben Sie mir, Sie alle müssen seine Großmut bezahlen, Sie alle müssen zu dem Aufgeld, das er Modelson gibt, beisteuern. Begreifen Sie denn nicht? Stellen Sie sich doch mal vor, der alte Modelson hätte seinen Konkurs erklärt — alle Welt hätte doch geschrien: ›Eine altangesehene Firma durch unfaire Konkurrenz ruiniert; ein rührender alter Herr in weißem Haar und weißem Bart nach einem Leben in ehrlicher Arbeit in das Arbeitshaus getrieben!‹ Das hätte ihn doch unpopulär gemacht, hätte den Strom der öffentlichen Meinung gegen ihn gelenkt und möglicherweise alle seine Pläne über den Haufen geworfen. Sie kennen King Kerry nicht!«

»Ich gehe jedenfalls morgen mit meiner alten Forderung zu ihm«, sagte Leete dickköpfig.

»Was wollte er Ihnen neulich geben?« fragte Zeberlieff.

»Dreiviertel Millionen.«

Zeberlieff nickte. »Er wird Ihnen jetzt genau hunderttausend Pfund weniger bieten.«

Er konnte sich wohl rühmen, King Kerry zu kennen, denn als Leete am anderen Morgen äußerst zuversichtlich sich mit dem Ellenbogen einen Weg durch die gaffende Menge bahnte und zu King Kerry kam, war das Angebot, das »der König« ihm machte, genau so hoch, wie Hermann es prophezeit hatte.

Und Leete war nicht der einzige, der die Freigebigkeit Kerrys falsch verstand; er war auch nicht der einzige, der eine schmerzliche Enttäuschung erleben sollte.

Kapitel 23

Else Marion war fleißig und glücklich. Das Grün auf der Karte nahm zu. Sie nannte es »die Zeichen der Eroberung« und war stolz auf ihre Ausdehnung. Dann kam der Tag, an dem die Zeitungen voll waren von dem Riesengeschäft, das Kerry abgeschlossen hatte — dem Kauf des ungeheuren Immobilienbesitzes Lord George Fallingtons. Lord Fallington war ein Millionär-Peer, der ein gewaltiges Einkommen aus Bodenrenten mitten im Herzen von London-West hatte.

Vielleicht hatte ihn die Furcht vor neuen gesetzlichen Strafmaßnahmen gegen Grundbesitzer zu diesem Verkauf gedrängt; und die Furcht war sicherlich auch nicht ganz unbegründet. Denn die damalige Regierung der bekannten Koalition Jagger—Shubert mit ihren ungeheuren demokratischen Plänen, für deren Ausführung die Mittel aus dem Einkommen bereitgestellt werden sollten, und ihren außerordentlich hohen Anforderungen für die Marine — eine seltene Kombination für eine Regierung —, machte einen Überschlag und hatte dabei habgierige Augen auf den Grundbesitz geworfen.

Mochte nun die Ursache sein, was sie wollte — Lord Fallington verkaufte; und als nach diesem Ereignis auch Bilbury an den Trust fiel, war die Schlacht halb gewonnen.

Eines Tages kam King Kerry in großer Eile ins Büro. Sein Gesicht hatte einen Ausdruck, wie Else ihn noch nie gesehen hatte. Kerry schloß die Tür hinter sich, ging, ohne ein Wort zu sagen, durch das Zimmer, zur Stahltür, die in den vorderen Raum führte, und dann in das Spiegelzimmer, in dem der große Safe stand.

Sie sah erstaunt auf, als die Tür hinter ihm zuschlug. Ein einzigesmal seit sie die Stellung bei ihm angetreten hatte, war er durch jene Tür gegangen, und sie hatte ihn begleitet. Auf seinen Wunsch hatte sie mit dem Rücken zum Safe gestanden, während er das Kombinationsschloß öffnete.

Nach zehn Minuten kam er mit einem kleinen Umschlag in der Hand zurück. Er stellte sich in die Mitte des Zimmers, entzündete ein Streichholz und hielt es an die eine Ecke des Umschlags. Die Asche fiel auf den Linoleumteppich, und er zertrat sie mit dem Fuß zu Pulver. Als er damit fertig war, stieß er einen Seufzer der Erleichterung aus und lächelte über das offenkundige Interesse seiner Sekretärin.

»So gehen alle Verräter zugrunde!« sagte er fröhlich. »Es war etwas in dem Umschlag, an dessen Vernichtung mir sehr gelegen war.«

»Das habe ich mir gedacht«, lachte sie.

Er trat an ihren Schreibtisch. »Sie können die Arbeit nicht mehr bewältigen. Im Büro des Verwalters ist noch Platz für eine Stenotypistin, der Sie dann diktieren können.«

Sie schüttelte den Kopf. »Ich habe wirklich nicht genug zu tun«, protestierte sie.

Er erwähnte den verbrannten Umschlag nicht mehr. Sie konnte sich ihre Gedanken über den Inhalt machen — und das tat sie auch. Was für ein wertvolles Geheimnis war darin enthalten? Es gab in dieser unbekannten Welt, in die sie mit viel Entdeckermut gezogen war, so viele verborgene Plätze, undurchdringliches Dickicht, geschickt angelegte Fallgruben und sinnreich gestellte Fallen.

Kerry war ein erfahrener Jäger. Er ging an Fallgruben und Fallen vorbei, bewegte sich immer vorsichtig, nach Gefahren spähend, die möglicherweise in dem hohen Grase lauerten, und drang niemals ins dunkle Waldesdickicht ein, ehe er sich nicht versichert hatte, daß alle Waffen in gutem Zustand und griffbereit waren.

Kurze Mitteilungen, Briefe, Telegramme kamen jede Minute. Geheimnisvolle kurze Schreiben, die für sie unverständlich, für ihn aber von vielsagender Bedeutung waren. Das Telefon läutete: Er antwortete »ja« oder »nein« und hängte wieder ab. Welches Ziel verfolgte er?

Die Zeitungen suchten eine Auskunft, seine Freunde baten darum, seine Feinde forderten Antwort. Warum kaufte er die unschöne Tottenham Road und Lambeth Walk und ein Dutzend anderer Plätze auf, die an der Peripherie des Geschäftsviertels Londons lagen?

»Er handelt«, meinte ein Kritiker, »als ob das Geschäftsviertel, dessen Zentrum in der Mitte der Regent Street liegt, sich verschieben würde nach . . .«

Hier wußte der Kritiker nicht weiter. »Wohin?«

Es hatte den Anschein, als sehe King Kerry nicht sosehr eine Verlegung des Zentrums als vielmehr eine Ausdehnung der Peripherie vorher. Er mußte ein Sanguiniker sein, wenn er sich einbildete, daß seine Operationen und die seines Syndikats den

Wohlstand Londons so steigern würden, daß er das Geschäftsviertel der vornehmen Welt um das Doppelte vergrößern könnte!

Da war ein gewisser Biglow Holden, ein wichtigtuerischer, von seiner eigenen Bedeutung überzeugter Mann, der als Architekt von zweitklassigen Gebäuden viel Geld verdient hatte. Er veröffentlichte in der »Baupost« einen sehr gelehrten Artikel mit vielen kleingedruckten statistischen Tabellen, die das Wachstum Londons im Vergleich zu dem der Bevölkerung nachwiesen, und kam zu dem Ergebnis, daß King Kerry Hunderte von Jahren warten müsse, ehe seine Träume greifbare Gestalt annehmen würden.

Gordon Bray, der zufällig in Holdens Büro beschäftigt war, schrieb den Artikel für seinen Chef ab und ärgerte sich weidlich über jede Schlußfolgerung und über jeden Verstoß gegen Stil und Grammatik.

»Ich glaube, Sie denken, Sie können das besser machen«, sagte Biglow Holden in seiner schwerfälligen Ausdrucksweise.

»Ich glaube, das könnte ich«, erwiderte Bray harmlos.

Holden blickte ihn finster an.

»Sie fangen an, eingebildet zu werden, Bray!« sagte er zurechtweisend. »Für eingebildete Burschen habe ich in meinem Büro keinen Platz. Wieviel Geld bekommen Sie jetzt?«

»Drei Pfund die Woche«, erwiderte der junge Mann.

Holden sah flehentlich zur Decke. »Drei Pfund die Woche! Als ich so alt war wie Sie, verdiente ich ganze achtzehn Shilling, und ich war froh, daß ich sie bekam.«

»Es ist nicht viel für einen Konstruktionszeichner«, wandte der junge Mann ein.

»Zeichner und Zeichner ist ein Unterschied!« bemerkte Holden kurz und bündig.

King Kerry runzelte bei der Lektüre des Artikels die Stirn, und er hatte guten Grund dazu. Er ließ Holden zu sich bitten, und für einen, der, um seine eigenen Worte zu gebrauchen, »den Scharfsinn der Yankees« so öffentlich angeprangert hatte, kam Holden dieser Bitte mit auffallender Bereitwilligkeit nach.

»Sie halten also meine Pläne für durchaus verfehlt?«

»Ich glaube, Sie sind auf dem Holzwege«, entgegnete Holden mit verbindlichem Lächeln.

»Denken alle so?«

»Alle, außer meinem Zeichner«, lächelte Holden wieder.

Es sollte eine in höfliche Form gekleidete vernichtende Antwort sein und gleichzeitig die Tatsache unterstreichen, daß nur das unerfahrene und mit niedrigen Arbeiten betraute Personal der Bauabteilung auf Kerrys Seite stand.

»Ihr Zeichner?« Kerry zog wieder die Stirn in Falten. »Ich glaube, wir kennen ihn?« wandte er sich an seine Sekretärin.

»Es ist Herr Bray«, entgegnete Else.

»Sehen Sie«, beeilte sich Holden zu erklären, »er hat ziemlich phantastische Ideen. Er ist ein Produkt der Abendkurse, wie ich mich ausdrücken möchte — nichts als Theorie und halbverdautes Wissen. Er stellt sich vor, Sie könnten in das Zentrum Londons springen und es hinausschieben.«

»Hm! Hm!« machte Kerry überlegend. »Und Sie würden mir nicht raten — sagen wir einmal die Tottenham Court Road neu aufzubauen?«

Der Architekt zögerte. »Nein!« Was hätte er auch angesichts seines Artikels anderes sagen sollen?

»Das tut mir leid«, sagte Kerry kurz; »denn ich hatte die Absicht, Sie um Einreichung von Plänen zu ersuchen . . . Aber ich kann die Arbeit natürlich nicht an jemand vergeben, der nicht mit dem Herzen dabei ist.«

»Es kann ja natürlich etwas dran sein, was ich nicht verstanden habe in . . . Ihrem . . .«

Kerry schüttelte den Kopf. »Ich denke, Sie verstehen alles, was, wie ich wünsche, jeder verstehen soll.« Damit geleitete er den geschlagenen Holden zur Tür.

Gordon Bray stand an dem großen Zeichentisch und hantierte mit Zirkel und Lineal; er arbeitete gerade an der Frontansicht eines besonders häßlichen Gebäudes, das Holden errichten wollte.

Er war niedergeschlagen. Das Ziel war noch sehr weit entfernt. Er konnte nicht ans Heiraten denken, ehe er sich nicht eine Existenz geschaffen hatte. Seine Selbstachtung ließ nicht zu, daß er von dem Vermögen der geliebten Frau lebte. Bis jetzt kannte er die Bestimmungen des Testaments ihres Vaters nicht; aber auch eine Aufklärung in dieser Beziehung hätte seine Ansichten nicht ändern können. Ein Mann liebt seine Frau am innigsten, wenn er ihr etwas bieten kann; es ist für den Mann unnatürlich, nicht nur mit leeren Händen zu kommen, sondern auch noch zu verlangen, daß sie gefüllt werden. Er hatte den ganzen Stolz, die ganze Empfindsamkeit der Jugend. Das geflüsterte Wort »Mitgiftjäger« genügte, ihm kalte Schauer über den Rücken zu jagen. Obgleich wahrscheinlich nur drei Personen von seiner Liebe wußten, so glaubte er doch, sein Geheimnis sei stadtbekannt, und der Gedanke, es könnte vielleicht jemand von seiner schönen Freundin wegen ihrer Liebe zu einem armen Zeichner verächtlich oder höhnisch sprechen, konnte ihn rasend machen. Er hatte den tollen Gedanken gehabt, Schluß zu machen. Er würde ihr einen Brief schreiben und nach Kanada gehen und vielleicht eines Tages als reicher Mann zurückkehren, um sie dann immer noch frei zu finden.

Viele junge Leute haben denselben heroischen Gedanken, es fehlen ihnen aber fünfundzwanzig Pfund bares Geld, um den Gedanken in die Tat umzusetzen. Er war jedenfalls in dieser Lage und war gerade zu dieser traurigen Erkenntis gelangt, als Holden nach ihm klingelte.

Holden war sehr rot im Gesicht und sehr zornig. Seine feisten Backen waren aufgedunsen, und seine runden Augen glotzten drollig umher; es lag ihm allerdings ganz fern, jemanden belustigen zu wollen.

»Ich bin gerade bei diesem verdammten Yankee gewesen!« rief er Bray wütend entgegen.

»Bei welchem verdammten Yankee?« fragte der junge Mann. In seiner eigenen Herzensnot machte sein Arbeitgeber keinen Eindruck auf ihn.

»Es gibt nur einen!« schnauzte Holden. »Er hat den Kopf voll idiotischer Gedanken vom Bauen ... ließ mich kommen, um mich zu beleidigen — denkt, er versteht ... hier, bringen Sie diesen Brief zu ihm!«

Er reichte ihm mit boshaftem Lächeln einen versiegelten Brief.

»Sie scheinen Freunde in seinem Büro zu haben«, fuhr er fort und suchte in der Schreibtischschublade nach seinem Scheckbuch. »Mit geht jetzt ein Licht auf, wie King Kerry dazu gekommen ist, den Besitz Borough zu kaufen, den mein Kunde so gern haben wollte.«

»Was meinen Sie?« fragte Bray mit erhobener Stimme.

»Ganz gleich, was ich meine«, sagte Holden finster, »und schreien Sie mich nicht so an, Gordon!« — Er schnaubte ordentlich, als er das letzte Wort aussprach. »Da haben Sie Ihren Scheck für ein Monatsgehalt. Geben Sie den Brief ab! Sie brauchen nicht wiederzukommen ... Vielleicht wird Herr Kerry Sie als seinen Architekten einstellen — Sie haben alle Prüfungen bestanden, höre ich.«

Bray nahm langsam den Scheck auf. »Soll das heißen, daß ich entlassen bin?«

»Ich meine, daß Sie für dieses Büro zu klug sind — so klug, daß ich statt Ihrer jemand für dreißig Shilling nehmen kann.«

Schweren Herzens betrat der junge Mann Kerrys Büro. Else war nicht da. Kerry empfing ihn allein, las schweigend den Brief und zerriß dann einen, den er gerade schrieb.

»Wissen Sie, was da drinsteht?« Kerry hielt Holdens Brief in die Höhe.

»Nein, Herr Kerry.«

»Das dachte ich mir«, sagte der große Mann lächelnd, »sonst hätten Sie ihn wohl nicht hergebracht. Ich will ihn vorlesen:

»Sehr geehrter Herr!
Da Sie den Rat eines Sachverständigen nicht brauchen und vielleicht eine Hilfe bei dem Neubau Londons nötig haben, so schicke ich Ihnen meinen Zeichner, der durch Begeisterung ersetzt, was ihm an Erfahrung abgeht. Ich kann ihn nicht mehr gebrauchen.

Hochachtungsvoll
Biglow Holden.«

Bray stieg die Röte ins Gesicht. »Wie kann er es wagen!« rief er.

»Wagen?« Kerry zog die Augenbrauen hoch. »Du lieber Himmel, er hat Ihnen das beste Zeugnis ausgestellt, das ich je bei einem jungen Manne gesehen habe. Ich schließe daraus, daß Sie entlassen sind.«

Bray nickte.

»Ausgezeichnet! Jetzt gehen Sie in ein Büro, das ich eben in der St. James Street gemietet habe. Richten Sie es ein, wie es sich für ein Büro eines Architekten gehört. — Sie haben dabei völlig freie Hand. Und wenn Sie einer fragt, wer Sie seien, dann müssen Sie sagen: ›Ich bin der Architekt des großen L-Trusts‹ und«, fügte er feierlich hinzu, »man wird wahrscheinlich den Hut vor Ihnen abnehmen.«

»Aber, im Ernst, Herr Kerry?« protestierte Gordon lachend.

»Ich bin noch nie im Leben ernster gewesen. Gehen Sie hin und entwerfen Sie etwas!«

Gordon Bray war überwältigt, hypnotisiert — er konnte es nicht fassen.

»Entwerfen Sie mir«, sagte Kerry nachdenklich, »einen öffentlichen Platz mit Häusern, Läden und öffentlichen Gebäuden. Der Platz soll genau die halbe Länge der Regent Street im Geviert haben.«

Mit kurzem Nicken entließ er den verwirrten jungen Mann.

Gordon war schon an der Treppe, als sich Kerrys Tür öffnete und sein grauer Kopf mit dem hageren, markanten Gesicht heraussah:

»Bray!«

»Bitte.«

»Das Gehalt — tausend pro Jahr; fünf Jahre Kontrakt, jährlich zweihundertfünfzig Zulage bis zu zweitausend. Einverstanden?«

Gordon Bray nickte nur; sprechen konnte er nicht, er war zu benommen.

Kapitel 24

»Das ist ja ein ganz unheimliches Ding, das Sie haben, Zeberlieff!«

Martin Hubbard, in tadellosem Dreß, sah seinem ahnungslosen Freund über die Schultern.

Hermann fuhr mit einem Fluch herum.

»Wie sind Sie denn hereingekommen?« fragte er unwirsch.

»Durch die Tür. Ich kam gerade herein, als Ihr Diener hinausging, um auf die Post zu gehen.«

Hermann stand von dem Tisch auf, an dem er experimentiert hatte.

»Kommen Sie mit ins Eßzimmer!« sagte er kurz angebunden. »Ich hasse Leute, die sich hinter meinem Rücken einschleichen — es überläuft mich dabei eiskalt.«

»Aber«, fiel der andere gut gelaunt ein, »Sie haben doch sicherlich nichts gegen Ihren zukünftigen Schwager einzuwenden« — eine Bemerkung, die auch Zeberlieff die gute Laune wiedergab, denn er kicherte, als er seinen Besuch die Treppe hinuntergeleitete.

»Zukünftiger Schwager — ja«, wiederholte er.

»Was war das für ein spaßiger Apparat?« wollte Hubbard wissen. »Ich habe gar nicht geahnt, daß Sie den Wissenschaftlern ins Handwerk pfuschen. Sie sind der reine Ludwig XIV. mit Ihrer Vorliebe für angewandte Mechanik.«

»Es ist eine Erfindung, die mir jemand zugeschickt hat«, entgegnete Hermann unbefangen. »Haben Sie sich das Ding angesehen?«

»Ich habe nur etwas gesehen, was wie ein Wecker aussah, einen Wattepfropf und so 'ne Art Filmstreifen.«

»Es ist eine neue Art von — äh — äh — Kinoprojektionsapparat«, erläuterte Zeberlieff hastig. »Er funktioniert automatisch — wirft beim Wecken Bilder an die Decke.«

»Und wozu waren die Streichhölzer da?«

»Streichhölzer?« Zeberlieff faßte ihn scharf ins Auge. »Da waren keine Streichhölzer.«

»Dann muß ich mich wohl geirrt haben.« Hubbard hatte nicht genug Interesse, um sich weiter damit zu beschäftigen, und fuhr fort: »Sie wissen doch, daß ich auf Verabredung gekommen bin?«

»Keine Ahnung!«

»Sie haben mir gesagt, ich solle herkommen«, fiel der andere gereizt ein, »um Ihre Schwester zu treffen.«

»Tatsächlich?« Hermann sah ihn nachdenklich an. »Das habe ich allerdings getan. Es ist sehr peinlich für uns beide, denn meine Schwester will Sie nicht empfangen.«

»Will mich nicht empfangen?«

Der Ärger und der verwundete Stolz in Hubbards Ton waren zum Lachen.

»Sie will Sie nicht empfangen und will mich nicht empfangen. Da ist ihr Brief, wenn es Sie interessiert.«

Hubbard entfaltete langsam den grauen Briefbogen und las:

»Ich kann Dich und Deinen schönen Freund nicht empfangen. Wenn Ihr mir irgendwie zu nahe kommt, rufe ich die Polizei.
V.«

»Was sagen Sie dazu?« fragte Hermann gleichmütig.

»Es ist unerhört!« keuchte Hubbard. »Wie kann sie es wagen — mich ...«

»Sie schön zu nennen? Oh, sie hat tausend Gründe«, beruhigte Hermann. »Und offen gestanden, ich reiße mich jetzt nicht um ein Zusammentreffen.«

»Hören Sie«, sagte Hubbard, »ich möchte Sie etwas fragen. Was für Aussichten habe ich eigentlich bei ihr?«

»Das hängt ganz davon ab, wieviel Sorgfalt Sie aufwenden«, erwiderte Hermann gleichgültig.

»Ich will mir fünfhundert Pfund pumpen«, fuhr Hubbard unvermittelt fort.

»Pumpen Sie immerzu!« rief Hermann in unerschütterlicher Ruhe.

»Könnten Sie sie mir geben?«

Hermann überlegte. »Nein; ich tue es nicht. Natürlich«, fuhr er fort, »wenn ich glauben könnte, daß Sie irgendwelche Aussicht hätten, meine Schwester zu heiraten, würde ich kleine

Päckchen Banknoten um Ihren Hals hängen; aber ich fürchte, Ihre Aussichten sind so ziemlich gleich Null.«

»Sie glauben also«, sagte Hubbard empört, »daß ich Ihnen nicht mehr von Nutzen sein kann.«

»Haben Sie aber einen schlauen Kopf!« staunte Hermann. »Sie begreifen das so schnell.«

Martin Hubbard kaute an seinem blonden Schnurrbart.

»Und wenn ich jetzt zu Ihrer Schwester ginge und ihr Ihren Vorschlag mitteile?«

»Sie würden sie zu Tode langweilen«, erwiderte Hermann mit seinem gleichgültigsten Lächeln. »Wissen Sie, ich habe es ihr schon gesagt. Die Sache ist die, Hubbard, sie liebt einen jungen Mann, den Sohn armer, aber ehrenwerter Eltern. Es ist der reinste Roman. Ich fürchte, sie wird ihn heiraten. Die einzige Hoffnung ist, daß meine Schwester und Sie an einer einsamen Insel an Land gespült werden. Nach fünf Jahren könnten Sie sich vielleicht lieben — auf jeden Fall wäre dann eine Heirat aus Rücksicht auf den Anstand wünschenswert. Wenn Sie den Schiffbruch arrangieren wollten und dafür garantieren könnten, daß nur Sie und meine Schwester gerettet werden, so würde ich für die Überfahrt und die Insel sorgen.«

Er war in seiner redseligsten Stimmung, aber seine gute Laune weckte kein Echo in Hubbards Brust.

»Das ist alles recht schön und gut für Sie«, fiel er kläglich ein, »Sie haben einen Sack voll Geld, aber ich bin vollständig auf dem Hund.«

»Wie ich es nächste Woche sein werde«, erwiderte Hermann heiter.

»Noch einmal solchen Wochenumsatz wie letzthin, und Goulding geht vor die Hunde.«

»Sitzen Sie denn auch mit drin?« fragte Hubbard interessiert.

»Bis über die Ohren«, entgegnete Hermann kurz. »Leete hat mich mit zweihunderttausend hineingelotst. Ich bin mit weiteren zweihunderttausend bei amerikanischen Eisenbahnen reingefallen. Um was beneiden Sie mich eigentlich, Sie dummer Esel?«

»Wann wird dieser halsabschneiderische Verkauf aufhören?«

Hermann schüttelte den Kopf. »Er hat ein Warenhaus bis

obenhin voll in Southwark — Vorrat für ein Jahr. Sonst hätten wir auf die Fabrikanten einen Druck ausüben können. Aber er hat sich im voraus eingedeckt und hat genau den sechsfachen Umsatz, den irgendein anderes Geschäft in der Oxford Street in der besten Verkaufswoche gehabt hat — und er verliert in Wirklichkeit nichts. Bei Tuchwaren ist die Verdienstspanne sehr groß. Er kann zum Selbstkostenpreis verkaufen und die anderen Geschäfte ruinieren. Solange er Waren hat, wird er sie verkaufen, und, wie ich sagte, seine Warenhäuser in Southwark sind gerammelt voll.«

»Was ist mit den fünfhundert?« fragte Hubbard plötzlich.

»Bei mir nicht, mein Lieber. Wenn Sie auf fünfzig heruntergehen, will ich Ihnen Gehör schenken — weil ich glaube, daß Sie vielleicht fünfzig wert sind. Und außerdem sitzen Sie ja im Aufsichtsrat unseres Konzerns, und ich kann die fünfzig Pfund von Ihrem Direktorgehalt einbehalten.«

Fünf Minuten später war er wieder in seinem Arbeitszimmer und bastelte an seiner kleinen Maschine. Diesmal war er so vorsichtig, die Tür zu verschließen.

Ein Monat war jetzt vergangen, seitdem Kerry sein Geschäft eröffnet hatte, und die Schlangen waren statt kleiner noch größer geworden. Als Woche auf Woche verstrich und die Kunde von dem »guten Geschäft bei Kerry« immer weiter drang, zog das während der ganzen Nacht geöffnete Kaufhaus noch größere Mengen an als am Tage seiner Eröffnung. Dann kam auch Modelson in Kerrys Hand und änderte prompt den Namen und das Verkaufssystem. Schnell umgestellt auf die Arbeitsweise des Muttergeschäftes, machte es dem Ansturm auf Kerry ein Ende.

»Derselbe Preis, dasselbe System, derselbe Name!« verkündete eine packende Anzeige. Das gab Kerry eine Atempause; aber die Schlangen kamen wieder, nur daß es jetzt zwei waren: eine bei Kerry, die andere bei Modelsons Nachfolger. Zwischen den beiden Geschäften lag Goulding — eine trostlose Öde mit Kunden so selten wie Fliegen im Dezember —, Goulding, das einst so geschäftige, von Menschen wimmelnde, jetzt fast verlassene Kaufhaus.

Vergebens wurden die Preise herabgesetzt, vergebens Lockartikel ausgestellt. Kunden gingen natürlich hinein und wollten sie haben, bekamen aber zu hören, daß sie bereits verkauft seien: »Das einzige Modell dieser Art, das wir hatten.« Die Kunden gingen, zornig über einen solchen Schwindel, wieder weg; sie weigerten sich, »etwas ebenso Gutes« anzusehen.

Kerry mußte das Übel einer Pressekampagne über sich ergehen lassen. Ein wilder Angriff auf seine Methoden erschien in einer Wochenschrift. Kaum war das Blatt in den Straßen zum Verkauf ausgerufen, da erschien auch schon die Antwort in der eigenen Zeitung des »Königs«, dem *Evening Herald.* Die Erwiderung war alles andere als höflich: Sie war persönlich und brachte erdrückendes Material. Sie stellte die Verbindung des angreifenden Wochenblattes mit Leete fest, brachte ein Verzeichnis der Aktionäre und eine Liste der Direktorposten, die Leete bekleidete, sagte unangenehme Dinge über den Herausgeber der Wochenschrift und versprach zum Schluß Enthüllungen über den führenden Kopf in diesem Komplott, der in der Park Lane die Anschläge ausheckte, die in Whitechapel ausgeführt würden.

»Aufhören!« befahl Zeberlieff, und es fiel auf, daß die *Weekly Discovery* in der nächsten Woche kein Wort über Kerry und seine Geschäftspraktiken brachte.

Dem Geschäft von Goulding half aber auch gar nichts mehr. Er hatte in einem Schaufenster Lockartikel zu Spottpreisen ausgestellt. Sofort erschien in einem Schaufenster von Kerry ein Plakat: »Alle ›Artikel zu Spottpreisen‹ von Goulding kann man hier zu genau dem halben Preis haben.«

Die Lieferanten schwankten. Sie konnten es sich leisten, mit den betroffenen Firmen Mitgefühl zu haben, weil Kerry augenblicklich noch nicht an sie herangetreten war.

Kerry zahlte bar. Als eine andere Zeitung andeutete, er könne die Waren nur deshalb so billig verkaufen, weil sie schlecht hergestellt seien, veröffentlichte er eine Liste seiner Fabrikanten und zwang sie, eine Beleidigungsklage anzustrengen.

Dann unterstützte der *Daily Courier* die Hetze gegen Kerry; aber diesmal war der *Evening Herald* vorsichtig und zahm, denn der *Courier* ist ein mächtiges Tageblatt.

»Man hat gefragt«, hieß es im *Herald*, »was für eine Verbindung zwischen dem Verkauf in der Oxford Street und Herrn Kerrys Grundstückskäufen bestehe. Die Antwort kann mit ein paar Worten gegeben werden. Herr Kerry will London verschönern und gleichzeitig eine bescheidene Verzinsung des in Grund und Boden investierten Kapitals sicherstellen. Um beides zu erreichen, ist es für ihn unbedingt erforderlich, bestimmte Geschäfte in seine Hand zu bekommen. Er hat angemessene Preise geboten, und man hat unverschämte Preise gefordert. Es handelt sich jetzt für ihn darum, den Widerstand zu brechen, und das ist sein fester Wille.« (Hier folgte ein Verzeichnis der Grundstücke, die zu kaufen er sich bereit erklärt hatte; ferner die Preise, die er geboten, die Gewinne und Dividenden der einzelnen Geschäfte und die geforderten Preise.) »Daraus wird man ersehen, daß die gebotenen Preise angemessen waren. Wir sind zu der Erklärung ermächtigt, daß trotz der veränderten Verhältnisse Herr King Kerry bereit ist, die ursprünglich gebotenen Preise für die Grundstücke zu bezahlen — doch hält Herr Kerry sich nur bis morgen mittag an dieses Angebot gebunden.«

Leete kam mit der noch nicht trockenen Zeitung zu Zeberlieff; er befand sich in verzeihlicher Aufregung.

»Da, lesen Sie, Zeberlieff! Ich verkaufe.«

Hermann nahm das Blatt und las.

»Ich verkaufe, ehe etwas Schlimmeres passiert.«

Hermann lächelte verächtlich. »Wenn Sie schon verkaufen müssen — verkaufen Sie an mich.«

»An Sie?«

»Warum denn nicht? Ich habe ein großes Aktienpaket, und Sie oder Ihre Strohmänner haben den Rest in den Händen.«

»Und Sie wollen Kerrys Preis zahlen?«

»Ja.«

Leete sah den anderen an. »Abgemacht! Ich bin froh, daß ich nichts mehr damit zu tun habe.«

»Sie haben vielleicht eine Million verloren«, bemerkte Hermann und ging wieder in sein Arbeitszimmer.

Else Marion war mit Kopfschmerzen aus dem Büro nach Hause gegangen und hatte von King Kerry strenge Weisung erhalten, nicht wieder zum Dienst zu kommen, ehe sie nicht wieder völlig hergestellt sei.

Sie war kurz nach zwölf nach Hause gekommen, hatte eine Tasse Tee getrunken, eine Aspirintablette genommen und sich zu Bett gelegt. Sie wollte um zwei Uhr zum Lunch aufstehen, aber als sie erwachte, war es fast dunkel, und da stellte sich auch jenes Angstgefühl ein, das immer auftritt, wenn man gewahr wird, daß man Zeit verloren hat, aber nicht weiß, wieviel. Sie sah nach der Uhr. Es war nahezu neun. Sie stand auf und verzehrte das Kotelett, das ihr geduldiges Mädchen in der Zeit, in der sie sich ankleidete, zubereitet hatte.

Es war inzwischen zehn geworden. Die Kopfschmerzen waren vergangen, und Else verspürte ungeheure Arbeitslust. Im Büro lag einige Arbeit, die sie mit nach Hause nehmen wollte; sie arbeitete nicht gern nachts im Büro. King Kerry hatte die Angewohnheit, unvernünftig lange zu arbeiten, und sie hatte das Gefühl, daß er dann gern allein war.

Sie leistete sich ein Auto zum Büro, ging an dem Wächter und dem Verwalter in der kleine Loge vorüber, schloß die Bürotür auf und trat ein. Schnell packte sie ihre Arbeit zusammen und steckte sie in die Tasche. Da bemerkte sie auf Kerrys Schreibtisch eine für sie bestimmte Bleistiftnotiz.

»Ich bin zum Warenhaus gegangen; kommen Sie nach, wenn Sie sich wohl fühlen. K. K.«

»Wann ist Herr Kerry weggegangen?« fragte sie den Verwalter.

Der Mann schüttelte den Kopf. »Ich bin erst um neun Uhr zum Dienst gekommen. Seit der Zeit ist er nicht hiergewesen.«

Die Mitteilung hätte ja am frühen Nachmittag geschrieben sein können. Aber dann wäre er wohl schon wieder zurück gewesen und hätte den Zettel vernichtet.

Sie fühlte sich sehr frisch und ausgeruht. Die Fahrt über den Fluß würde ihr guttun.

Eine andere Taxe wurde bestellt und setzte sie in dem großen Hof des Kerryschen Warenlagers ab. Es bestand aus drei hohen

Gebäuden, die drei Seiten eines Vierecks bildeten. Zwei Gebäude stießen mit ihren Mauern an den Kai; das dritte hatte in der Mitte eine große Einfahrt, durch die Lastwagen aus- und einfuhren.

Ein Bild außerordentlicher Geschäftigkeit und Tätigkeit bot sich ihr. Die Fenster waren hell erleuchtet, denn eine große Zahl Arbeiter war damit beschäftigt, die Waren auszupacken und zu sortieren, ehe sie in die Oxford Street befördert wurden.

»Herr Kerry ist irgendwo im Gebäude, Fräulein«, sagte der Angestellte, der die Arbeitszeit zu kontrollieren hatte, »aber seit einer Stunde hat niemand ihn gesehen.«

»Macht nichts«, erwiderte sie, »ich werde ihn gleich suchen.«

Sie hatte Zutritt zu allen Räumen und verbrachte eine amüsante halbe Stunde, indem sie den Männern und Mädchen bei der Arbeit zusah. Die großen Kisten und Körbe kamen in den ersten Stock, wo ihre Deckel abgenommen, die Zinkemballage schnell und geschickt aufgeschnitten und der Inhalt auf einen breiten Sortiertisch geworfen wurde. Hier wurden die Stücke gezählt, auf ein laufendes Band gelegt und in das nächste Stockwerk befördert, wo sie nach nochmaliger Zählung in große, mit Zinkblech ausgeschlagene Schränke gelegt wurden. Dort blieben sie, bis sie von Oxford Street angefordert wurden.

Hunderte von Kisten lagerten in den großen Lagerräumen im Erd- und Kellergeschoß. Auch hier waren gewaltige Mengen von Stoffen: Satin, Baumwolle, Seide, Wollmusselin und Leinen.

»Jeden Tag kommen neue Warenmengen an«, sagte einer der Vorarbeiter. »Diese hier« — er zeigte auf ein wirres Durcheinander gelber Holzkisten und dunkelbrauner Ballen — »werden einen Monat warten müssen, ehe sie an die Reihe kommen.«

»Die Fabriken schicken wohl dauernd?« fragte Else.

»Dauernd. — Da kommt gerade wieder eine Kiste.« Damit deutete er auf einen Mann mit einer ledernen Fuhrmannsschürze, der eine Kiste auf der Schulter trug.

»Was mag da drin sein?« fragte sie.

»Sieht nach Handschuhen aus — die kommen in solchen kleinen Kisten.«

Sie wartete, bis die Kiste auf die Waage gleich hinter der Eingangstür gestellt worden war, und besah sie dann.

»Ja, Fräulein, Gants Cracroix — Lyon«, sagte er.

Der Fuhrmann nahm seinen Lieferschein und entfernte sich. Der Mann faßte die Kiste mit geübter Hand und ließ sie die Gleitbahn hinunterrutschen.

»Wollen Sie hier etwas lernen?«

Sie hörte die tiefe, wohlklingende Stimme King Kerrys und drehte sich lächelnd um.

»Kopfschmerzen besser?«

»Ganz weg. Ich komme mir ordentlich schuldbewußt vor. Ich bin gerade aufgestanden.«

Er ging ihr voran zum Ende des Warenhauses, wo die Leute mit dem Eifer arbeiteten, den man bei Akkordarbeit oder bei Anwesenheit des Arbeitgebers immer wahrnehmen kann.

»Da drüben wird gerade eine Kiste wundervoller Spitzen ausgepackt; die müßten Sie sehen.«

»Das möchte ich gerne«, antwortete sie und suchte sich einen Weg durch das Kistengewirr zu der Stelle, wo ein paar Frauen schmale Pappkästen aus einer großen Kiste heraushoben.

In ihrer Hast übersah sie ein am Boden liegendes Tau und blieb mit der Fußspitze daran hängen. Sie fiel der Länge nach hin und würde sich verletzt haben, wenn sie nicht die Geistesgegenwart gehabt hätte, sich an einer kleinen Kiste festzuhalten, die vor ihr lag. Ihre Arme strafften sich, und ihr Gesicht berührte kaum den Deckel der Kiste.

»Um Gottes willen, sie hat sich verletzt!« rief King Kerry und sprang gewandt zu ihr hinüber. Sein Irrtum war entschuldbar, denn sie blieb eine Weile mit dem Kopf auf der Kiste liegen, an der sie sich gehalten hatte.

Sie sah ihn lächelnd an, als sie ohne Hilfe aufstand.

»Haben Sie sich wirklich nicht verletzt?«

Sie schüttelte den Kopf.

Ein Mann wollte die kleine Kiste, auf die sie gefallen war, wegtragen.

»Fassen Sie die Kiste nicht an!« sagte sie schnell.

»Was ist?« fragte Kerry, der sie erstaunt ansah.

»Lassen Sie die Kiste auf den Kai bringen; aber sagen Sie den

Leuten, sie sollen sehr vorsichtig damit umgehen.«

Verwundert drehte er sich um, gab die Anordnung und ging hinter den Leuten her auf den Kai.

»Was ist denn los?« fragte er.

»Ich weiß nicht. Legen Sie Ihr Ohr an die Kiste und horchen Sie!«

Er tat es, richtete sich aber gleich wieder mit finsterem Blick auf; dann hielt er die Nase an die Kiste und räusperte sich.

»Machen Sie die Kiste vorsichtig auf!« befahl er, denn er hatte das laute Ticktack ebenso deutlich gehört wie Else.

»Es kann eine Höllenmaschine sein«, bemerkte Else, aber er schüttelte den Kopf.

»Ich glaube, ich weiß, was es ist«, erwiderte er ruhig.

Unter einer starken Bogenlampe wurde die Kiste geöffnet. Oben befand sich eine Lage sorgfälig zusammengefaltetes Papier, aber darunter schien die Kiste fest mit Spänen einer durchsichtigen Masse vollgepackt zu sein.

»Zelluloid!« sagte Kerry kurz. »Ein alter Filmstreifen, der ganz klein geschnitten ist.«

Man mußte die Späne erst entfernen, ehe man an die eigentliche Maschine kam, die am Boden der Kiste verschraubt war. Es war ein Wecker, eine kleine elektrische Batterie und ein paar Späne.

»Auf zwei Uhr eingestellt«, sagte Kerry, »auf die Stunde, in der unsere Leute mit der Arbeit aufhören. Der Weckerhebel ist an ein Metallstück gelötet, so daß, wenn der Wecker abläuft, das Metallstück sich mitdreht — der Stromkreis wird geschlossen, und ein Funke setzt das Zelluloid in Flammen. Sehr geschickt gemacht! Ich will es Ihnen zeigen.« Er trug den Apparat an den Rand des Wassers, wo ein Ausbreiten des Feuers nicht zu befürchten war, stellte ihn auf eine Stahlplatte und bedeckte den Apparat wieder mit den Zelluloidspänen, nachdem er vorher den Wecker gestellt hatte.

Sie warteten. Nach einer Minute hörten sie das Rattern des Weckers; dann sahen sie ein winziges Licht in den Spänen aufblitzen. Plötzlich schoß eine Stichflamme hervor, und der ganze Kai wurde von einer Flamme erleuchtet.

Sie sahen schweigend zu, bis das Zelluloid auf ein kleines Häufchen einer geschmolzenen roten Masse heruntergebrannt war.

»Ich hätte den Wecker als Beweismittel behalten können«, sagte Kerry, »aber er wird seine Spuren verwischt haben. Wie kann ich Ihnen danken, Else?« Er drehte sich um und sah sie an. Sie standen im Schatten eines großen Stapels von Kisten, die mitten auf dem Kai aufgetürmt waren.

»Mir danken?« fragte sie zitternd. »Ich muß Ihnen danken.«

Er legte ihr beide Hände auf die Schultern und sah ihr ins Gesicht. Sie hielt seinen Blick fest. »Es gab einmal ein Mädchen wie Sie«, sagte er sanft, »und ich liebte es, wie ein Mann ein Kind lieben kann — das zu jung ist, um das kennenzulernen, was wir Menschen Liebe nennen. Und hier steht Else Marion mit demselben Gesicht und . . .«

Er ließ seine Hände plötzlich heruntergleiten und seinen Kopf nach vorn, als ob ihn unüberwindliche Müdigkeit niederdrückte.

»Was fehlt Ihnen?« fragte Else erschrocken.

»Nichts!« Seine Stimme war hart. »Ich wünschte nur, ich . . . wäre . . . damals . . . kein Narr gewesen.«

Sie wartete mit klopfendem Herzen; sie wußte, daß etwas Furchtbares kommen würde.

»Ich bin mit der schlechtesten Frau in der Welt verheiratet. Gott steh mir bei!« sagte er gebrochen.

»Was, zum Kuckuck, wollen Sie denn jetzt in der City?« knurrte Leete. »Zu dieser Stunde?«

Er sah auf die Uhr. Es war dreiviertel zwei, und im Klub war es sehr gemütlich.

»Ich liebe die City um diese Stunde«, sagte Hermann ruhig. »Wir wollen einmal die Feste unseres Feindes ansehen.«

»Es wird ein Haufen Gutes dabei herauskommen«, brummte Leete.

»Wissen Sie, Leete, manchmal erschreckt mich Ihre gewöhnliche Ausdrucksweise«, sagte Hermann mit einem Anflug von Lächeln.

Sein Wagen wartete draußen, und der immer noch brummende Leete ließ sich hereinlotsen.

»Es ist besser, die schöne frische Luft einzuatmen, als das Gift eines ekelhaften Rauchzimmers«, sagte Hermann, als der Wagen geräuschlos nach dem Osten rollte.

»Ich tue nie etwas Unnötiges«, bemerkte Leete.

»Es ist nötig, den neuen Besitzer von Goulding zu versöhnen«, entgegnete Hermann sanft. Leete grinste in der Dunkelheit. Er betrachtete sich als »gut heraus« aus dem Konzern. Sollte doch Zeberlieff ruhig seine Million machen! Um so besser, wenn er es konnte.

»Ich werde Ihnen die Papiere morgen schicken«, sagte er, als ihm ein Gedanke durch den Kopf ging. »Übrigens, könnten Sie mir heute nacht ein paar Zeilen des Inhalts geben, daß Sie bereit sind . . .?«

»Gewiß!« erwiderte Zeberlieff leichthin.

Er ließ in der King William Street halten.

»Lassen Sie uns über die London-Brücke gehen und dem Genius King Kerry unsere Huldigung darbringen!«

Leete grunzte unhöflich, während er sich aus dem Wagen schob.

»Nun?«

Sie waren in einer der steinernen Nischen stehengeblieben und blickten angestrengt über den Fluß. Ein vorübergehender Schutzmann, der auf seinen Gummisohlen geräuschlos vorbeischritt, musterte sie und blieb auf Hermanns freundliches Nikken hin stehen.

»Ich vermute, Herr Wachtmeister, das große, hellerleuchtete Gebäude ist Kerrys berühmtes Warenhaus?«

»Jawohl«, erwiderte der Beamte, indem er eine stramme, dienstliche Haltung einnahm. »Das ist das Warenhaus des ›Königs von London‹ — sozusagen.«

Ein Lächeln geisterte über Zeberlieffs Züge.

»Er hat meinem Kameraden heute nacht keinen schlechten Schrecken eingejagt«, fuhr der Schutzmann fort. »Er war zwischen zehn und elf Uhr an der Brücke, und plötzlich schien der ganze Kai in Flammen zu stehen.«

»In Flammen?« fragte Zeberlieff interessiert.

»Es war nur eine Kiste — irgend etwas war da nicht in Ordnung, und Herr Kerry hat sie selbst angezündet. Mein Kamerad wird ihm morgen eine Vorladung überbringen; es verstößt gegen das Gesetz, auf dem Kai Feuer anzuzünden.«

»Er hat also entdeckt, daß irgend etwas nicht in Ordnung war?« wiederholte Hermann, ohne daß seine Stimme zitterte. »Wie sieht Kerry das ähnlich!«

Er wollte dem Schutzmann ein Trinkgeld geben und war ein wenig überrascht, als dieser höflich ablehnte.

»Merkwürdige Leute, diese Citypolizisten«, bemerkte Leete.

»Nicht so merkwürdig wie Kerry«, entgegnete der andere dunkel.

Nicht ein Wort wurde während der Fahrt nach dem Westen gesprochen. In der Gegend von Piccadilly ergriff Leete die Gelegenheit, um den Kauf perfekt zu machen.

»Kommen Sie mit hinein, damit wir das Abkommen schriftlich fixieren«, sagte er, als der Wagen hielt und er schwerfällig auf den Bürgersteig trat.

»Welche Abmachung?« fragte Zeberlieff kühl.

»Den Verkauf von Goulding.«

Er sah das Schimmern der weißen Zähne, als Zeberlieff lachte.

»Seien Sie doch nicht so albern«, erwiderte er gemütlich. »Ich habe doch nur Spaß gemacht.«

Wollte man sagen, daß Leete taumelte, so hieße das, eine ganz furchtbare Erregung mit einem ziemlich milden Ausdruck abzutun.

»Aber — aber . . .«, brachte er mühsam hervor.

»Gute Nacht!« rief Hermann, indem er die Wagentür zuschlug.

Kapitel 25

Das Geheimnis war nun gelüftet. London war starr. Man ging seiner Beschäftigung nach, während es im Kopf von Zahlen wirbelte. Die Presse widmete der außerordentlichen Geschichte ganze Spalten.

»King Kerry hat London gekauft!« Diese packende Überschrift lief quer über eine ganze Seite des *Examiner*.

Die Übertreibung war entschuldbar. Wenn Kerry auch nicht ganz London gekauft hatte, so war er doch in das Herz Londons eingedrungen und hatte es mit einem breiten Gürtel von Geschäftsstraßen umgeben.

London sollte umgestaltet werden. Bei seinen Plänen war Kerry außerordentlich geschickt zu Werke gegangen, indem er das unveräußerliche Krongut und den Besitz der stahlharten Grundbarone umging. Eine kurze, vortreffliche Gesamtdarstellung des Plans fand man im *Evening Herald*, der aus erster Quelle schöpfte. Danach sollte:

... der größte Teil der Grundstücke zwischen dem südlichen Ende des Portland Place im Norden, der Vigo Street im Süden, der Bond Street im Westen und der Dean Street im Osten niedergelegt werden und ein großer Platz mit Namen Imperial Place an ihre Stelle treten. Dieser Platz, mit Ausnahme des Baugeländes an den vier Seiten des Platzes, sollte der Nation geschenkt werden.

Eine neue Wohnvorstadt mit Häusern, deren Miete hundertfünfzig bis zweihundert Pfund jährlich betragen würde, sollte auf dem südlichen Ufer der Themse in Lambeth zwischen Blackfriars und Westminster und zwischen Blackfriars und Southwark entstehen.

Hierdurch werden sämtliche Slums zwischen dem Fluß und der unter der Bezeichnung Elephant and Castle bekannten Straßenkreuzung beseitigt.

»Ich beabsichtige«, sagte Kerry in einem Interview, »auf dem Südufer des Flusses ein zweites ›Champs-Elysée‹ zu schaffen. Zwischen Westminster Bridge Road und Waterloo Road werde ich eine vornehme Allen mit Häusern für die Reichen anlegen. Sie wird bis fast an das Wasser gehen und an beiden Enden mit einem Triumphbogen abschließen, der sich mit dem Arc de Triomphe wird messen können.«

Er hatte eine interessierte Menge von Zeitungsberichterstattern in seinem Büro versammelt.

»Was wollen Sie mit den Leuten machen, die Sie aus ihren Wohnungen vertreiben, Herr Kerry?« fragte einer der Journalisten. »Ich denke hier natürlich an die Slumbewohner, die einen Anspruch darauf haben, möglichst in der Nähe ihrer Erwerbsstelle zu wohnen.«

»Ich habe Vorsorge getroffen«, erwiderte King Kerry. »Ich erkenne die Notwendigkeit an, in dieser Beziehung sehr umfangreiche Maßnahmen zu treffen. Ich werde meine eigenen Slums schaffen.« Er lächelte. »Es ist ein häßliches Wort, und ich benutze es nur, um einen übervölkerten Stadtteil damit zu bezeichnen. Ich werde natürlich keinen Versuch machen, für den Bettler, den Halbbettler und das, was ich ›die gelegentlich umherstreifende Volksklasse‹ nennen möchte, Vorsorge zu treffen. Nach meiner Ansicht ist eine Familie arm, wenn alle erwachsenen Glieder der Familie mit vereinten Kräften nur zwei Pfund in der Woche verdienen. Für diese errichte ich an verschiedenen Stellen in meinem Wohngürtel Genossenschaftswohnungen.«

Er nahm aus einer großen Mappe eine Reihe von Zeichnungen und legte sie den sich herandrängenden Presseleuten vor.

»Sie werden erkennen, daß wir in den Entwürfen den Aufriß einiger der schönsten Londoner Hotels kopiert haben. Ich glaube allerdings sagen zu können, daß wir darüber hinausgegangen sind. Diese Gebäude werden in sich absolut vollkommen sein. Als Mieter werden nur solche Leute zugelassen, die mit dem Genossenschaftswesen einverstanden sind. Läden, in denen man alles haben kann, werden in dem Gebäude selbst sein; ferner Bäder, Turnräume, Spielplätze, eine Krankenstation, eine Kleinkinderbewahranstalt und eine allen zugängliche Bücherei.

Jedes Gebäude wird sich selbst verwalten, wird einen Arzt, Zahnarzt und ausgebildete Pflegerinnen haben.

Eine Fahrstuhlanlage wird das höchste Stockwerk ebenso bequem erreichbar machen wie das niedrigste — in der Tat werden für die höchsten Stockwerke die teuersten Mieten erhoben werden. Die Beliebtheit der Untergrundbahn ist hierfür hauptsächlich verantwortlich. Vor fünfzehn oder zwanzig Jahren hätten die Bewohner eines solchen Gebäudes einen Fahrstuhl — oder wie sie hier sagen: Lift — mit Mißtrauen betrachtet. Heutzutage sehen sie ihn als zum täglichen Leben gehörig an. Alle Angestellten der Gemeinde haben sich an die Anordnungen einer Kommission zu halten, die von den Mietern selbst gewählt wird. Kamine sind zwar vorgesehen, aber für das ganze Gebäude wird eine zentrale Heizanlage geschaffen. Warmes Wasser und Licht ist in der Miete mit inbegriffen. Jedes Gebäude wird Wohnungen für zweitausend Familien haben.«

»Was beabsichtigen Sie damit, Herr Kerry, daß Sie so viele wertvolle Gebäude im Zentrum vom Westend kaufen und dann niederlegen? Heißt das nicht, viel Geld wegwerfen?« fragte ein neugieriger Reporter.

Kerry schüttelte den Kopf.

»Was geschieht«, fragte er, »wenn ein Polizist in eine Menschenmenge hineinreitet? Breitet sich die Menge nicht aus, so daß sie fast ein Drittel mehr Raum einnimmt als vorher? Dies eine steht jedenfalls fest: Tausend Quadratfuß, die aus dem Herzen Londons herausgerissen werden, bedeuten zehntausend Quadratfuß mehr an seinem Weichbild. In kurzen Worten: im Herzen Londons ist der Raum sehr beschränkt. Es gibt viele Geschäfte, die gut und gern ihre jetzigen Geschäftslokale um das Doppelte vergrößern würden, wenn nicht die Kosten im Wege ständen; und sehr oft wird es dadurch unmöglich gemacht, daß sie nicht imstande sind, anstoßende Räume zu bekommen. Wir haben ihnen gesagt, sie müßten da auf jeden Fall heraus, und haben den so behinderten Firmen — die jetzt im allgemeinen mir gehören — Gelegenheit gegeben, Räume zu mieten, die ihren Bedürfnissen entsprechen. Die Leute kommen zum Einkaufen in das Zentrum — zweifeln Sie nicht daran, daß das in allen Städten der Fall ist. Wir dehnen ja nur die Grenzen des ausschließlichen Ladengebietes aus und geben dem privaten Unternehmertum einen Ansporn, uns in unserer Aufgabe, London zu verschönern, zu unterstützen.

Ich weiß ganz gewiß, daß wir die Genugtuung haben werden, Tausende reicher und nicht einen ärmer zu machen. Jetzt werden Sie verstehen, was ich mit meinem Verkaufssystem bezwecke. Es war nötig. Tack & Brighten, Modelson, Goulding grenzten an das Gebiet meiner Träume — sie sind jetzt mein ausschließliches Eigentum. Ich kaufte heute Goulding«, sagte er mit einem leichten Zucken um die Mundwinkel, als er an den aufgeregten Herrn Leete dachte, der, dem Weinen nahe, sich bedingungslos ergeben hatte.

»Der Verkauf in meinem Geschäft wird bis zum Ende des Jahres andauern, bis ich tatsächlich soweit bin, daß ich niederreißen und mit dem Wiederaufbau beginnen kann. Und inzwischen habe ich«, bemerkte er zum Schluß, »die Dividenden aller Firmen, die durch meine Transaktionen betroffen sind, garantiert.«

Da hatte London genug Diskussionsstoff, genug, um die Köpfe zu schütteln, zu nicken und zu schwatzen — von einem Ende der Stadt bis zum anderen.

Jetzt begann auch die Hausse in Londoner Grundbesitz, die dieses denkwürdige Jahr kennzeichnete. Es stellte sich heraus, daß King Kerry hier und da große Häuserblocks erworben hatte. Manchmal waren es ganze Straßenzüge; aber er hatte den Bodenspekulanten genug Land übriggelassen, um ihr Glück darauf aufzubauen. Ganz automatisch stieg der Wert des Grund und Bodens in einzelnen Distrikten um hundert und zweihundert Prozent, und man erzählte, daß King Kerry selbst zugunsten seines Syndikats in einer Woche über fünf Millionen Gewinn aus dem Verkauf von Land erzielte, das er erst kurz vorher aufgekauft, für das er selbst aber keine unmittelbare Verwendung hatte.

Es steht fest, daß er nach Bekanntwerden seines Projekts die kräftigste Unterstützung seitens der Regierung erfuhr, und wenn er auch das Krongut nicht angreifen durfte, so wurde ihm doch jede Erleichterung gewährt, um seine Pläne zu fördern.

Er hatte eine Gartenstadt geplant, die sich ununterbrochen von Southwark bis Rotherhithe und weiter bis nach Deptford erstrecken sollte, eine neue »Schöne Stadt«, die aus dem Staub schmutziger, ungesunder Häuschen und unsolide gebauter Häuser erstehen sollte. Sein Plan wurde ausführlich in einer Nummer des *Evening Herald* beschrieben, die eine Auflage erhielt, die nur durch die Leistungsfähigkeit der Druckerei beschränkt wurde.

Es war jetzt klar, daß Geld wie Wasser nach London geflossen war, daß es nicht nur die sechs Leute waren, die sich soviel vorgenommen und King Kerry in der Ausführung seiner Pläne unterstützt hatten, sondern daß alle die großen Versicherungsgesellschaften Amerikas, alle die großen Eisenbahnen, alle die großen Industriekonzerne in weitestem Umfange dazu beigetragen hatten.

Eine Finanzautorität hatte errechnet, daß der große »L-Trust« Verbindlichkeiten in Höhe von achtzig Millionen Pfund eingegangen war. Jemand fragte King Kerry, ob das zutreffe.

»Das will ich Ihnen genau sagen«, gab er gut gelaunt zur Antwort, »wenn ich das Wechselgeld in der Tasche gezählt habe.«

King Kerry hatte ein kleines Haus am Cadogan Square gemietet. Es ist bezeichnend für den Mann, daß er in einem Hause wohnte, das einem andern gehörte.

Es ist auch auffallend, daß er, der Besitzer von Millionen, ein möbliertes Haus mietete. Aber eine Erklärung hierfür gibt uns sein Lieblingsausspruch: »Kaufe niemals, was du nicht brauchst, und miete niemals, was du brauchst.«

Er brauchte weder Haus noch Möbel. Das Haus lag jenseits seines Spekulationsgebietes.

Hier fand er die nötige Ruhe, während eine ältliche Haushälterin ihm in den Stunden, die er zu Hause zubrachte, aufwartete. Das Haus war nicht unter seinem Namen gemietet worden, und keiner der Anwohner des Platzes hatte die geringste Ahnung, wer der Mieter war, der gewöhnlich mitten in der Nacht heimkam und ihnen nicht mehr Gelegenheit gab, ihn zu erkennen, als die paar Sekunden, die er brauchte, um von seiner Haustür bis zu seinem geschlossenen Wagen zu gehen.

Selbst Else Marion, die wußte, wo das Haus lag, war niemals dort gewesen, hatte ihm auch niemals dorthin geschrieben. Es war also entschuldbar, daß er ärgerlich wurde, als seine ältliche Dienerin ihm mitteilte, ein Herr wünsche Herrn Kerry zu sprechen.

»Ich habe ihm gesagt, daß eine solche Person hier nicht wohne«, fügte die Haushälterin hinzu, die von der Identität ihres Herrn ebensowenig wußte wie die übrigen Anwohner des Platzes.

Wahrscheinlich ein Reporter, der mich zur Strecke gebracht hat, dachte King Kerry.

»Führen Sie ihn in das Empfangszimmer«, sagte er und beendete in aller Ruhe seine Mahlzeit. Der Ärger verrauchte schnell — übrigens lag ja jetzt kein Grund mehr zur Geheimhaltung vor. In einer Woche würde er auf dem Weg zum Kontinent sein, um dort die Erholung zu suchen, die er so dringend brauchte. Alles ging gut.

Die Magnaten der Oxford Street waren besiegt, der Plan für den Neuaufbau Londons war Allgemeingut geworden; wenn je, so war jetzt die Zeit gekommen, die Dinge auf die leichte Schulter zu nehmen.

Er legte seine Serviette hin, ging nach oben und trat in das kleine Empfangszimmer.

Ein Herr stand am Kaminsims, den Rücken zur Tür gekehrt; und als der »Mann, der London kaufte«, eintrat, drehte er sich um.

Es war Hermann Zeberlieff. Eine Minute lang sahen sie sich an, und keiner sprach ein Wort.

»Welchem Umstand verdanke ich . . .?«

Hermann unterbrach ihn beinahe grob: »Lassen wir das alles beiseite, und kommen wir sofort zum Geschäftlichen!«

»Ich wüßte nicht, daß ich irgend etwas Geschäftliches mit Ihnen zu besprechen hätte«, entgegnete King Kerry ganz ruhig.

»O ja, Herr Kerry«, sagte Hermann gedehnt. »Es wird Ihnen wahrscheinlich bekannt sein, daß ich mich in einer sehr üblen Lage befinde. Jede Gelegenheit, die ich hatte, haben Sie mir erbarmungslos zunichte gemacht. Ich gehörte Ihrem verfluchten

Syndikat an.«

»Es war nicht mein Wunsch. Ich erfuhr es erst, als Sie drin waren.«

»Und dann ergriffen Sie die erste sich bietende Gelegenheit, um mich herauszudrängen«, fiel Hermann mit maliziösem Lächeln ein. »Ich fürchte«, fuhr er mit einem Anflug von Bedauern fort, »ich bin ein eitler Bettler — die Eitelkeit hat mich zugrunde gerichtet. Die Versuchung, alle Welt wissen zu lassen, daß ich dem großen Konzern angehöre, war zu stark. Doch wir wollen nicht davon sprechen. Was ich Ihnen klippp und klar zu verstehen geben möchte, ist, daß mich augenblicklich nur noch ein paar tausend Pfund von absoluter Bettelarmut trennen.«

»Das geht mich nichts an.« King Kerry war kurz angebunden; er verschwendete nicht ein überflüssiges Wort an seinen Besucher.

»Aber mich geht es sehr viel an«, entgegnete Zeberlieff schnell. »Sie müssen mich jetzt unterstützen — Sie haben mich in diese furchtbare Lage gebracht, und Sie müssen mir jetzt gefälligst Ihre hilfreiche Hand bieten, um mich herauszureißen ... Sie sind, wie ich zufällig weiß, ein besonders weichherziger Mensch, und Sie würden gewiß nicht zusehen wollen, daß einer Ihrer Mitmenschen gezwungen ist, nur von seinem Einkommen zu leben.«

King Kerrys Gesicht zeigte nicht die geringste Spur von Weichheit. Diese Art von Humor machte auf ihn gar keinen Eindruck. Seine Lippen waren fest zusammengepreßt.

»Ich tue nichts für Sie — nichts —, gar nichts.«

Hermann zuckte mit den Schultern. »Dann, fürchte ich, werde ich Sie zwingen müssen.«

»Mich zwingen?« Ein verächtliches Lächeln lag auf dem zornigen Gesicht des »grauen Mannes«.

»Sie zwingen!« wiederholte Zeberlieff. »Sie wissen, Herr Kerry, daß Sie eine Frau haben ...«

»Die wollen wir hier aus dem Spiel lassen«, unterbrach ihn Kerry.

»Leider muß ich sie aber doch erwähnen.« Hermanns Ton war sanft und freundlich, fast zärtlich. »Sie wissen, sie kann etwas von mir verlangen. Ich habe eine gewisse Verantwortung ihr gegenüber, wenn ich an den geachteten Namen denke, den sie führte, ehe sie sich mit Ihnen verheiratete, und ehe Sie — sie verließen.«

King Kerry erwiderte nichts.

»Ehe Sie sie verließen«, wiederholte Hermann. »Es war eine besonders unglückliche Geschichte, nicht wahr? Ich fürchte, Sie haben nicht mit jener natürlichen Höflichkeit, jener Weichherzigkeit gehandelt, die, wie die Presse heute sagt, Ihre hervorstechendsten Charaktereigenschaften sind.«

»Ich habe ihr gegenüber durchaus einwandfrei gehandelt«, erwiderte King Kerry mit fester Stimme. »Sie versuchte, mich zu ruinieren, ließ sich sogar hinter meinem Rücken in ein Konkurrenzmanöver gegen mich ein und nutzte das, was sie als meine Frau erfahren hatte, gegen mich aus. Sie war ein schändliches Weib.«

»Ist«, murmelte der andere.

»Also gut — ist«, sagte King Kerry. »Falls Sie gekommen sind, um sich in ihrem Namen an mich zu wenden, so können Sie sich ebensogut an die Wand dort wenden.«

Hermann nickte. »Aber nehmen wir an, ich stellte diese Frau den staunenden Augen Londons vor; nehmen wir an, ich sagte: ›Dies ist Frau King Kerry, die ungeliebte Frau Herrn King Kerrys‹ . . .?«

»Das würde meinen Entschluß nicht im geringsten erschüttern. Den Hebel können Sie nicht ansetzen, um mich zu zwingen, Ihnen Geld zu geben.«

»Wir werden ja sehen.« Damit nahm Zeberlieff seinen Hut und verließ mit einer leichten Verbeugung das Zimmer.

King Kerry stand noch lange, nachdem die Tür hinter seinem Besucher zugeschlagen war, wie angewurzelt da. Sein Gesicht war jetzt bleich und verfallen.

Kapitel 26

Die Humber Street ist seit langer Zeit den Ausländern überlassen. Große, hoch aufragende »Musterhäuser«, wahre Muster von Häßlichkeit und trostlosem Grau, aber niemals Muster von häuslicher Gemütlichkeit, recken ihre unförmigen, schiefen Dächer in den grauen Himmel. Zwischen den einzelnen Musterhäusern sind unsaubere Torwege, durch die dauernd nie endende Reihen häßlicher Männer und Kinder mit ausdruckslosen Gesichtern ein und aus gehen.

Hier kann man ein Dutzend Sprachen hören — alle Sprachen, die zwischen der Ostsee und dem Kaspischen Meer, zwischen dem Ural und dem Finnischen Meerbusen gesprochen werden, vernimmt man in dem Geschnatter und Geplapper dieser unsauberen Männer und schmutzigen Frauen.

Man findet hier auch einen ziemlichen Einschlag aus Verbrecherkreisen, die vom Kontinent herübergekommen sind. Deshalb ging Hermann Zeberlieff bewaffnet zu der Besprechung, die er hier suchte. Seit einiger Zeit hatte er den Eindruck, daß sein Haus in der Park Lane unter Beobachtung stehe. Er durfte es nicht wagen, den kleinen Pseudofranzosen Micheloff mit den winzigen Augen und den Pusteln im Gesicht den Augen der Beobachter auszusetzen.

Ohne zu klopfen, trat Zeberlieff in die offene Tür eines der Häuser, durchschritt einen Flur und stieg die Treppe zum dritten Stock hinauf.

Sein Klopfen wurde mit einem fröhlichen »Entrez!« beantwortet.

Micheloff, in Hemdsärmeln, eine lange, dünne Zigarre im Munde, hatte weder etwas Heldenhaftes noch Dienerhaftes; er war ein ganz alltäglicher Mensch.

»Herein!« brüllte er. — Seine Fröhlichkeit tat sich in der Tonstärke kund. »Herein, mein Alter!«

Er staubte mit großer Umständlichkeit einen wackligen Stuhl ab; aber Hermann beachtete diese Höflichkeit gar nicht.

Es war ein großes, einfach möbliertes Zimmer. Ein Bett, ein

Tisch, ein paar Stühle, einige mit vielen Gepäckzetteln beklebte Koffer, ein Bild von Präsident Carnot und ein kleines Heiligenbild über dem Kaminsims schienen diesen Raum für Micheloff zum »Heim« zu machen.

»Schließen Sie die Tür ab!« befahl Hermann. »Ich habe etwas sehr Wichtiges mit Ihnen zu besprechen und möchte nicht gestört werden.«

Gehorsam drehte der Kleine den Schlüssel um.

»Mein Freund«, begann Hermann, »ich habe eine große Arbeit für Sie — die beste Arbeit, die Sie finden könnten, soweit Bezahlung in Frage kommt. Tausend Pfund für Sie und weitere tausend Pfund zur Verteilung unter Ihre Freunde. Es ist die letzte Arbeit, um die ich Sie bitte. Glückt sie, dann brauche ich Ihre Hilfe nicht mehr, glückt sie nicht, dann können Sie mir nicht mehr helfen.«

»Sie soll gelingen, mein Alter!« rief der Kleine begeistert. »Ich werde für Sie mit noch größerem Eifer arbeiten, seit ich weiß, daß Sie mit mir eines Geistes sind. Ha, Schüler Le Cinqs!«

Er schüttelte in plump-vertraulicher Scherzhaftigkeit den Kopf. »Was sollten wir Sie lehren, das Sie uns nicht lehren könnten!«

Hermann lächelte. Er war für Lob nie unempfänglich — nicht einmal für Lob aus dem Munde eines notorischen Halsabschneiders. »Getötet darf nicht werden! Darüber bin ich hinaus. Noch immer setzt die verfluchte Polizei ihre Nachforschungen nach dem Mörder der Gritter fort.«

»Um so besser!« fiel der andere lebhaft ein. »Ich bin wie ein kleines Kind. Solche Sachen stimmen mich traurig. Ich habe ein weiches Herz. Ich könnte weinen.«

Tränen standen ihm in den Augen.

»Lassen Sie das Flennen, Sie Narr!« Hermann haßte Tränen.

Micheloff spreizte seine fetten Hände. »Exzellent! Ich weine nicht«, sagte er mit großem Nachdruck.

»Kennen Sie King Kerry?« fragte Hermann mit gedämpfter Stimme.

Der andere nickte.

»Sie kennen sein Büro?«

Micheloff zuckte mit den Schultern. »Wer kennt nicht das Büro des großen King Kerry — das Fenster, die Spiegel, den Safe voller Millionen — ma foi!«

»Sie werden herzlich wenig Millionen darin finden«, bemerkte Hermann trocken. »Aber Sie werden viel finden, was für mich wertvoll ist.«

Micheloff sah unschlüssig aus.

»Es ist ein großes Wagnis« — die Unterhaltung wurde in abgehacktem Marseiller Französisch geführt — »der Wächter — alles — spricht gegen den Erfolg. Und der Safe — Kombination — ja?«

Hermann nickte.

»Es handelte sich schon einmal um eine Kombination«, sagte der andere bedrückt, »und da gab es einen bedauernswerten Todesfall.«

»Ich habe Grund zu der Annahme«, erwiderte Hermann, »daß er die Kombination jede Woche ändert; sie ist wahrscheinlich gestern geändert worden. Ich will Ihnen zwei Tips geben. Versuchen Sie es mit . . .« Ein Licht blitzte in seinen Augen auf. »Ich möchte wohl wissen«, murmelte er leise und fügte laut hinzu: »Versuchen Sie es mit Else.«

Micheloff nickte. »Das ist nur ein Tip.«

»Mehr kann ich Ihnen jetzt noch nicht geben«, sagte Hermann, sich erhebend. »Wenn das versagt, müssen Sie Ihr Gebläse benutzen; das weitere überlasse ich Ihnen. Nur soviel: Ich muß ein Paket haben, das die Bezeichnung ›Privat‹ trägt. Lassen Sie alles, was sich auf das Geschäft bezieht, in Ruhe; bringen Sie mir aber alles, was mit ›Privat‹ bezeichnet ist.«

Er ließ zweihundert Pfund da, und Micheloff hätte ihn beim Anblick des Geldes umarmt, wenn der andere ihn nicht grob zurückgestoßen hätte.

»Ich liebe Ihre kontinentalen Sitten nicht«, sagte er barsch.

Er ging die Treppe hinunter, begleitet von einem schallenden Gelächter.

Der treue Diener Martin war noch auf, als Hermann heimkam.

»Bringen Sie mir eine Tasse starken Kaffee, und gehen Sie dann zu Bett!«

Er ging in sein Arbeitszimmer hinauf, knipste das Licht an und hängte seinen Rock über die Stuhllehne. Es war eine von seinen Überspanntheiten, daß er seinen eigenen Kammerdiener spielte. Dann zog er einen Stuhl an den Schreibtisch und saß da, das Kinn in die Hand gestützt, bis Martin den Kaffee brachte.

»Stellen Sie ihn hin, und gehen Sie schlafen!«

»Um wieviel Uhr morgen früh?«

Hermann warf ungeduldig den Kopf in die Höhe. »Ich werde die Zeit auf die Tafel schreiben.« An seiner Schlafzimmertür hing eine kleine Porzellantafel, auf die er, wenn es sehr spät wurde, seine Anordnungen schrieb. Er rührte mechanisch den Kaffee um und trank ihn kochend heiß. Dann nahm er die auf ihn wartende Korrespondenz vor. Es war bezeichnend für ihn, daß er trotz des ihm drohenden Ruins die Bittschriften, die von Krankenhäusern und mildtätigen Stiftungen kamen, mit großmütigen Schecks beantwortete. Die paar Briefe, die er in seiner großen, unregelmäßigen Handschrift schrieb, waren kurz. Endlich hatte er alles erledigt und nahm seine alte Stellung wieder ein.

So blieb er sitzen, bis die Uhr vier schlug. Dann ging er in sein Schlafzimmer und schloß die Tür hinter sich ab.

Kapitel 27

Eine Schauspielbühne brachte in einem ihrer Stücke ein Lied, in dem King Kerrys geschäftliche Erfolge besungen wurden.

Es war ein harmloser Witz; aber das große Haus brüllte vor Vergnügen über diesen neuesten Schlager der lustigsten aller Revuen.

Keiner lachte herzlicher als King Kerry selbst im Schatten seiner Loge, in der er in Gesellschaft Else Marions, Vera Zeberlieffs und Gordon Brays saß.

»Dies ist die letzte Perle in Ihrem Ruhmeskranz«, sagte Gordon Bray, der sich zu King Kerry vorlehnte und sich köstlich amüsierte.

»Wann reisen Sie ab?« erkundigte sich Vera gleich darauf.

»Ende der Woche«, antwortete Kerry. »Es ist ja für Marienbad ziemlich spät, aber ich fürchte, ich werde trotzdem vierzehn Tage wegbleiben.«

»Sie fürchten?« lächelte Bray.

Der Millionär nickte und fügte ernst hinzu: »Ja ... Eigentlich möchte ich überhaupt nicht weg. Es gibt nichts Besseres für die Gesundheit als Interesse an der eigenen Arbeit — und ich bin noch nicht abgestumpft.«

Sie sahen sich die Revue bis zu Ende an und gingen dann zum Abendessen.

Vera gehörte dem »Klub der Sechshundert« an, und in dieses exklusive Hotel begab sich die Gesellschaft. King Kerry benutzte die erste sich bietende Gelegenheit, um ein paar Worte mit Vera allein zu sprechen.

»Ich möchte Sie morgen besuchen; ich habe etwas sehr Wichtiges mit Ihnen zu besprechen, etwas, das Sie meines Erachtens wissen müssen.«

Sein Ton war so ernst, daß die junge Dame ihn etwas beunruhigt ansah.

»Es handelt sich wohl wieder um Hermann?«

Er nickte. Sie hatte das Gefühl, daß King Kerry Bescheid wußte.

»Es hat mit Hermann zu tun. Ich fürchte, es steht Ihnen noch eine kleine Unannehmlichkeit bevor ... Ich hätte Ihnen das gerne erspart, aber ...«

Sie zuckte resigniert die Schultern. »Ich kann noch mehr vertragen«, erwiderte sie. »Ich glaube nicht, daß Sie sich wirklich vorstellen können, was das für ein Leben mit Hermann gewesen ist.«

»Ich kann es mir denken«, lautete die grimmige Antwort.

Bei Tisch fand sie ihre gute Laune wieder und spielte die liebenswürdige Wirtin. Else, für die dies eine neue, schöne Welt war, erlebte eine blendende Stunde.

Die »Sechshundert« sind der feinste Nachtklub. Herzoginnen bestellten Tische voraus, und die bekanntesten Schauspielerinnen der Welt sind Mitglieder. Man kann sie jeden Abend in ihren kostbaren Toiletten an den kleinen Tischen des Speisesaals sitzen sehen. Hier war Lachen, Musik, Gesang, der ganze Zauber des Lebens — des Lebens der Vornehmen und der Künstler.

Elsa trank die ungewohnten Szenen in sich hinein, erregt durch das Licht und das Gefunkel. Es war in nichts mit dem zu vergleichen, was sie bisher gesehen hatte. Niemand starrte sie an; Berühmtheiten gingen im Klub ein und aus, und die geflüsterte Bemerkung, der »König von London« sei zugegen, erregte nur vorübergehendes Interesse.

Vera saß neben Kerry, und nach dem ersten Gang flüsterte sie ihm zu: »Hermann ist hier; er sitzt ein klein wenig links hinter Ihnen.«

Er nickte. »Ich sah ihn hereinkommen; ich befürchte hier nichts von ihm.«

Er sah nach der Uhr.

»Oh, bitte, denken Sie noch nicht an Aufbruch«, bat Vera.

»Ich will auch noch nicht gehen. Aber, wie Sie wissen, pflege ich abends, ehe ich heimgehe, noch einmal in meinem Büro vorzusprechen, und ich wollte eben nur einmal sehen, wieviel Uhr es ist.«

Hermann Zeberlieff, dem diese Bewegung nicht entgangen war, stand plötzlich auf, ließ den eleganten Martin Hubbard, den er eingeladen hatte, ohne ein Wort der Entschuldigung sitzen und ging zu Kerrys Tisch hinüber.

Eisiges Schweigen empfing ihn. Er ließ sich dadurch aber in keiner Weise in Verlegenheit bringen.

Von dem Platz, wo er stand, konnte er auf King Kerry und seine Schwester hinuntersehen; sein hübsches Gesicht strahlte vor guter Laune.

»Hat jemand Lust«, fragte er langsam, »das Kriegsbeil ein wenig zu begraben?«

Er wandte sich mit seiner Frage an die ganze Gesellschaft. Nicht ein einziger war darunter, den er nicht schon beleidigt hatte. Else wußte vielleicht nicht, welche Rolle er gespielt hatte, aber sie sah ängstlich zu ihm auf.

Gordon Bray, der an den ihm kredenzten Likör und an das Erwachen in einem gewissen dunklen Keller dachte, wurde dunkelrot. Aus King Kerrys Gesicht war nichts zu lesen. Nur Vera lächelte heiter dem Menschen zu, der keine Mühe gescheut und alles versucht hatte, sie aus der Welt zu schaffen.

»Wenn Sie in diesem ausnehmend lustigen Augenblick gestatten, daß ich mich zu Ihnen setze, würde ich Ihnen sehr, sehr dankbar sein.«

Die Lage war heikel und peinlich. Vera ließ sich durch seine Fröhlichkeit täuschen und sah Kerry bittend an.

»Gewiß«, erwiderte dieser. »Wollen Sie den Kellner bitten, einen Stuhl für Ihren Bruder zu bringen?«

»Was wird aus deinem Gast?« fragte Vera.

Hermann zuckte die Schultern. »Er erwartet jemand; er wird übrigens sehr froh sein, daß er mich los ist.«

Zufällig hatte er wenigstens teilweise die Wahrheit gesprochen, denn Hubbard erwartete Leete, der sich denn auch ein paar Minuten später zu ihm gesellte. Aber da die beiden hier zusammengekommen waren, um mit dem Manne, der sie so seelenruhig im Stich gelassen hatte, einiges zu besprechen, fanden sie nur wenig Trost in ihrer eigenen Gesellschaft.

Hermann war bezaubernd. Noch nie hatte ihn King Kerry so heiter, so lustig, so voll sprudelnden Witzes, so zu harmlosen Scherzen aufgelegt gesehen.

Das war ein neuer Hermann, ein angenehmer, feingebildeter Mann, der mit dem Ton und dem Humor der Welt durchaus vertraut war. Er erzählte neue Geschichten und Anekdoten, die merkwürdigerweise noch keiner von ihnen gehört hatte. Aber nicht einmal richtete er das Wort an Kerry; dagegen zog er Bray bei jeder Gelegenheit freundlich ins Gespräch. So ärgerlich dieser auch bei dem Gedanken an die unangenehme Erfahrung, die hinter ihm lag, war, so sah er sich doch bald mit dem Mann, der ihn so schlecht behandelt hatte, in angeregter Unterhaltung.

Der Kaffee war schon lange gereicht. King Kerry wurde unruhig. Er hatte noch etwas im Büro zu tun; außerdem liebte er es nicht, so lange aufzubleiben, weil dadurch die Arbeit des folgenden Tages ungünstig beeinflußt wurde. Er brauchte mindestens sieben Stunden Schlaf.

Hermann plauderte immer noch weiter, und sie mußten gegen ihren Willen zuhören und lustig sein.

Hubbard und Leete waren längst gegangen, und Hermann hatte ihre finsteren Blicke mit seinem liebenswürdigsten Lächeln erwidert. Die existierten für ihn jetzt nicht.

Allmählich leerten sich die Tische.

Veras Tisch gehörte zu den vier letzten, die noch besetzt waren.

»Ich glaube, wir müssen jetzt aber wirklich gehen«, sagte Kerry, »es ist gleich drei.«

Sie standen auf; Hermann entschuldigte sich: »Ich fürchte, ich habe Sie zu lange aufgehalten.«

Während Vera die Rechnung beglich, kam der junge Lord Fallingham, den King Kerry oberflächlich kannte, mit einer ausgelassenen Gesellschaft herein.

Er wollte gerade an einem Tisch Platz nehmen, als er den Millionär sah und zu ihm herüberkam.

»Wie geht's, Herr King Kerry?« begrüßte er ihn herzlich. »Ich beglückwünsche Sie zu dem Gelingen Ihres Planes und bedaure nur, daß der erfolgreiche Abschluß Ihres Geschäfts London um einen so malerischen Anblick ärmer macht.«

»Meinen Sie mich?« fragte King Kerry gut gelaunt.

»Ich meine Ihren ›Juwelenschrein‹«, erwiderte der junge Lord.

King Kerry schüttelte den Kopf. »Es wird noch lange dauern, bis der Juwelenschrein verschwindet. Der einzig sichtbare Beweis für das Vorhandensein des Trusts wird noch viele Jahre bestehenbleiben.«

Der junge Mann sah ihn ein wenig verwundert an.

»Aber Sie ziehen doch aus der Glasshouse Street fort?« beharrte er. »Ich war heute abend dort, um Sie aufzusuchen; ich komme gerade von Ihrem Büro.«

»Sie kommen gerade von meinem Büro?« wiederholte Kerry erstaunt.

»Ja — ich habe da jemand«, er zeigte mit dem Kopf nach seinem Tisch, »der eben aus Indien zurückgekommen ist, und ich führte ihn hin, um ihm die wunderbare Sehenswürdigkeit zu zeigen, aber leider war keine wunderbare Sehenswürdigkeit mehr zu sehen.«

»Was meinen Sie nun eigentlich?« fragte King Kerry scharf und beinahe gebieterisch. »Ich bin aus der Glasshouse Street nicht ausgezogen.«

»Ich verstehe Sie nicht ganz«, sagte Fallingham langsam. »Das Haus ist dunkel, und zwei große Plakate draußen an den Fenstern besagen, daß Ihr Büro nach Piccadilly Circus Nr. 106 verlegt ist.«

Einen Augenblick begegnete Elses erschrockener Blick den Augen des Millionärs; dann wandte Kerry sich plötzlich dem lächelnden Hermann zu.

»Ich verstehe«, sagte er, ohne seine Stimme zu erheben.

»Wirklich, Herr King Kerry? Was verstehen Sie denn?« fragte der andere gedehnt.

»Ich verstehe jetzt Ihr Eindringen in unseren Kreis . . .«

Mit einer Entschuldigung verließ er die Gesellschaft und eilte die Treppe hinunter.

Er rief die erste Taxe an und fuhr zu seinem Büro. Die Front war in Dunkelheit gehüllt. Er schaute durch das Fenster, konnte aber den Safe nicht sehen. Wenn einmal das Licht aus war, was seit Eröffnung des Juwelenschreins nicht der Fall gewesen war, stand der Safe im Schatten.

Er schloß die Haustür auf, trat ein und drückte auf den Schalter an der linken Seite der Tür. Das Licht brannte nicht. Er trat wieder auf die Straße und rief den nächsten Schutzmann.

»Hier ist eingebrochen worden«, sagte er.

»Eingebrochen? Nanu, ich dachte, Sie wären heute nacht umgezogen.«

»Wer hat diese Plakate angebracht?« King Kerry deutete auf die großen, gedruckten Plakate an den Fenstern.

»Ich weiß es nicht. Als ich meinen Dienst antrat, war das Büro dunkel und die Plakate bereits angeklebt. Als ich hier kein Licht sah, habe ich selbstverständlich gemäß den Polizeiinstruktionen gehandelt und bin hinübergegangen; aber als ich die Plakate sah, glaubte ich, daß alles in Ordnung sei.«

Er pfiff zwei seiner Kameraden herbei, und die vier betraten das Gebäude — die Polizisten ließen ihre Lampen aufblitzen. In der Loge des Verwalters fanden sie den unglücklichen Wächter, dessen Pflicht es war, die Schätze des Safes zu bewachen. Er war bewußtlos; man hatte ihn niedergeschlagen, geknebelt und gebunden. Die Hilfe kam gerade zur rechten Zeit, um ihm das Leben zu retten.

Der Verwalter war nirgends zu sehen. Sie fanden ihn später in dem kleinen Büro; man hatte ihn ebenso wie seinen Gehilfen behandelt. Das einzige, was er aussagen konnte, war, daß plötzlich, während er in seinem Stuhl saß, irgend etwas in sein Gesicht gespritzt worden war, das ihm den Atem genommen hatte. »Ich glaube, es war Salmiakgeist«, keuchte er. Ehe er sich habe wehren oder schreien können, sei er niedergeschlagen worden und gefesselt und geknebelt in dem kleinen Büro wieder zu sich gekommen.

Die Untersuchung ergab, daß alle Leitungsdrähte durchgeschnitten waren. Wahrscheinlich war der Einbruch im Augenblick der Polizeiablösung geschehen.

Es war nicht nötig, die Stahltür aufzuschließen, die von dem hinteren Büro in das Vorderzimmer führte; das Schloß war herausgebrannt. Der Safe stand weit offen und war anscheinend unbeschädigt.

King Kerry stieß einen unterdrückten Schrei aus.

»Borgen Sie mir Ihre Lampe«, sagte er und durchsuchte hastig den Inhalt des Safes. Die Geschäftspapiere waren nicht in Unordnung gebracht oder doch wieder so hingelegt worden, wie sie gelegen hatten. Ein kleines Päckchen aber, das für Kerry wichtigste, war verschwunden.

»Sie täten am besten, ein Protokoll hierüber aufzunehmen«, sagte er nach langem Schweigen. »Ich will jemand holen, der die Leitung wieder in Ordnung bringt.«

Er saß bei dem schwachen Licht einer Kerze in seinem Büro; so fand ihn Else, die, durch Kerrys Aussehen beunruhigt, ihm gefolgt war.

»Ist etwas gestohlen worden?« fragte sie.

»Ein Paket, das mir gehört«, antwortete er ruhig, »aber glücklicherweise ist nichts, was das Geschäft betrifft, angerührt worden.«

»Sind Sie sicher, daß das Paket weg ist?« fragte sie.

Das war so eine richtige Frauenfrage, der unvermeidliche Ausdruck des Mißtrauens in die Fähigkeit des Mannes. Er lächelte schwach. »Sehen Sie selbst nach; da steht eine Lampe.«

Sie ging in das vordere Zimmer. Der Safe stand noch immer offen. Sie war eifrig mit dem Durchsuchen des Inhalts beschäftigt, als ihr einfiel, daß sie gar nicht wisse, was sie suchen müsse.

Sie ging zu Kerry zurück.

»Es ist ein Bündel langer Umschläge mit der Aufschrift ›Angelegenheiten King Kerrys. Privat‹.«

Sie nickte und ging wieder. Jeder Umschlag im Safe wurde umgedreht, aber nichts war zu finden. Dann ließ sie den Lichtstrahl über den Boden wandern, und hier fand sie etwas: einen langen, sorgfältig versiegelten dünnen Umschlag, der an der Seite des Safes lag.

Sie hob ihn auf und las beim Schein der Lampe: »Trauschein King Kerrys und Henriette Zeberlieffs.«

Das junge Mädchen starrte auf den Umschlag.

Zeberlieff! Hermanns Schwester!

Kapitel 28

»Voilà!« sagte Micheloff.

Er stand in der Haltung vollkommenster Zufriedenheit da. Das verschnürte Bündel Umschläge auf dem Schreibtisch war ein stummer Zeuge von der Geschicklichkeit des Mannes.

Auf Hermanns Wangen zeigten sich zwei rote Flecken, und seine Augen blitzten triumphierend. »Endlich! Sie sind ein wunderbarer Mensch!« sagte er ironisch.

Micheloff zuckte mit den Schultern. »Es war nichts. Der ideale Gedanke stammte von Ihnen, mon général! Wer außer Ihnen hätte daran gedacht, die Plakate an die Fenster zu kleben! Das war ein Meisterstück! Das übrige war leicht.«

»Sie mußten das Schloß herausschweißen, nicht wahr?« fragte Hermann, während er die Verschnürung des Bündels löste.

Micheloff schüttelte den Kopf. »Es war einfach. Auch hier wieder Ihr Tip!«

Er breitete bewundernd die Arme aus.

»Mein Tip?« fragte der andere rauh. »Öffneten Sie den Safe mit dem Namen, den ich Ihnen angegeben hatte?«

Der andere neigte zustimmend den Kopf.

»Mit Else?«

Micheloff nickte wieder.

Die Brauen Hermann Zeberlieffs waren zusammengezogen, sein Unterkiefer kampflustig vorgeschoben; er bot in diesem Augenblick keinen schönen Anblick.

»Else«, wiederholte er. »Verdammter Kerl! Er soll es bereuen!«

Er schnitt ungeduldig die Schnur auf und prüfte jeden Umschlag.

»Sie haben einen vergessen.«

»Unmöglich«, erwiderte Micheloff seelenruhig. »Ich habe alles sehr sorgfältig untersucht. Jeder einzelne ist hier.«

»Einer war dabei, der einen Trauschein enthielt«, sagte Hermann.

»Der ist auch dabei«, entgegnete Micheloff. »Ich erinnere mich ganz genau, daß ich den mit dazulegte.«

»Er ist nicht hier.« Zeberlieff suchte von neuem. »Sie Narr! Den allerwichtigsten haben Sie liegenlassen!«

»Das ist außerordentlich schade«, sagte Micheloff ein bißchen ungeduldig. Er hatte das Angeschnauztwerden satt. Er wollte ein kleines Lob für die Gefahr, der er sich ausgesetzt, für die Arbeit, die er geleistet hatte.

»Trotzdem, glaube ich, haben Sie genug für Ihr Geld.«

Hermann überlegte einen Augenblick, ging zu einem kleinen Safe in der Wand, öffnete und entnahm ihm ein Bündel Banknoten. Er zählte sorgfältig zehn ab und übergab sie Micheloff, von dem sie sofort nachgezählt wurden.

»Das ist genau die Hälfte von dem, was Sie versprochen haben.«

»Das ist genau alles, was Sie bekommen werden. Sie haben das, was ich verlangte, um was ich Sie ganz besonders gebeten habe, nicht gebracht.«

»Ich verlange weitere tausend Pfund«, sagte Micheloff, während seine kleinen Augen funkelten. »Ich wünsche weitere tausend Pfund, Monsieur, und ich werde nicht eher weggehen, als bis ich das Geld habe.«

»Sie werden schon gehen.« Hermann tat einen Schritt auf ihn zu.

Micheloff ließ es diese Nacht nicht darauf ankommen. Er hatte die weißen Hände des anderen schon einmal an seiner Kehle gespürt, und das war eine Erfahrung, zu deren Wiederholung er keine Neigung verspürte.

Hermann machte vor der schwarzen Mündung eines Revolvers halt.

»Nein, nein, mein Alter! Wir wünschen keine weitere Vorstellung des Schülers von Le Cinq.«

»Stecken Sie den Revolver weg, Sie Narr!« schrie Hermann. »Stecken Sie das Ding weg!«

Er war furchtbar aufgeregt, fast in einem Zustand des Entsetzens. Er fürchtete Feuerwaffen außerordentlich, und sogar Micheloff war über die Blässe und das Beben Zeberlieffs aufs höchste erstaunt.

Ein menschliches Rühren ließ den kleinen Russen die Hand senken.

»Richten Sie nie wieder eine Schußwaffe auf mich«, sagte Hermann heiser. »Ich kann das nicht vertragen. Das ist eins von den Dingen, die ich mehr hasse als alles andere in der Welt.«

Er ging wieder zum Safe, zählte noch einmal mit zitternden Fingern zehn Banknoten ab und warf sie auf den Tisch.

»Da, nehmen Sie!«

Micheloff raffte sie, ohne zu zählen, zusammen und ging zur Tür.

»Mein Freund«, sagte er großartig, »ich grüße Sie — und ziehe mich zurück!«

Und nun war Hermann Zeberlieff allein.

Sehr sorgfältig prüfte er den Inhalt der Umschläge. Einer von ihnen enthielt einen Pack Briefe, die ihm eine stille Freude bereiteten. — Die Briefe waren von seiner eigenen Hand.

Er las sie wieder und wieder durch und verbrannte sie sorgfältig in dem Feuer, das er zu diesem Zweck in seinem Arbeitszimmer angezündet hatte. Ein Umschlag war da, den er nicht berührte; er trug den Namen eines Mädchens, das ihn geliebt und mit Entsetzen hinter sein Geheimnis gekommen war und in der Verzweiflung sich das Leben genommen hatte.

Er drehte den Umschlag um und um — etwas hinderte ihn, seinen Inhalt zu untersuchen. Das Kinn auf die Handfläche gestützt, saß er nachdenklich da. Dann fielen ihm Micheloffs Worte wieder ein, und er richtete sich kerzengerade in seinem Stuhl auf.

»Else«, wiederholte er, und seine Lippen kräuselten sich verächtlich.

Das war es also! — Dieser Mann hatte sich in ein Mädchen verliebt, das er irgendwo aufgelesen hatte.

Sie war ihm so wertvoll, daß er sie mit seinen Geheimnissen vertraut machte. Dieses Mädchen hatte alles, wonach Hermann Zeberlieff sich sehnte. — Einmal hatte er Gelegenheit gehabt, King Kerry am nächsten zu stehen, an erster Stelle unter seinen Freunden, mit seinem Vertrauen beehrt; und sein Vermögen war in dem Maße, wie das des Millionärs sich vergrößerte, auch gewachsen.

Er hatte sich die Gelegenheit entgehen lassen, und dieses Mädchen hatte alles genommen, was er verachtet hatte. —

Nur ein Umschlag war noch zu prüfen. Von dessen Inhalt hing Hermanns Zukunft ab.

Er hatte die Aufschrift flüchtig gelesen. Insoweit war er befriedigt, daß er sich nicht getäuscht hatte; auf dem Umschlag stand geschrieben: »Betrifft meine Ehe.«

Er räumte alle anderen Papiere weg und verschloß sie in einer Schublade seines Schreibtisches. Dann öffnete er den einen Umschlag, den er zurückgelassen hatte. Er enthielt zwanzig engbeschriebene Bogen Papier. Aufmerksam las er Bogen für Bogen durch, bis er die gesuchte Stelle fand. Er hatte eine andere Fassung erwartet und war im ersten Augenblick enttäuscht, nicht mehr zu finden als die eine Angabe, die er jetzt las. Aber die Stelle behob wenigstens jeden Zweifel — er las sie immer und immer wieder und prägte sich den Wortlaut ein, bis er ihn auswendig kannte. Er lautete:

»Meine Heirat war ein Unglück. Das Warum ist aus dem Vorhergehenden ersichtlich. Henriettes Mutter war in einer Irrenanstalt gestorben, was ich vor der Hochzeit nicht gewußt hatte. Die Mutter hatte ihrer Tochter etwas von ihrem willensstarken Charakter, aber auch den völligen Mangel an Verantwortungsgefühl vererbt.

Die Gesetze der Vereinigten Staaten waren ihr ganz unbekannt, und daher erklärt sich auch wahrscheinlich das Verbrechen, das sie begangen hatte — um ihrer Tochter willen. Als ich Henriettes wirklichen Charakter entdeckte, als ich zur vollen Erkenntnis ihrer furchtbaren, sie völlig beherrschenden Leidenschaft kam, als ich einsah, wie völlig unmöglich eine solche Ehe sei, da wurde mir klar, in was für eine entsetzliche Lage ich geraten war. Ich liebte Henriette nicht; ich glaube auch nicht, daß sie zu irgendeiner Zeit meines Lebens das unbedingte und gläubige Vertrauen, das die Grundlage der Liebe ist, in mir erweckt hat. Der Zauber einer schönen Frau hatte mich geblendet, ihre exotische Schönheit hatte mich aus der Bahn geworfen — sie war in jenen Tagen kaum mehr als ein Kind.

Ich befragte meinen Anwalt. Vor der Hochzeit hatte ich meine Verfügungen getroffen und hatte für sie in meinem Testament zehn Millionen Dollar im Falle meines Todes ausgesetzt. Jetzt wollte ich wissen, wieweit ich durch jenen Kontrakt gebunden war.

Es lag nicht in meiner Absicht, sie um ihr Erbe zu bringen, obgleich ein großer Teil ihres mütterlichen Besitzes ihr zufallen würde. Sie hätte den Verlust nicht gespürt, wenn ich meinen Heiratsantrag hätte annullieren können. Aber die Anwälte erklärten mir, dies würde nicht möglich sein, ohne daß die Sache an die große Glocke käme, was ich zu vermeiden wünschte; und selbst dann wäre es zweifelhaft, ob ich gewinnen würde.

Es ist ein furchtbarer Gedanke, daß diese Frau durch meinen Tod in den Besitz eines solchen Vermögens kommen soll —

furchtbar, weil ich bestimmt weiß, daß Hermann Zeberlieff nicht zögern würde, mich umzubringen, wenn er wüßte, daß Henriette dadurch etwas gewinnt.«

Hermann las das Blatt durch und faltete es mit einem stillen Lächeln zusammen.

»Du hast ganz recht, mein Freund. Henriette hat einen sehr treuen Bruder.«

Er verschloß das Dokument in seinem Safe; dann stand er grübelnd am Kamin.

»Ich möchte wohl wissen, warum ich Feuerwaffen hasse«, sagte er halblaut. »Das scheint mir jetzt das einzige zu sein, was helfen kann.«

»Es ist aus mit dir!« Er drohte mit der Faust. »Es ist aus mit dir, King Kerry . . .! Arme Henriette!« Er lächelte wieder.

Wo war diese Frau King Kerrys?

Hermann wußte es — sehr genau wußte er es.

Else, die sich in ihrem zerwühlten Bett in Chelsea ruhelos, schlaflos von einer Seite auf die andere warf, dachte und dachte und konnte der Lösung des Rätsels doch nicht näherkommen.

Als die Morgensonne in ihr Zimmer flutete, war sie noch wach und dachte immer noch nach.

Kapitel 29

»Sie wollen mich sprechen, Herr Kerry?«

Vera sieht heute morgen schön aus, dachte Kerry. Sie erinnerte ihn etwas an ihre Schwester — ihre Schwester, wie sie in ihrer besten Zeit gewesen war.

Es war etwas in Veras Gesicht, das Henriette niemals besessen hatte — etwas Sanftes, Menschliches, Gütiges.

»Ja, ich möchte mit Ihnen sprechen. Ich muß einen Teil Ihrer Familiengeschichte berühren, wenn Sie nichts dagegen haben.«

»Das klingt ja ziemlich beunruhigend«, lachte sie. »Um welchen Teil meiner Familie handelt es sich im besonderen?«

Er zögerte. »Wenn ich mich genau ausdrücken soll, handelt es sich nur um den väterlichen Teil, und selbst Ihr Vater spielt dabei nur eine passive Rolle.«

»Sie sprechen von Hermanns Mutter?« fragte sie rasch.

Er nickte. »Haben Sie je etwas von ihr gehört?«

Vera bejahte.

»Ich habe ziemlich gräßliche Geschichten von ihr gehört«, erwiderte sie langsam. »Sie war eine Reihe von Jahren in einer Irrenanstalt. Armer Papa! Es muß furchtbar für ihn gewesen sein!«

»Das war es«, bestätigte King Kerry. »Sie war Polin, ein sehr schönes Mädchen. Ihr Vater wanderte mit einer großen Familie in den sechziger Jahren von Polen nach Amerika aus, und sie lernte ihn kennen, als sie knapp den Kinderschuhen entwachsen war. Ich habe Grund zu der Annahme, daß die Familie adeliger Herkunft ist, aber, wenn Sie nichts dagegen haben, daß ich ganz offen spreche . . .«

»Nicht das geringste«, entgegnete Vera.

»Sie waren ziemlich heruntergekommen.«

Sie nickte und sagte halb lächelnd: »Das weiß ich.«

»Hermanns Mutter hatte viele auffallende Ideen, schon als Kind, und vielleicht die seltsamste von allen war eine, die sehr viel Unglück zur Folge hatte.« Er zögerte. — »Wissen Sie, daß Sie eine Halbschwester haben?«

Vera zog die Augenbrauen hoch. »Eine Halbschwester?« fragte sie ungläubig. »Nein, ich hatte keine Ahnung davon.«

»Ich habe sie geheiratet«, erklärte er einfach.

Sie sah in verwundert an. Einen Augenblick sprach keiner von ihnen.

»Ich habe sie geheiratet«, fuhr er fort. »Ich sah sie in Denver City. Sie war auf einer Fahrt zu ihren Verwandten im Westen, und ich war in jenen Tagen jung und ungestüm. Ich sah sie auf einem Ball; wir verlobten uns noch am selben Abend, und nach einer Woche waren wir bereits verheiratet.«

Er ging, die Hände auf dem Rücken, im Zimmer auf und ab.

»Ich muß aber sagen«, fuhr er langsam fort, »daß diese Heirat ein gräßlicher Fehler war, ein Fehler, der leicht mein ganzes Leben hätte verbittern können. Der Schatten Henriette Zeberlieffs hat fünfzehn Jahre über mir geschwebt, und es hat Zeiten gegeben, in denen mein Dasein unerträglich war.«

»Ist sie noch am Leben?« fragte sie.

Kerry nickte. »Ja, sie lebt noch.«

»Weiß es Hermann?« fragte sie schnell.

Er nickte wieder.

»Und er verbirgt sie? Ist sie auch wahnsinnig?«

Kerry sann einen Augenblick nach. »Ich glaube, ja.«

»Wie furchtbar!«

Der Schmerz in Veras Stimme erregte sein Mitleid.

»Kann ich nicht zu ihr gehen? Kann ich sie nicht besuchen?«

»Sie könnten damit nichts erreichen; Sie müssen wie ich abwarten. Ich hatte Ihnen eigentlich noch mehr sagen wollen — aber ich weiß nicht, es bleibt mir in der Kehle stecken. Letzte Nacht wurde, wie Sie wissen, bei mir eingebrochen; dabei sind die Dokumente, die sich auf meine Ehe beziehen, gestohlen worden. Ich habe meine eigenen Gedanken, warum sie gestohlen wurden. Aber ich hielt es für möglich, daß Sie in den nächsten Tagen erfahren würden, was ich Ihnen soeben erzählt habe, und vielleicht noch mehr. Es ist richtiger, daß ich Sie auf den Schreck vorbereitet habe.«

Er nahm seinen Hut auf. Mit Tränen in den Augen kam sie auf ihn zu und legte beide Hände auf die seinen.

»Ich habe geglaubt . . .«, sie sah ihn fest an.

»Was haben Sie geglaubt, Fräulein Zeberlieff?«

»Ich habe geglaubt«, sagte sie mit einem kleinen Stocken, »daß Else . . .«

Er nickte. »Wollte Gott, es wäre so!« sagte er leise. »Geld ist nicht alles, nicht wahr?« Er machte einen rührenden Versuch zu lächeln.

»Es ist nicht alles«, wiederholte sie leise. »Ich glaube, das einzige, was im Leben Wert hat, ist die Liebe.«

Er nickte. »Gott sei Dank! Sie haben sie gefunden!« Und indem er ihr Gesicht in die Höhe hob, küßte er sie auf die Wange.

»Sie sind meine Schwägerin«, lächelte er. »Und diese Freiheit ist durch meine Verwandtschaft völlig zu rechtfertigen.«

Er ging zum Lunch in seinen Klub, denn er war nicht in der

Stimmung, Else zu sehen.

Nach dem Essen stand er einen Augenblick auf der Treppe des Klubhauses und rief dann eine vorüberfahrende Taxe an. Als er einsteigen wollte, trat ein Eilbote in das Haus. Gerade als sich der Wagen in Bewegung setzte, kam ein Kellner mit einem Brief in der Hand die Treppe heruntergelaufen.

»Dies ist soeben für Sie abgegeben worden, mein Herr.«

King Kerry riß den Umschlag auf und las:

»Zum letztenmal bitte ich Sie um Ihren Besuch. Ich fahre morgen nach Südamerika, um mein Vermögen wiederzuerlangen. Kommen Sie in die Park Lane. Es ist nichts zu befürchten.«

»Zum letztenmal!« wiederholte King Kerry. Er zerknüllte den Brief und steckte ihn in die Tasche. Dann wandte er sich zu dem Kellner: »Antwort unnötig. — Chauffeur, ich möchte zur Park Lane No. 410.«

Kapitel 30

»Sie sind also doch gekommen?«

»Zum letztenmal!«

»Ganz bestimmt«, nickte Hermann, dann fragte er rasch: »Was ist das?«

King Kerry hatte eine Zeitung, die er unterwegs gekauft hatte, auf den Tisch gelegt. Er hatte Hermanns Worten nicht recht getraut und wollte in einer Zeitung die Abfahrtszeiten der Schiffe kontrollieren.

Soweit er bei einem flüchtigen Überfliegen der Dampferliste erkennen konnte, hatte Zeberlieff die Wahrheit gesprochen.

Hermann riß die Zeitung an sich; sein Gesicht sah plötzlich verstört und verfallen aus.

Über seine Schulter las der Millionär die fettgedruckten Überschriften:

Schießerei in Whitechapel.
Bekannter Verbrecher verhaftet.
Der Täter legt ein volles Geständnis ab.

Hermann überflog hastig die Zeilen.

Der Verhaftete war Micheloff — und er würde gestehen — alles sagen! Alles würde jetzt ans Tageslicht kommen; der kleine Russe würde nicht zögern, irgendeinen und jeden hineinzuziehen, um sein eigenes Leben zu retten oder wenigstens sein Urteil zu mildern.

Er hatte also ein volles Geständnis abgelegt!

Was hatte er eingestanden? Die Zeitung brachte nur den knappen und vorsichtigen Bericht: »Der Gefangene hat eine umfangreiche Aussage gemacht, die noch nachgeprüft werden muß«, und meldete weiter, »daß die Polizei den Eigentümer einer großen Geldsumme suche, die im Besitz des Gefangenen gefunden worden sei.«

So war denn alles aus!

Er warf die Zeitung auf den Tisch.

Das Spiel war verloren. Er stand vor seinem letzten verzweifelten Wagnis und dann: »Lebewohl, Hermann Zeberlieff!«

»Das hat Sie wohl ziemlich mitgenommen?« fragte King Kerry, der den Bericht auf seiner Fahrt zu Hermanns Wohnung schon überflogen hatte.

»Es nimmt mich nicht so sehr mit«, erwiderte Zeberlieff. »Es ändert nur meine Pläne ein bißchen — und es wird vielleicht auch die Ihrigen ändern. Ich habe sehr wenig Zeit.«

Er sah auf seine Uhr. Kerry erblickte einen gepackten Koffer und einen Überzieher auf einem Stuhl und folgerte daraus, daß Zeberlieff Vorbereitungen für eine sofortige Abreise getroffen hatte.

»Aber diese kurze Zeit«, fuhr Hermann fort, »muß voll ausgenutzt werden. Zum letztenmal, King Kerry, wollen Sie mir helfen?«

»Mit Geld? Nein! — Wie oft habe ich Ihnen geholfen! Haben Sie nicht jedesmal die Unterstützung, die ich Ihnen gewährte, dazu benutzt, mich zu bekämpfen?«

»Ich verlange genau eine Million«, versetzte der andere. »Ich gehe nach Südamerika, wo für einen unternehmungslustigen Gentleman genügend Bewegungsfreiheit ist.«

»Sie bekommen nichts von mir.«

»Sie sollten sich noch einmal Ihren Entschluß überlegen, und zwar jetzt!«

Kerry drehte sich um. Ein Revolver war auf ihn gerichtet.

»Überlegen Sie noch einmal, oder Sie sind eine Leiche!« sagte Zeberlieff ruhig. »Ich sage Ihnen, daß ich in einer verzweifelten Lage bin. Ich muß dieses Land noch heute verlassen; es sei denn, daß Sie mir beistehen — nicht nur mit Geld, sondern auch auf jede andere Weise.«

Unten wurde laut an die Tür geklopft. Zeberlieffs verstörtes Gesicht wurde weiß; er ging zum Fenster und schaute hinaus. Drei Männer, offenbar Polizisten in Zivil, standen vor der Tür.

»Jetzt ist's vorbei!« stieß Zeberlieff hervor und feuerte.

In diesem Augenblick sprang Kerry vor und schlug Hermanns Arm in die Höhe. Die beiden rangen miteinander, und die weißen Hände tasteten nach Kerrys Kehle; aber Kerry kannte Hermanns Stärke und — Schwäche.

Es war ein hartes Ringen, doch Zeberlieff war machtlos in Kerrys Armen. Plötzlich flog die Tür auf, und zwei Männer stürzten herein.

Ehe sie ihren Gefangenen fassen konnten, hatte er sich gebückt und den Revolver, der auf den Boden gefallen war, ergriffen. Ein scharfer Knall, und Hermann Zeberlieff fiel seitwärts zu Boden.

Kerry kniete neben ihm nieder und stützte seinen Kopf.

»Oh . . .!« keuchte Hermann im Sterben. »Das ist ziemlich günstig für dich und deine Else.«

Einer der Polizisten beugte sich über ihn.

»Er ist tot!« sagte er, als er das Hemd am Halse des still Daliegenden lockerte. Plötzlich sprang er auf.

»Mein Gott!« keuchte er. »Es ist eine Frau!«

Kerry nickte. »Meine Frau«, murmelte er und blickte auf die Tote zu seinen Füßen.

»Ich hatte es nie geahnt — niemals.«

Veras Augen standen voll Tränen.

»Und doch, jetzt, wenn ich darüber nachdenke — sie erlaubte mir nie, ihr Zimmer zu betreten, sie erlaubte nie einem Diener, ihr behilflich zu sein. Und ich erinnere mich jetzt an so vieles, das meinen Verdacht hätte erregen können.«

»Ihre Mutter hat die Schuld«, sagte King Kerry. »Sie kannte die Gesetze der Vereinigten Staaten nicht und stand unter dem Eindruck, daß der Besitz Ihres Vaters von selbst an einen Sohn fallen würde, dagegen eine Tochter nicht erbberechtigt sei. Sie flehte um einen Sohn, und als Henriette zur Welt kam, war das arme Weib außer sich. Der Arzt wurde bestochen, die Geburt eines Knaben zu bescheinigen, und Tante und Mutter erzogen sie als Jungen. Erleichtert wurde diese Täuschung durch Henriettes Charakter — denn Henriette hatte Gebaren und Charakter eines Mannes. Sie war ein Mann darin, daß sie weder Mitleid noch Gewissensbisse kannte. Sie duldete, daß sich ein schönes Mädchen in sie verliebte, und verriet ihm nicht ihr Geheimnis. Als es entdeckt wurde, verübte das junge Mädchen Selbstmord. — Sie kennen wahrscheinlich die Geschichte . . .«

»Ich weiß«, stammelte Vera, »aber ich glaubte . . .«

»Jedermann glaubte das«, sagte Kerry.

»Eine ihrer Tanten bekam es mit der Angst zu tun und ließ das Mädchen nach Denver kommen, wo sie ein Gut hatte. Sie ließ ihr Haar lang wachsen und kleidete sich als Mädchen. — Dort sah und heiratete ich sie.

Aber der Zauber des alten Lebens — sie war Spekulanten der Wall Street in die Hände gefallen — war zu stark.

Sie wollte für einen Mann gehalten werden, wollte ihre Geschäftstüchtigkeit, ihren scharfen Verstand als Mann gepriesen hören. Sie machte zwei oder drei sehr gute Spekulationen, und das war ihr Verderb. Sie verließ mich und ging nach Wall Street zurück. Ich verhandelte mit ihr; aber mit einem Appell an Henriettes Vernunft war nichts zu erreichen. Sie lachte nur. Am nächsten Morgen brachte sie einen Spekulantenring gegen mich zustande — ruinierte mein Geschäft — mit meinem Geld. Ich machte mir nichts daraus; man kann immer wieder zu Geld kommen. Aber sie setzte ihr Vorhaben fort. Ich handelte mit Korn und drückte die Preise herunter. Sie und ihre Freunde kauften die gesamte Weltproduktion auf, wie sie meinten. Ich machte sie kaputt und gab ihr eine Million, damit sie wieder anfangen konnte. Aber von dem Augenblick an haßte sie mich und verfolgte mich mit boshaften . . .« Er brach ab. »Gott steh mir bei!« sagte er traurig. »Gott steh allen Frauen bei — guten und schlechten!«

Vera Zeberlieff nickte nur.

King Kerry besuchte zwei Monate später Else. Er traf unerwartet in Genf ein, wo sie ihren Urlaub verlebte. Sie begegnete ihm auf dem Quai des Alpes und war glücklich, als sie ihn sah.

Er war wieder jung, die Falten waren aus seinem Gesicht verschwunden, und seine Augen strahlten vor Gesundheit.

»Ich komme eben von Chamonix, wo ich eine Villa gemietet habe.«

»Wollen Sie dort für immer wohnen?« fragte sie niedergeschlagen.

Er schüttelte energisch den Kopf.

Ein Wagen fuhr an ihnen vorbei, und sie hatte Mühe, ein Lächeln zu unterdrücken.

»Wer ist das?« fragte er.

»Erinnern Sie sich noch an Herrn Hubbard?«

Er nickte; er erinnerte sich der »Schönheit« sehr gut.

»Er hat eine furchtbar häßliche Frau geheiratet, und sie wollen ihre Flitterwochen hier verbringen.«

Er nickte wieder. »Seine Wirtin«, erklärte er grimmig. »Das ist poetische Gerechtigkeit.«

»Aber die allerpoetischste Gerechtigkeit«, lachte sie, »ist jedenfalls die, daß Vera und Herr Bray auf ihrer Hochzeitsreise in demselben Hotel wohnen.«

»Das ist hart«, gab King Kerry lächelnd zu, »und, wie Sie sagen, sehr gerecht.«

»Wirklich schrecklich«, bemerkte sie, »wieviel Hochzeitsreisende es hier in Genf gibt.«

Er legte seinen Arm um sie und führte sie am Kai entlang.

»Wir werden ihre Zahl nicht vermehren; wir gehen nach Chamonix.«

»Wann?« fragte das Mädchen kaum hörbar.

»Nächste Woche«, entgegnete Kerry.

»Ich habe Chamonix sehr gern«, sagte sie nach einer Weile. »Es ist so herrlich ... Der Montblanc mit seinem weißen, glatten Gipfel ... Ich wollte, wir könnten ihn mit nach England nehmen.«

»Ich werde fragen, was er kostet«, sagte der Mann, der London kaufte.

RATGEBER

Bücher von Fachleuten - der ideale Weg zum guten Rat, ohne Wartezeiten und große Kosten. Jederzeit individuelle Beratung und gezielte Information zu ganz persönlichen Themen, über Beruf und Wirtschaft oder für Hobby und Freizeit. Konkrete Konzepte, praktische Methoden und erprobte Rezepte bieten zeitgemäße Möglichkeiten, um sich rundum richtig wohlfühlen zu können.

PSYCHOLOGIE LEBENSHILFE

BEER, ULRICH

Selbstherapie. So helfe ich mir bei Depressionen, Lebenskrisen, Schlafstörungen, Stress, Übergewicht.
10896 DM 8,80

BERGLER, REINHOLD

Vorurteile erkennen, verstehen, korrigieren.
10424 DM 12,80

BIERACH, ALFRED

Wege zu einem Supergedächtnis.
Lern- und Merktechniken.
10360 DM 8,80

BOECKEL, JOHANNES F.

Meditationspraxis.
Technik und Methoden.
10824 DM 9,80

BOHNENKAMP, AXEL

Tarot als Lebenshilfe.
22 Stufen zu einem Leben voll Harmonie und innerer Kraft.
11770 DM 12,80

BUSCAGLIA, LEO

Leben-lieben-lernen.
Brücken bauen – nicht Barrieren.
10362 DM 12,80

BUZAN, TONY

Kopf-Training.
Anleitung zum kreativen Denken. Tests und Übungen.
10926 DM 9,80

Nichts vergessen! Training für ein Supergedächtnis.
10385 DM 12,80

DICKSON, ANNE

Frau sein.
Selbstfindung, Selbstvertrauen, Selbstbewußtsein. 10956 DM 12,80

DOBBINS, RICHARD D.

Der Weg zu seelischer Kraft.
Wie man seine seelische Gesundheit fördert. 10431 DM 9,80

EDER, RUTH

Der pflegeleichte Geliebte
Frauen und die neuen Männer
13510 DM 12.80
Dieses Buch beweist anhand von zahlreichen Interviews, daß sich das Verhältnis zwischen Geliebten grundlegend verändert hat: in ein Liebesverhältnis gleichwertiger Partner.

FEDRIGOTTI, TONI

Erfolg durch Erfolgsbewußtsein
13505 DM 12.80
Lernen Sie durch Änderung Ihrer Denkgewohnheiten, sich auf Erfolg zu »programmieren«.

FENSTERHEIM, HERBERT/ BAER, JEAN

Leben ohne Angst.
Unsicherheiten, Ängste, Phobien erkennen, verstehen, beherrschen.
11343 DM 12,80

Sag nicht ja, wenn Du nein sagen willst.
11297 DM 12,80

FEUERABENDT, SIGMUND

Das Yoga-Sutra.
10456 DM 9,80

FREITAG, ERHARD F.

Hilfe aus dem Unbewußten.
Der spirituelle Weg zum Erfolg.
10957 DM 12,80

Kraftzentrale Unterbewußtsein.
Der Weg zum positiven Denken.
10888 DM 12,80

FREITAG, E. F./ZACHARIAS, C.

Die Macht Ihrer Gedanken.
Das Praxisbuch zur »Kraftzentrale Unterbewußtsein«. Ein Trainingsprogramm.
10357 DM 12,80

GIBSON, JOAN

Hab Vertrauen.
Wie wir Einsamkeit und Selbstzweifel überwinden können.
10461 DM 9,80

HÖHN, REINHARD

Examen ohne Angst
10479 DM 12.80
Der Autor zeigt, wie jeder seine Prüfungsängste aus eigener Kraft überwinden kann.

JAMPOLSKI, GERALD G.

Lieben heißt die Angst verlieren.
Vergnügliche Lebenshilfe ohne beschwerliche Theorien und Philosophien.
10381 DM 9,80

KLEIN, BERNARD

Die Macht des Traumes. Durch bewußtes Träumen ungenutzte Geisteskräfte freisetzen. 10410 DM 9,80

KURTH, HANNS

Lexikon der Traumsymbole.
10917 DM 14,80

So deute ich meine Träume.
Mit Beispielen und Erläuterungen von 400 Traumsymbolen.
10507 DM 9,80

LAUSTER, PETER

Selbstbewußtsein kann man lernen.
Programme für Selbstsicherheit und Selbstvertrauen.
10960 DM 9,80

Der Persönlichkeitstest.
Ein Programm zur Entfaltung Ihrer Persönlichkeit.
10739 DM 9,80

LAUTENSCHLÄGER, FRANZ/ HAMM, MICHAEL/ LAGERSTRØM, DIETER

Wellness – Die neue Fitness.
Ihr persönliches Ernährungs-, Bewegungs- und Harmonieprogramm für die neunziger Jahre.
10394 DM 12,80

LENTNER, GERHARD VON

Kartenlegen I + II.
10966 DM 17,80/10967 DM 16,80

LE CRON, LESLIE M.

Selbsthypnose. 10692 DM 12,80

LERMER, STEPHAN

Selbstfindung und Lebenskunst.
Vom Umgang mit Liebe und Angst. 10356 DM 9,80

MALTZ, MAXWELL

So können Sie werden, wie Sie sein möchten. Methoden der Selbstbildpsychologie. 10455 DM 14,80

MENG CHAO-LAI/ WOLFGANG EXEL

Die Heilkunst der Chinesen.
Anleitung zur Selbsthilfe.
10437 DM 12,80

MENSEN, HERBERT

Das neue ABC des autogenen Trainings. 10753 DM 9,80

PACZENSKY, SUSANNE VON

Der Testknacker. Wie man Karriere-Tests erfolgreich besteht. 10363 DM 9,80

REITER, UDO (HRSG.)

Meditation – Wege zum Selbst. 11305 DM 9,80

RYBORZ, HEINZ

Die universellen Kräfte Ihrer Psyche. Der Weg zu einem neuen Leben. 10929 DM 12,80

Die Kunst zu überzeugen. Die wirksame Beeinflußung von Partnern, Freunden, Kunden, Gegnern. 10963 DM 12,80

Die Kunst, Ihr Leben zu meistern. Es gibt eine Lösung für jedes Problem. 10941 DM 12,80

Jeder kann es schaffen. Ein Buch für die Selbstbehauptung in Beruf und Alltag. 10440 DM 12,80

Lebe besser, lebe gern Wie man seine schöpferischen, geistigen und seelischen Kräfte entdeckt, entwickelt und nutzt 13509 DM 12.80 Ein praktisches Lebenshilfebuch, anhand dessen jeder sein Leben positiv verändern kann.

Wer ist dein Freund? Wer ist dein Feind? Wie man Menschen besser erkennt. 10358 DM 14,80

SALTUS, CAROL

Das Körperzeichen. Was der Körper über die Persönlichkeit verrät. 10406 DM 14,80

SCHNEIDER, WOLF

Deutsch für Profis. Wege zu gutem Stil. 11536 DM 12,80

TEPPERWEIN, KURT

Die hohe Schule der Hypnose. 10962 DM 14,80

Die»Kunst« mühelosen Lernens. Neue Lernmethoden machen es Ihnen leicht. 10459 DM 12,80

TILL, MARIETTA

Die Heilkraft des Atems. 50 Atemübungen für Körper, Geist und Seele. 10432 DM 8,80

VASSEUR, J. & J.

Goldmanns Großes Vornamenbuch. 10872 DM 9,80

WELTLEIN, THOMAS

Nimm dein Herz in deine Hand. Partnersuche – Schritt für Schritt. 10457 DM 9,80

WILKES, MALTE W.

Die Kunst, kreativ zu denken. Die beiden erfolgreichen Ratgeber – »Kreativität ist Kribbeln im Kopf« und »Denkfehler, Denkfallen, Denkblockaden« in einem preiswerten Sonderband. 10150 DM 10,00

Denkfehler, -fallen. 10898 DM 5,80

WINTER, JOSEF A.

Überwindung von Krankheit und Angst. Die Erkenntnisse der psychosomatischen Medizin. 10450 DM 12,80

SEXUALITAT UND PARTNERSCHAFT

DICKSON, ANNE

Die Harmonie der Innenwelt. Die neue Sexualität der Frau. 10996 DM 12,80

DEVI, KAMALA

Tantra-Sex. Die modernen Liebestechniken des Ostens. 10743 DM 12,80

DEWY, DONNA U. RODGER

Die Lamaze-Methode. Der Weg zu einem positiven Geburtserlebnis. 10814 DM 9,80

DICKSON, ANNE

Frau sein. 10956 DM 12,80

DODSON, BETTY

Sex for One - Die Lust am eigenen Körper 10475 DM 12.80 Dieses Buch konfrontiert uns mit einem der ältesten und hartnäckigsten Tabus: der Selbstbefriedigung.

EYSENCK, HANS J.

Das Partnerbuch. Anleitung zum Glücklichsein. 6877 DM 9,80

LOWEN, ALEXANDER

Liebe und Orgasmus. Persönlichkeitserfahrung durch sexuelle Erfüllung. 11356 DM 14,80

Lust. Der Weg zum kreativen Leben. 11367 DM 14,80

MEYER, HERMANN

Die neue Sinnlichkeit. Das intime Glück der Nähe. 10375 DM 9,80

RAMSDALE, D.A./ DORFMANN, ALAN

Sexuelle Energie und Ekstase. Der Weg zu höchstem Glücksgefühl. 10368 DM 14,80

RUEGER, RUSS A.

The Joy of Touch. Der Spaß, einander anzufassen. 10916 DM 12,80

WENDT, HERMANN

Das neue Sex-Buch. Die schönsten Übungen der Sexualtherapie. 10429 DM 9,80

GESUNDHEIT UND SCHÖNHEIT

ABEHSERA, MICHAEL

Heilerde – die natürliche Medizin. 10420 DM 9,80

ALTER, JUDY

Das Stretching-Handbuch Dehnen, Strecken und Stärken 13517 DM 14.80 Alles über Stretching - mit ausführlichen Übungsanleitungen und Erläuterungen über die gesundheitliche Bedeutung des Stretching.

APPEL, WALTER A.

Die Macht des Mondes Wie man den Mondeinfluß testen und nutzen kann 13519 DM 12.80 Mit Hilfe von Berechnungstabellen kann jeder die Auswirkungen der Mondperioden auf sein gesamtes Leben feststellen.

BRUSSEAU, PEGGY

Body Love Sanfte Übungen für einen schönen Körper. 10477 DM 12.80 Ein praktisches Übungsprogramm, das zu einer neuen positiven Sicht des eigenen Körpers, aber auch zu mehr Ausgeglichenheit und Zufriedenheit führt.

DERLON, PIERRE

Die geheime Heilkunst der Zigeuner. Die Kraft der Pflanzen, Wurzeln und Erden. 10303 DM 12,80

DOWNING, GEORGE

Massage und Meditation. Die meditativen Grundlagen für eine Vertiefung der Massage. 10460 DM 9,80

Partner-Massage. 10742 DM 9,80

FABER, STEPHANIE

Kräuterkosmetik. 200 Kosmetikrezepte mit Heilkräutern – hausgemacht. 10809 DM 12,80

Schön ab vierzig. 10873 DM 9,80

Ganzheitskosmetik. 224 S., Paperback. 30506 DM 22,80

Natürlich Schön. Kosmetik zum Selbermachen. 228 S., Paperback. 30501 DM 19,80

FAHRENKAMP, SIBYLLE

Die Kunst fit und nicht fett zu sein. Ein Weg durch den Irrgarten der Schlankheitskulte.
10991 DM 14,80

GESUNDHEITSRATGEBER FAMILIE

Schnelle, praktische und preiswerte Anleitungen zur Selbsthilfe – ärztlich und wissenschaftlich geprüft!
Allergien.
10463 DM 9,80
Herzkrankheiten.
10449 DM 9,80
Kopfschmerzen.
10444 DM 9,80
Notfälle.
10454 DM 9,80
Rückenschmerzen.
10446 DM 9,80
Streß.
10458 DM 9,80

GRÜNACKER, HERTA

Fleck weg ohne Gift.
Die Öko-Fleckputz-Fibel.
10423 DM 8,80

GROSS, HUGO MAX

Biorhythmik.
Wie Sie Ihre Lebenskurve in den Griff bekommen. Eine Anleitung zur Erstellung der persönlichen Lebenskurve. 10761 DM 12,80

HAAS, DR. ELSON M.

Gesund durch alle vier Jahreszeiten. Leben mit der Natur. 10399 DM 14,80

HAAS, ROBERT

Die Dr. Haas Leistungsdiät
Das Ernährungsprogramm für Gesundheit, Fitneß und Sport
13525 DM 12.80
Das ideale Ernährungsbuch für Ausdauer, Leistungsfähigkeit und Gesundheit von Sportlern und für Fitneß im Alltag.

HAMMERSCHMID-GOLLWITZER, JOSEF

Wörterbuch der medizinischen Fachausdrücke.
Sämtliche medizinischen Fachausdrücke in alphabetischer Reihenfolge mit 300 informativen Zeichnungen und Fotos. 10057 DM 12,-

HANSSEN, MAURICE

E = eßbar?
Was Sie über die Zusatzstoffe in Ihrer Nahrung wissen sollten.
10416 DM 9,80

HEYN, BIRGIT

Die sanfte Kraft der indischen Naturheilkunst.
Das ganzheitliche Heilverfahren des Ayurveda. 10367 DM 12,80

HINGST, WOLFGANG

Zeitbombe Kosmetik.
Der kritische Report über moderne Schönheitsmittel. Mit Vorschlägen zu natürlichen Alternativen.
10418 DM 14,80

HIRSCHMANN, FERRY

Strahlen – die gesunde Energie.
10986 DM 12,80

JÄGER, GERHARD

Gesundheit aus Pflanzensäften.
Rezepte, Cocktails, Kuren.
10417 DM 9,80

KELLER, ERICH

Das Handbuch der ätherischen Öle
Helfen, Heilen, Pflegen
13504 DM 9.80
Eine für jedermann verständliche Erklärung und praktische Anleitung zur Anwendung ätherischer Öle.

KJELLRUP, MARIANN

Bewußt mit dem Körper leben.
Eutonie: Durch Spannungsabbau zu Harmonie und Wohlbefinden.
10304 DM 9,80

KOCH, EGMONT R.

Umweltschutz zu Hause.
Was jeder tun kann!
10466 DM 12,80

KOCH, EGMONT R./MAYWALD, ARMIN/KLOPFLEISCH R.

Entgiften. Was jeder zu Hause tun kann
10485 DM 12.80
Dieser Ratgeber zeigt jedem, wo und wie er in seinem persönlichen Bereich Gefahren begrenzen oder ausschließen kann.

KOLL, ROLF D.

Grundkurs Bioenergetik.
Theorie und Praxis der Selbstbefreiung. – Mit über 100 praktischen Übungen. 10447 DM 14,80

KUNZ, KEVIN UND BARBARA

Durch die Füsse heilen.
Anleitung zur Reflexzonentherapie.
10359 DM 9,80

LANGE-ERNST, MARIA-E.

Bluthochdruck – Kampf dem leisen Killer.
Das Herz als Lebensmotor: bewußte Ernährung, ausreichende Bewegung und Vermeidung von Alltagsgiften. Paperback.
10400 DM 19,80
Der Schmerz als Signal.
Biologische und medikamentöse Hilfen zur Schmerzbewältigung.
Paperback 10468 DM 19,80
Die Haut – unsere empfindsame Hülle. Ganzheitliche Pflege von außen und innen.
Paperback 10442 DM 19,80
Gesund und natürlich essen - ein Leben lang
Wie wir uns und unsere Kinder richtig ernähren.
Paperback. 13512 DM 19.80
Ein praktischer Ernährungsratgeber zur Vermeidung von Mangelerscheinungen und zur Stärkung der Gesundheit und Widerstandskraft.
Gesund durch Spurenelemente.
Minerale als Bausteine der Zellaktivität, Brücken des Stoffwechsels, Verstärker des Abwehrsystems.
Paperback. 10396 DM 19,80
Fünfzig Jahre dreißig sein. Jung bleiben, Kraft gewinnen, Lebensfreude steigern, Selbstheilung aktivieren. Paperback. 10407 DM 19,80
Müden Beinen auf die Sprünge helfen
Hilfen und Vorbeugung bei schweren Beinen, Krampfadern und Venenerkrankungen
Paperback. 13518 DM 19.80
Dieses Buch informiert über die zahlreichen Vorsorgemaßnahmen, die jeder treffen kann, um Venenleiden vorzubeugen und zu lindern.
Rätselkrankheit Allergien.
Ursachen, Erkennungs- und Behandlungsmöglichkeiten bei Heuschnupfen, Asthma, Hauterkrankungen, Insektenallergien und vielem mehr. Paperback. 10415 DM 19,80
Schlafen können. Natürliche Hilfsmittel gegen Schlafstörungen.
Paperback. 10433 DM 19,80

LERMER, STEPHAN

Krebs und Psyche. Der Einfluß der Seele auf die körperliche Gesundheit. 10364 DM 14,80

LODES, HILTRUD

Atme richtig. Der Schlüssel zu Gesundheit und Ausgeglichenheit.
10305 DM 9,80

MACFAYDEN, RALPH J.

Weg mit der Brille! Wie man durch tägliches Training die Sehkraft verbessert. 10848 DM 9,80

MAHESHWARANANDA, PARAMHANS SWAMI

Yoga gegen Rückenschmerzen
10476 DM 12.80
Ein praktisches Übungsbuch zur Therapie und Vorbeugung von Rückenschmerzen.
Yoga und das tägliche Leben.
10445 DM 12,80

CHAO-LAI MENG/ WOLFGANG EXEL

Die Heilkunst der Chinesen. Anleitung zur Selbsthilfe. 10437 DM 12,80

MERTZ, BERND A.

Grundlagen der klassischen Astrologie
13516 DM 9.80
Das ideale Handbuch für alle, die einen praktischen Zugang zur Astrologie suchen.

MEYER-ANDERSEN, MERVÉE

Bodystyling für Frauen. In nur 12 Wochen schlank und fit. 10993 DM 14,80

MOEGLING, KLAUS

Die chinesische Bewegungsmeditation Tai Chi Chuan. Ein Lehrbuch für Anfänger und Fortgeschrittene. 10425 DM 14,80
Sanfte Massagen. Akupressur, Yin-Yang-Massage, Polarity, Eutonie, Esalen-Massage, Rolfing, Tantsu, Kum Nye, Lockerungs- und Entspannungsmassagen. 10412 DM 12,80

NAMIKOSHI, TOKUJIRO

Shiatsu. Heilung durch die Fingerspitzen. 10765 DM 9,80

NATURAPOTHEKE

Rezepte von Mutter Natur. 10256 DM 9,80

NEHBERG, RÜDIGER

Medizin-Survival. Überleben ohne Arzt. 10430 DM 12,80

NOTELOVITZ, MORRIS/ WARE, MARSHA

Aufrecht bis ins hohe Alter! Osteoporose – erkennen, vorbeugen, mildern. 10945 DM 12,80

OPPENHEIMER, MOSCHE PAUL

Dehnübungen – Die Oppenheimer-Methode. Band I: Einzelübungen. 10395 DM 9,80
Dehnübungen – Die Oppenheimer-Methode. Band II: Partnerübungen. 10462 DM 9,80

PROTO, LOUIS

Das Energie-Programm
Ohne Müdigkeit durch den Tag
13508 DM 9.80
Ein umfassendes Programm gegen Müdigkeit mit energiespendender Kost und zahlreichen praktischen Übungen zur Regeneration.

REDIES, HANS DR. MED.

Kinderkrankheiten. Vorbeugen, erkennen, heilen. Das unentbehrliche Nachschlagewerk für jede Mutter. Neu überarbeitet. 10693 DM 12,80

REGER, KARL HEINZ

Hildegard-Medizin. Die natürlichen Kräuterrezepte und Heilverfahren der hl. Hildegard von Bingen. 10932 DM 14,80

REICHERT, HEDWIG

Bade dich gesund! Das Sprudelbad. 10380 DM 7,80

RIEGLER, DR. EWALD

Dr. Rieglers Migräne-Diät. - Schmerzfrei ohne Medikamente. 10987 DM 9,80

RYWERANT, YOCHANAN

Die Feldenkrais-Methode. Die neue Bewegungstherapie. Mit einem Vorwort von Moshe Feldenkrais. 10382 DM 14,80

SCHREIBER, MICHAEL

Die Kunst des Laufens. In zwölf Schritten zum Marathonläufer. Das erste Marathon-Buch mit einem exakten Trainingsprogramm. 10464 DM 12,80

SCHWESTER BERNARDINE

Schwester Bernardines Heilkräuterbuch. Der Rezept- und Erfahrungsschatz der bekanntesten »Kräuterschwester«. 10376 DM 9,80
Schwester Bernadines Hausmittelbuch. Neue Rezepte aus der »großen Apotheke Gottes«. 10401 DM 7,80

SCHWIND, PETER

Alles im Lot. Körperliches und seelisches Gleichgewicht durch Rolfing. 10302 DM 9,80

SLOTOSCH, GERDA

Jeden Morgen fünf Minuten Gymnastik. Eine Gymnastik für Gesundheit und Schönheit. 10552 DM 8,80

TILL, MARIETTA

Die Heilkraft des Atems. 50 Atemübungen für Körper, Geist und Seele. 10432 DM 8,80

TRAEDER, NORBERT

Das Bodybuilding-Handbuch. Tips zum Training, zur Ernährung und zur gesamten Lebensweise. 10443 DM 12,80
Das Figur- und Fitneß-Handbuch für Frauen. Ernährung, Trainingsprogramme, Körperpflege. 10452 DM 12,80

ULRICH, WOLF

Alte Heilweisen neu entdeckt. 10856 DM 9,80

GESUNDE ERNÄHRUNG/KOCHEN

BACKEN

10253 DM 9,80

COCKTAILS UND DRINKS.

Köstliche Rezepte mit und ohne Alkohol 10273 DM 9,80

DIÄT

Schlank, gesund, schön. 10255 DM 9,80

EINMACHEN

10259 DM 9,80

FABER, STEPHANIE

Vollwertig frühstücken
Köstlich und gesund in den Tag
13524 DM 9.80
Ein Frühstücksbuch aus der Vollwertküche mit vielen Anregungen und Rezepten für Gesundheit, Schönheit und Wohlbefinden.

DAS FISCH-KOCHBUCH

10271 DM 12,80

GANZ OHNE FLEISCH

Gesund mit vegetarischer Küche. 10250 DM 9,80

DAS GEMÜSEKOCHBUCH

10266 DM 9,80

GESUND DURCH BALLASTSTOFFE

Schmackhafte Gerichte für eine gesunde Ernährung. 10280 DM 9,80

HANSSEN, MAURICE

E = eßbar? Was Sie über die Zusatzstoffe in Ihrer Nahrung wissen sollten. 10416 DM 9,80

HAGLER, LOUISE

Soja total – Das vegetarische Kochbuch der Sojabohne. Dieses Kochbuch zeigt, wie ungeheuer vielseitig die Soja-Bohne ist. 10465 DM 12,80

DAS HONIGBUCH

Gesünder süßen mit Honig – 100 tolle Rezepte. 10279 DM 9,80

HÜLSENFRÜCHTE

Leckeres mit Bohnen, Linsen und anderen Hülsenfrüchten. 10284 DM 9,80

JÄGER, GERHARD

Gesundheit aus Pflanzensäften. - Rezepte, Cocktails, Kuren. 10417 DM 9,80

JÜNEMANN, MONIKA UND WOLFGANG

Zum Essen gern. Vegetarische Lekkerbissen für Leib & Liebe. 10421 DM 9,80

DAS KARTOFFEL-KOCHBUCH

150 Variationen zum Thema Kartoffel. 10268 DM 12,80

MEIN KRÄUTERBUCH

Für Küche und Gesundheit. 10262 DM 9,80

DAS LAMM-KOCHBUCH.

10270 DM 12,80

LARIDON, TREES/MAES, WILLY

Makrobiotisch Kochen. Gesunde Ernährung verlängert das Leben. 10301 DM 14,80

MARMELADEN, KONFITÜREN, GELEES.

Süße Verführungen auf dem Frühstückstisch: Rezepte mit Früchten aller Art. Mit genauen Anleitungen zum Konservieren. 10269 DM 9,80

MEYER, AXEL

Die Kunst des Backens
10488 DM 9.80
Der Klassiker unter den Brotbackbüchern! Mit Vollwert- Rezepten für Brot- und Vollkorngebäck in zahlreichen Variationen.

Müsli-Buch
10489 DM 7.80
Eine exzellent bebilderte, liebevolle Zusammenstellung zahlreicher Müsli-Variationen für einen schwungvollen und gesunden Tagesbeginn.

MEYER, BIRGIT & AXEL

Vegetarische Küche
Neue Variationen kulinarischer Kochkunst
10487 DM 9.80
Vegetarische Gerichte, die gesund sind, lecker schmecken und Anregungen zu eigenen Kreationen bieten.

PASTA-BUCH

Die schönsten Nudelgerichte. 10252 DM 9,80

REGNET, URSULA/ VON LICHTENFELS, HELENE

Großmutters gute Weihnachtsbäckerei
10103 DM 9,80

RICHTIG SALZEN

Gesund und schlank mit Salz. 10281 DM 9,80

RÜTTING, BARBARA

Mein Kochbuch. Naturgesunde Köstlichkeiten aus aller Welt. 10838 DM 9,80

SAHLIN, SIGRI

Trocknen und Dörren
Beeren, Obst, Gemüse, Pilze und Kräuter natürlich konservieren
13514 DM 9.80
Alles Wissenswerte über Konservierung von Nahrungsmitteln und viele Rezepte für deren schmackhafte Verwendung.

SCHAEFFER, MICHAEL

Tee – Die Zeremonie des Genießens.
Ein informatives, praktisches und unterhaltsames Buch rund um den Tee mit vielen Rezepten.
10448 DM 9,80

SCHÖNFELDT, SYBIL GRÄFIN

Das Kochbuch für Studenten.
10434 DM 7,80

Nüsse, Mohn und Mandelkern.
Leckere Vollwertgerichte für das ganze Jahr. 10441 DM 7,80

DAS SCHOKOLADENBUCH.

Alles aus Schokolade – köstliche Cremes und Puddings, Torten und Kuchen, Eis, Drinks, Pralinen und die berühmte Mousse au chocolat. 10283 DM 9,80

WILLIAM SHURTLEFF UND AKIKO AOYAGI

Das Miso-Buch.
Herstellung, Sorten, Kochen mit Miso und Rezepte.
10428 DM 12,80

Das Tofu-Buch.
Herstellung, Verwendung, Ernährungswert und Rezepte.
10413 DM 12,80

UHLE, MARGRET

Was kann man überhaupt noch essen?
ABC der gesunden Nahrungsmittel
10483 DM 12.80
Dieses Handbuch der gesunden Nahrungsmittel bietet Warenkunde, Produktinformation, Rezepte und viele praktische Tips.

DAS VOLLKORN-KOCHBUCH.

Vollkornkost für eine gesunde und ausgewogene Ernährung – aber auch für eine raffinierte Küche. 10285 DM 9,80

ZELTNER, RENATE

Das Vollwert-Backbuch.
Rezepte für Kuchen und Torten, Plätzchen, Pizzen und Pasteten, Brot und Brötchen. 10392 DM 9,80

Das Vollwert-Kochbuch. Raffinierte Schlemmereien aus der Vollwertküche. 10389 DM 9,80

HOBBY UND FREIZEIT

NEHBERG, RÜDIGER

Medizin Survival. Überleben ohne Arzt. 10430 DM 12,80

HÄKELN

Die neue Häkelschule.
10263 DM 9,80

REIBETANZ, RENÉ

Das Fahrrad-Handbuch.
Ausstattung, Kauf, Reparatur, Fahrradtouren. 10426 DM 9,80

SCHÖNE STRICKMODELLE

Jacken, Pullunder, Westen und Pullis. 10254 DM 9,80

STRICKEN

Die neue Strickschule.
10251 DM 9,80

GARTEN

BALKON, TERRASSE, BLUMENKASTEN

10258 DM 9,80

BIOLOGISCHER NUTZGARTEN

Giftfreier Anbau von Obst und Gemüse. 10264 DM 9,80

DER INTENSIVGARTEN

Hoher Ertrag auf kleinstem Raum. 10261 DM 9,80

DER KLEINE GARTEN

10277 DM 9,80

MEIN ROSENGARTEN

Alles, was man als Rosenliebhaber wissen sollte. 10282 DM 9,80

DER NATURGARTEN

10275 DM 9,80

DER STEINGARTEN

10276 DM 9,80

WASSER IM GARTEN

Das Feuchtbiotop – Anlage und Pflege. 10265 DM 9,80

DER WINTERGARTEN

10278 DM 9,80

RECHT

ALLE DEUTSCHEN VERFASSUNGEN

Mit einer Einführung von Prof. Dr. Rudolf Schuster, München. 11397 DM 14,80

DEUTSCHE VERFASSUNGEN

Paulskirchenverfassung, Preußische Verfassungsurkunde, Reichsverfassung, Weimarer Verfassung, Ermächtigungsgesetz u.a.
8020 DM 12,80

DIEMANN, DIETER/EDGAR DÖRNER

Der Weg zur Eigentumswohnung. Mit Checklisten. 10414 DM 14,80

KEMPFLER, HERBERT

Wie gründe und leite ich einen Verein? Gründung, Anmeldung, Mitglieder, Mitgliederversammlung, Vorstand, Haftung, Austritt, Ausschluß, Auflösung. 10696 DM 12.80
Ein unentbehrlicher juristischer Ratgeber für Laien.

VANDERBORG, CLAUSS

Wie mache ich mich selbständig?
10478 DM 12.80

GELD

DIEMANN, DIETER/ EDGAR DÖRNER

Der Weg zur Eigentumswohnung.
10414 DM 14,80

KAUFMANN, ROBERT

Kredit-Tricks – ganz legal.
10393 DM 9,80

LASSIG, ROLAND

So spart man Einkommensteuer 1990.
Der bewährte Ratgeber, um Steuern zu sparen. 13528 DM 9,80
So spart man Lohnsteuer 1990.
Die legalen Tricks, Steuern zu sparen. 13530 DM 9,80

VANDERBORG, CLAUSS

So versichere ich mich richtig.
10451 DM 9,80

BERUF UND AUSBILDUNG

BOLLES, RICHARD NELSON

Job-Hunting. Ein Handbuch für Berufseinsteiger und -aufsteiger.
10361 DM 14,80

HÖHN, REINHARD

Examen ohne Angst
10479 DM 12.80

HOFSTETTER, JOSEPH

So bewerbe ich mich richtig. Ein Ratgeber für alle Stellungssuchenden. 10549 DM 9,80

OSTRANDER/SCHROEDER

Superlearning. Leichter lernen ohne Streß. Die revolutionäre Lernmethode. 11318 DM 12,80

PACZENSKY, SUSANNE VON

Der Testknacker. Wie man Karriere-Tests erfolgreich besteht.
10363 DM 9,80

SCHNEIDER, WOLF

Deutsch für Profis. Wege zum guten Stil. 11536 DM 12,80

MANAGEMENT

BIERACH, ALFRED

Wege zu einem Supergedächtnis.
Lern- und Merktechniken für Vergeßliche. 10360 DM 8,80

RYBORZ, HEINZ

Die Kunst zu überzeugen.
10963 DM 12,80

ASTROLOGIE

APPEL, WALTER A.

Die Macht des Mondes.
Wie man den Mondeinfluß testen und nutzen kann.
13519 DM 12,80 (Sept.)
Mit Hilfe von Berechnungstabellen kann jeder die Auswirkungen der Mondperioden auf sein gesamtes Leben feststellen.

ASTRO-ANALYSIS.

Das große Handbuch der Astrologie. Sonderausgabe. 928 S. Geb. 30509 DM 39,80

BOSSLE, DR. RUDOLF

Die Charakterzüge der Sternzeichen.
Über 1000 Tests belegen die Charaktereigenschaften der 12 Sternzeichen. 10998 DM 12,80

LÖHLEIN, HERBERT A.

Handbuch der Astrologie.
Liebe – Ehe – Partnerwahl. 10517 DM 16,80

MERTZ, BERND A.

Grundlagen der klassischen Astrologie.
13516 DM 9,80
Das ideale Handbuch für alle, die einen praktischen Zugang zur Astrologie suchen.

SUN BEAR & WABUN.

Indianische Astrologie der Erde.
Das Medizinrad:
Roter Habicht. 21. März 19. April.
10975 DM 5,80
Biber. 20. April – 20. Mai.
10976 DM 5,80
Hirsch. 21. Mai – 20. Juni.
10977 DM 5,80
Specht. 21. Juni – 22. Juli.
10978 DM 5,80
Stör. 23. Juli – 22. Aug.
10979 DM 5,80
Braunbär. 23. Aug. – 22. Sept.
10980 DM 5,80
Rabe. 23. Sept. – 23. Okt.
10981 DM 5,80
Schlange. 24 Okt. – 21. Nov.
10982 DM 5,80
Wapiti. 22. Nov. – 21. Dez.
10983 DM 5,80
Schneegans. 22. Dez. – 19. Jan.
10972 DM 5,80
Otter. 20. Jan. – 18. Feb.
10973 DM 5,80
Puma. 19. Feb. – 20. März.
10974 DM 5,80

WHITE, SUZANNE

Die chinesische Astrologie. 10915 DM 12,80

POSITIVES DENKEN; SPIRITUELLE KRÄFTE

DREWS, LYNN

Der Flug des siebten Mondes. Die Lehren der Medizinfrau. 11839 DM 12,80

BATES, BRIAN

Der Spieler und der Zauberer Der Schauspieler als moderner Schamane. 11890 DM 14.80

BOECKEL, JOHANNES F.

Meditationspraxis. Technik und Methoden. 10824 DM 9,80

BOERNER, MORITZ

Weisheit aus dem Unbewußten. »Channeling« als Schlüssel zur geistigen Welt – Eine Einführung in TranceTechniken für den Alltag. 11824 DM 14,80

BOHNENKAMP, AXEL

Tarot als Lebenshilfe. 22 Stufen zu einem Leben voll Harmonie und innerer Kraft. 11770 DM 12,80

DAS BUCH DER MEDITATION

Herausgegeben von Hans Christian Meiser. Ausgewählte Gedanken für jeden Tag 10164 DM 8,–

COLLINS, LIZ

Bewußter leben im Hier und Jetzt. Neue Spiritualität im WassermannZeitalter. 11775 DM 12,80

COUDRIS, MANUEL-DAVID

Ich kann sprechen. Botschaften eines Ungeborenen. 6890 DM 12,80

CRISS, CIA

Reise zur Wahrheit Ein praktischer Führer durch das Meer unserer Gefühle 11863 DM 9.80 Eine amerikanische Heilerin und Psychotherapeutin weist gangbare Wege zur eigenen inneren Wahrheit.

DETHLEFSEN, THORWALD

Das Erlebnis der Wiedergeburt. Heilung durch Reinkarnation. 11749 DM 12,80
Das Leben nach dem Leben. Gespräche mit Wiedergeborenen. 11748 DM 12,80
Schicksal als Chance. Das Urwissen von der Vollkommenheit des Menschen. 11723 DM 12,80

EATON, EVELYN

Ich sende eine Stimme. Eine weiße Medizinfrau erzählt. 11821 DM 12,80

EVERDING, KARL

Jeder ist ein Feuerläufer. 11833 DM 9,80

FREITAG, ERHARD F.

Hilfe aus dem Unbewußten. Der spirituelle Weg zum Erfolg. 11774 DM 12,80
Kraftzentrale Unterbewußtsein. Der Weg zum positiven Denken. 11740 DM 12,80

FREITAG, ERHARD F./ ZACHARIAS, CARNA

Erkenne Deine geistige Kraft. Erhard F. Freitag beantwortet die Fragen zum positiven Denken. 11812 DM 12,80
Die Macht Ihrer Gedanken. Das Praxisbuch zur »Kraftzentrale Unterbewußtsein«. Ein Trainingsprogramm. 10357 DM 12,80

HARF, ANNELIESE

Himmel und Erde verbinden. Bewußtseinsschulung und Friedensarbeit – ein Weg zur Lebensganzheit. 11817 DM 9,80

KÖPPEN-WEBER, DIVO

Du bist der neue Mensch! Das Alta-Major-Prinzip: Schmerzfrei und aufrecht durch ein neues Bewußtsein unserer Wirbelsäule. 11883 DM 9.80

MARKERT, CHRISTOPHER

Yin Yang. Harmonie von Sinnlichkeit und Vernunft. 11379 DM 9,80

MERGES, STEPHANIE

Du bist mehr, als Du denkst. Die Botschaft einer deutschen Geistheilerin. 11841 DM 12,80

MISCHELL, PATRICIA L.

Denk' positiv! Wege und Techniken zu körperlicher und spiritueller Harmonie. 11779 DM 12,80

MULFORD, PRENTICE

Ausgewählte Texte. 8433 DM 9,80
Ausgewählte Texte. Zweiter Band. 11023 DM 7,80

MURPHY, DR. JOSEPH

Das I-Ging-Orakel Ihres Unterbewußtseins. 11757 DM 12,80
Das Wunder Ihres Geistes. 11739 DM 12,80
Der Weg zu innerem und äußerem Reichtum. Ihr Denken gestaltet Ihr Leben. 11767 DM 12,80
Die Gesetze des Denkens und Glaubens. 11734 DM 12,80
Die kosmische Dimension Ihrer Kraft. Positives Denken im Einklang mit dem Universum des Geistes. 11755 DM 12,80
Die Praxis des Positiven Denkens Wie ein positives Leben unseren Alltag verändern kann - Ein Dr. Joseph Murphy-Lesebuch. 11939 DM 10.00
Die unendliche Quelle Ihrer Kraft. Ein Schlüsselbuch positiven Denkens. 11736 DM 12,80
Leben in Harmonie. Der Kosmos: die unversiegbare Quelle Ihrer Kraft. 11751 DM 12,80

NORVELL, ANTHONY

Sei erfolgreich und wohlhabend. Die Macht des kosmischen Magnetismus. 11832 DM 9,80

PEALE, NORMAN VINCENT

Aufforderung zum Glücklichsein Wie sich alles zum Guten wendet Inspirationen gangbarer Wege zu innerem Frieden und Glück. 11891 DM 12.80
Darum seid getröstet Trost im Leid. 11884 DM 9.80
Heute fängt dein Leben an. Ein positives Wort für jeden Tag. 11815 DM 12,80
Leben kann Freude sein. Seelenfriede – Quelle der Kraft und Energie. 11823 DM 12,80

PECK, M. SCOTT

Der wunderbare Weg. Eine neue Psychologie der Liebe und des spirituellen Wachstums. 11842 DM 12,80

RIPOTA, PETER

Die Geburt des Wassermann-Zeitalters. Esoteriker, Astrologen und NewAge-Philosophen künden vom neuen Zeitalter. 11808 DM 9,80

SCHWARTZ, DAVID J.

Die Wunderwirkung großzügigen Denkens. Wie Sie wagen können, »groß« zu denken und zu handeln. 11840 DM 12,80

SINGH, DARSHAN

Spirituelles Erwachen. Ein Führer für die Suche nach geistiger Wahrheit. 11809 DM 12,80

SUN BEAR

Leben mit der Kraft. 11822 DM 9,80
Der Pfad der Kraft. 11801 DM 12,80

TEGTMEIER, RALPH

Der Geist in der Münze. Vom magischen Umgang mit Reichtum und Geld. 11820 DM 9,80

TEPPERWEIN, KURT

Geistheilung durch sich selbst. 11738 DM 12,80

UCCUSIC, PAUL

Heilen mit der Kraft der Liebe. 11829 DM 12,80

WEIDELENER, HERMANN

Die Götter in uns. Abendländische Mythenwelt, lebendiges Spiegelbild unseres Ichs, spiritueller Weg zu tiefen Erkenntnissen. 11802 DM 12,80
Abendländische Meditationen. Eine Einführung in die Meditation. 11782 DM 8,80
Wege zum Dasein. Aufgaben auf dem Weg einer inneren Schulung. 11818 DM 9,80

REINKARNATION, JENSEITSERFAHRUNGEN

ALLGEIER, KURT

Du hast schon einmal gelebt. Wiedergeburt? Erinnerungen in der Hypnose. 11717 DM 12,80

BECKER, ERNEST

Die Überwindung der Todesfurcht. Dynamik des Todes. Ausgezeichnet mit dem Pulitzer-Preis. 11762 DM 14,80

CURRIE, IAN

Niemand stirbt für alle Zeit. Berichte aus dem Reich jenseits des Todes. 11729 DM 14,80

DETHLEFSEN, THORWALD

Das Erlebnis der Wiedergeburt. Heilung durch Reinkarnation. 11749 DM 12,80

JÜRGENSON, FRIEDRICH

Sprechfunk mit Verstorbenen. Praktische Kontaktherstellung mit dem Jenseits. 11727 DM 12,80

PASSIAN, RUDOLF

Abschied ohne Wiederkehr? Tod und Jenseits aus parapsychologischer Sicht – Forschungen und Erfahrungen im Grenzbereich 11854 DM 12.80

RYZL, MILAN

Der Tod und was danach kommt. Das Weiterleben aus der Sicht der Parapsychologie. 11737 DM 12,80

SABOM, MICHAEL

Erinnerung an den Tod. 11741 DM 12,80

STEARN, JESS

Die unsterbliche Seele. Geist und Reinkarnation. 11759 DM 14,80

THIENEL, PETER

Seelenwanderung. Das Geheimnis der Wiedergeburt in unserem Leben. 11433 DM 9,80

WAMBACH, HELEN

Seelenwanderung. Wiedergeburt durch Hypnose. 11746 DM 12,80

WHITTON, JOEL L./FISCHER, JOE

Das Leben zwischen den Leben Ein Forschungsbericht aus der Welt jenseits unserer physischen Existenz 11882 DM 12.80

MEDIALITAT AUSSERKÖRPERLICHE ERFAHRUNG

GARFIELD, LAEH MAGGIE/ GRANT, JACK

Geisthelfer. Eine Einführung in die Arbeit mit Wesen aus der anderen Welt. 11811 DM 12,80

GRANT, JOAN

Sekhet-a-ra – Tochter des Pharao. Ein esoterischer Roman aus dem Ägypten der Ersten Dynastie. 11763 DM 12,80

GRISCOM, CHRIS

Die Frequenz der Ekstase. Bewußtseinsentwicklung durch die Kraft des Lichtes. 11838 DM 12,80
Zeit ist eine Illusion. Leben und Botschaft einer spirituellen Lehrerin. 11787 DM 9,80

GÜLDENSTEIN, MATTHIAS

Die Botschaft der geistigen Welt. Spiritismus und Medien. 11771 DM 12,80

JUSSEK, EUGENE

Begegnung mit dem Weisen in uns. Gespräche mit Yan Su Lu. 11765 DM 9,80
Das Perlennetz. Weitere Gespräche mit Yan Su Lu. 11810 DM 12,80

MASTERS, ROBERT/ HOUSTON, JEAN

Bewußtseinserweiterung über Körper und Geist. Ein praktisches Übungsbuch mit einer Einführung von Moshe Feldenkrais. 11807 DM 12,80
Phantasie-Reisen. Ein Führer durch unsere inneren Räume. 11843 DM 14,80

PAINE, WINGAITE

Der Weg zum Selbst Gespräche mit dem unsichtbaren Freund Emanuel11886 DM 9.80 Emanuel ist wie Seth in den USA eines der bekanntesten »channeling«-Wesen.

ROBERTS, JANE

Dialog der Seele. Die Autorin des Seth-Materials beschreibt unbekannte Dimensionen der Psyche und die Realitäten in unserer Seele. 11850 DM 14,80
Die Natur der Psyche. Ihr menschlicher Ausdruck in Kreativität, Liebe und Sexualität. 11760 DM 14,80
Gespräche mit Seth. Von der endgültigen Gültigkeit der Seele. 11768 DM 16,80

SATPREM

Der Mensch hinter dem Menschen. Mit einem Vorwort von Georg Stefan Troller. 11754 DM 12,80
Das Leben ohne Tod. Auf dem Weg zum Menschen hinter dem Menschen. 11813 DM 9,80

STEARN, JESS

Soulmates. Seelenverwandtschaft. 11777 DM 12,80

GEHEIMLEHREN VERBORGENES WISSEN

ANDREWS, LYNN

Die Jaguar-Frau und die Lehren des Schmetterlingsbaumes Eine moderne Schamanin auf den Spuren Castanedas. 11892 DM 12.80

ARADIA – DIE LEHREN DER HEXEN.

Mythen, Zaubersprüche, Weisheiten, Bilder – kommentiert von Charles G. Leland. 11816 DM 9,80

BIERI, EDGARDO L.

Spirituelle Medizin. Ein Wegweiser zu den verborgenen Quellen der Heilkunst. 11837 DM 12,80

BOGNER, PIET

Die Ahnen rufen. Ein Weißer erlebt seine Wiedergeburt als Papua. 11819 DM 12,80
Sangguma. Die schwarze Magie der Papua. Bericht über eine andere Wirklichkeit. 11830 DM 9,80

BRUSIUS, HEDY

Die Magie der Edelsteine. Ihre kosmische Wirk- und Strahlkraft. 11826 DM 9,80

CAYCE, EDGAR

Bericht von Ursprung und Bestimmung des Menschen. Rückschau und Prophezeiungen des berühmten amerikanischen Sehers – aufgezeichnet von Lytle W. Robinson. 11804 DM 12,80

Über Sexualität und Erleuchtung herausgegeben von H.B. Puryear 11877 DM 12.80

CENTURIO, N.A.

Die großen Weissagungen des Nostradamus. Prophetische Weltgeschichte bis zum Jahr 2050. 11772 DM 12,80

DERLON, PIERRE

Die geheime Heilkunst der Zigeuner. Die Kraft der Pflanzen, Wurzeln und Erden. 10303 DM 12,80

EATON, EVELYN

Schamane und Medizinrad Eine Medizinfrau geht den indianischen Weg des Wissens 11887 DM 12.80

FORTUNE, DION

Das karmische Band. Die esoterische Philosophie der Liebe und der Ehe. 11825 DM 9,80

GARFIELD, LEAH MAGGIE

Der heilende Klang. Das wunderbare Netz von Stimme, Ton und Gesang. 11852 DM 9,80

GOLOWIN, SERGIUS

Das Reich des Schamanen Die eurasische Kultur der Spiritualität - der Weg des Alten Wissens 11885 DM 14.80

GRAVES, TOM

Pendel und Wünschelrute. Radiästhesie. Theorie und praktische Anwendung. 11732 DM 12,80

HANSEN, HAROLD A.

Der Hexengarten. Die Zauberkräuter des Mittelalters und ihre Wirkung. 11784 DM 9,80

DAS HEXENBUCH

Authentische Texte von modernen Hexen – Geschichte, Magie und Mythos des Alten Weges. 11806 DM 9,80

LENTNER, GERHARD VON

Die hohe Kunst des Kartenlegens. Das Kartenlegelexikon Band 1 (1. bis 16. Haus). 10966 DM 17,80

Die hohe Kunst des Kartenlegens. Das Kartenlegelexikon Band 2 (17. bis 23. Haus). 10967 DM 16,80

MANGOLDT, URSULA VON

Das große Buch der Hand. Die Grundlagen der Chirologie. 11704 DM 17,80

ROBERTS, JANE

Seth und die Wirklichkeit der Psyche - Band 1: Die multidimensionale Existenz. 11888 DM 29.80 Paperback

Seth und die Wirklichkeit der Psyche - Band 2: Reinkarnation und Reisen des Selbst. 11889 DM 29.80 Paperback Die bisher unveröffentlichten Seth-Botschaften. Das neue Seth-Buch.

SANDERS, LEA

Die Farben Deiner Aura. Wie wir lernen können, unsere Aura und unsere Chakren zu sehen, um uns besser zu verstehen. 11844 DM 12,80

SCHENK, AMELIE/ KALWEIT, HOLGER

Heilung des Wissens. Forscher begegnen dem Schamanen – der innere und der äußere Weg des Wissens. 11805 DM 14,80

TOTH, MAX

Das Geheimnis der Pyramid Power. Neue Forschungen zum kosmischen Hintergrund des Pyramiden-Rätsels. 11834 DM 12,80

TOTH, MAX/NIELSEN, GREG

Pyramid Power. Kosmische Energie der Pyramiden. 11722 DM 12,80

WEED, JOSEPH J.

Psychoenergie. Die Urkraft des Lebens. 11827 DM 12,80

PSI-FORSCHUNG, ASW

RYZL, MILAN

ASW Training. PSI-Methoden zur Weckung und Aktivierung des sechsten Sinnes. 11744 DM 12,80

Der Tod und was danach kommt. Das Weiterleben aus der Sicht der Parapsychologie. 11737 DM 12,80

SHERMAN, HAROLD

Außersinnliche Kräfte. Und wie man Nutzen aus ihnen zieht. 11705 DM 12,80

TARG, RUSSELL/HARARY, KEITH

Jeder hat ein drittes Auge. PSI – die unheimliche Kraft. 11783 DM 16,80

ÖSTLICHE WEISHEITEN SPIRITUELLE KRÄFTE

ANDERSON, WALT

Das offene Geheimnis. Der tibetische Buddhismus als Religion und Psychologie. 11835 DM 12,80

BUDDHA

Die Lehre des Erhabenen. 8647 DM 16,80

DALAI LAMA

Das Auge einer neuen Achtsamkeit. 11803 DM 9,80

FEUERABENDT, SIGMUND

Das Yoga-Sutra. Die 196 Merksprüche des Ur-Yoga. 10456 DM 9,80

KONFUZIUS

Ausgewählte Texte. 8442 DM 8,80

ITAL, GERTA

Der Meister, die Mönche und ich. Eine Frau im zen-buddhistischen Kloster. 11731 DM 14,80

Auf dem Wege zu Satori. 11701 DM 12,80

KRISHNAMURTI, JIDDU

Fragen und Antworten. Und sein Gespräch mit Prof. David Bohm über das Erwachen der Intelligenz. 11753 DM 12,80

LAO-TSE

Ausgewählte Texte. Sinnsprüche zum Ursprung allen Seins. 8435 DM 7,80

MARKERT, CHRISTOPHER

I Ging. Das Buch der Wandlungen. 10300 DM 14,80

Yin Yang. Harmonie von Sinnlichkeit und Vernunft. 11379 DM 9,80

RAMPA, LOBSANG

Das Dritte Auge. Ein tibetanischer Lama erzählt sein Leben. 11758 DM 14,80

SINGH, DARSHAN

Spirituelles Erwachen. Ein Führer für die Suche nach geistiger Wahrheit. 11809 DM 12,80

WATTS, ALAN

Psychotherapie und östliche Befreiungswege. 11410 DM 12,80

ZAEHNER, R.C.

Der Hinduismus. Seine Geschichte und seine Lehre. 8629 DM 9,80